啄木声声

——青海文艺评论选编（2020—2022）

马 钧 罗 洪 主编

青海人民出版社

图书在版编目（CIP）数据

啄木声声：青海文艺评论选编：2020-2022 / 马钧，罗洪主编. -- 西宁：青海人民出版社，2024.6
ISBN 978-7-225-06471-0

Ⅰ.①啄… Ⅱ.①马… ②罗… Ⅲ.①文艺评论—中国—当代—文集 Ⅳ.①I206.7-53

中国国家版本馆CIP数据核字（2023）第206080号

啄木声声
——青海文艺评论选编（2020—2022）

马钧 罗洪 主编

出 版 人	樊原成
出版发行	青海人民出版社有限责任公司
	西宁市五四西路71号 邮政编码:810023 电话:（0971）6143426（总编室）
发行热线	（0971）6143516/6137730
网　　址	http://www.qhrmcbs.com
印　　刷	青海雅丰彩色印刷有限责任公司
经　　销	新华书店
开　　本	890mm×1240mm　1/32
印　　张	10.125
字　　数	200千
版　　次	2024年6月第1版　2024年6月第1次印刷
书　　号	ISBN 978-7-225-06471-0
定　　价	38.00元

版权所有　侵权必究

《啄木声声·青海文艺评论选编》编委会

主　任　梅　卓
副主任　马　钧　罗　洪
成　员　刘晓林　马海轶　耿占坤
　　　　卓　玛　詹　斌　贾一心

写在前面

马钧　罗洪

　　如果不是编辑这么一本文艺评论选编的话，我们还真不大容易以一目了然的方式，直观而清晰地掌握到青海文艺评论近年的收成和长势。互联网时代刊发文章的多渠道和多平台，还有一般人很难见到的专业学术期刊，都使我们很难及时追踪和全面掌握到文艺评论最新的研究成果。形容一下那种情形就像是散钱未串。现在，通过征集稿件，许多我们无缘得见的文章，就像《百年孤独》里面跟随在梅尔基亚德斯魔铁后面的那些久寻不见的物件一样，一篇一篇集结在触目可及的书稿里。陶渊明《饮酒二十首》里曾经具有哲理意蕴的表述——"连林人不觉，独树众乃奇"，这一回却要反过来了：连成片的树木，反倒比一棵单薄的孤树看上去有阵势，有气派，有多向度的价值蕴藏。特别让人喜出望外的是，这次选编的论文或短评，涉及诗歌、小说、美术、书法、音乐、摄影、舞蹈、电影、民间文艺等多个艺术门类，差不多囊括了文艺的多种样态。从研究视角上来看，有针对昌耀诗歌、宋长玥非虚构写作、曹谁诗歌的个案研究，有对李明华、王连学、贾平凹展开的小说个案研究，有对古岳的生态文学，吾要的美术，王云的书法，鲍永清、李善元的生态摄影，昂旺文章的作词，王建忠的作曲，王洛宾的音乐，吴昌硕、齐白石的绘画，王铎、怀素的书法所展开的个案研究，还有对藏族、土族、回族等民族群体的民族文学研究，多门类、多视野的研究，彰显出我省文艺评论工作的蓬勃活力。尽管我省的文艺评论队伍还不够庞大，各类文艺评论人才相对匮乏，可是被新时代赋能的青海文艺评论，已经从以往文学评论一枝独秀的局面，开辟出了一个个新的评论空间。一些相对冷僻的文艺门类，开始有了评论的声音。总体上看，这些来自不同门类的文艺评论，较好地融入了公共话语的传播体系，走向了更广阔的人民和大地，文艺评论的有效性正在增强，文艺评论与文艺创作之间正在形成良性的互动，可以说我们青海的文艺评论正在成为引导创作，推出精品，提高审美，引领风尚的重要力量，在推动新时代青海文艺高质量发展中，开始发挥着日益重要的作用。本书的结集，既反映出广大文艺评论工作者面对青海文艺繁荣景象所表现出的文化自觉和使命担当，又折射出青海文艺活跃上升的势头。

从这本集子也可以看出，我省整个文艺评论工作的跨学科、跨领域研究人员还相当匮乏，一些文艺门类甚至存在着明显的知识短板。在新的时代语境下，我们的文艺评论工作必须勇于直面挑战，勇于革新创造，不断探索新的批评方式，以应对新的文艺生态和传播语境，助力创作，提升审美，以富有独创性的思考和发现，呈现文艺评论的穿透力、包容力和现实影响力，要善于对涌现出的文艺作品和文艺现象，进行及时的概括和梳理，对当下的文艺现场有敏锐地思考与体验。广大文艺评论工作者要借助对文艺作品思潮现象的理解和评判，表达自身的社会关切和问题意识，努力探索和建构与我省文艺样态相匹配的理论以及评论框架。

好久都没有编辑、出版过文艺评论方面的集子了。为了更好地珍惜这次出书的机会，我们本着注重质量和导向，兼顾各个艺术门类的选稿标准，在遵守防疫相关要求的情况下，先后两次以视频会议的方式，召集青海省文艺评论家协会主席团委员，专门召开审稿会，就选稿的时间限定、篇数、门类、入选资格审核等问题，逐一进行仔细研究，广泛听取大家的意见建议，集思广益，最终在大家选送的二十多篇论文和短评中，选定出现在呈现的这些篇目。毋庸讳言，这些文字的质量有高有低，篇幅有长有短，虽然我们竭力想尽可能巨细靡遗地搜罗和集纳我们的评论，但是，肯定还有不少遗珠散落在别处；即便是一张大网的捕捞，也不可能把海洋里的珍宝一网打尽。在此我们也特别向没能选编到这本书里的作者表示歉意。我们将不断积累经验，期待在今后的机会里，篇目选得更周全，文字质量选得更好。

2022 年 9 月

目 录

文学篇

昌耀之后的青海现代汉诗简论
　　刘晓林 3

透过多维时空打量一座雪山
　　——古岳《巴颜喀拉的众生——藏地的果洛样本》印象
　　马海轶 18

藏族汉语诗歌意象系统的构建
　　——以新时期以来的诗歌为例
　　卓　玛 24

大地之书与行走的记忆
　　——宋长玥《云端上的日子》撷要
　　卓　玛 43

《风雪一枝梅》的叙事特点
　　贾一心 47

守望故土的招魂之音
　　——李明华近期长篇小说创作评析
　　　罗　洪...53

西部诗的自然性与超验性
　　　刘大伟...70

有所思：在西部高原
　　——论藏族文化在昌耀诗歌中的意义
　　　冯晓燕...84

冻土上的现实主义者
　　　祁发慧..102

曹谁的聪慧与悖谬
　　　郭守先..109

新世纪以来土族文学发展轨迹
　　　毕艳君..116

青藏高原藏族文学地理书写的价值研究
　　　孔占芳..123

论回族文学的爱国主义传统
　　　马豪杰　权绘锦..135

人生短暂　珍惜拥有
　　——读贾平凹长篇小说《暂坐》
　　　王晓峰..150

美术篇

致广大而尽精微
　　——吾要的版画造型艺术
　　　马　钧..157

师古而发展为新
　　——从吴昌硕写意花鸟画到齐白石画风"北传"引发对当代写意画创新的思考
　　　李积霖 191

书法篇

王铎及其怀素"野道"观论析
　　　胡晋峰 203
试谈王云书法的价值与意义
　　　谢彭臻 217
民族伟大复兴征程上的深情赞歌
　　　魏　辉 224

音乐篇

遇上您是我的缘外缘
　　——昂旺文章歌曲评述
　　　辛秉文 229
执着于生命信念的守望
　　——听环保歌曲《难忘可可西里》有感
　　　辛秉文 236
初心不改　勇于创新
　　——谈王建忠音乐作品的创作艺术特征
　　　苏　娟 241
海北的音乐文化具有多元性
　　——王洛宾的音乐艺术成就及他对青海音乐发展的贡献
　　　李国顺 250

摄影篇

幻想的云霞和信息的颗粒
——鲍永清摄影作品印象
　　马海轶 259

动物之美的瞬间生成与连绵的绿色之爱
——李善元镜头下的生灵境界
　　詹　斌 264

青海生态摄影创作的发展与繁荣
　　张小强 272

电影篇

《气球》：世俗、信仰及其现代性困境
　　詹　斌 285

舞蹈篇

"大河之源"与"守护之爱"
　　高　莉 297

民间文艺篇

河湟文化视野下的青海地方曲艺
　　朱嘉华 303

文学篇

WenXue Pian

昌耀之后的青海现代汉诗简论

刘晓林

随着时间的推移，2000年3月23日作为青海诗歌史重要节点的意义逐渐显现。这一天，诗人昌耀以绝不向衰颓的肉身妥协的决绝姿态，结束了自己的生命，成就了"向死而生"的精神涅槃。在其身后，留下了丰饶的诗歌遗产有待后来者接受与继承。新世纪的青海诗歌界一方面修复着昌耀的离世为青海诗坛带来的创伤，一方面又以创造性的转化方式借鉴昌耀的经验，用持续不断的热情、诚实地书写，凭借着这片高天厚土培植的丰富情感与想象力，创造着属于自己的诗歌风景。"踩着颤动的风的鞋子／行走在云中，追赶光的脚步"（班果《踩着风的鞋子》）恰是置身高大陆，俯仰天地，吟诵心灵的歌谣逐渐抵达人类精神澄明之境的青海诗人的写照。

一

阅读新时期以前的青海诗歌，时时会在年轻习诗者作品的字里行间感受到昌耀影响的存在。迄今为止，对昌耀诗歌作出最为肯綮透析的诗评家燎原，在20世纪80年代以诗人的身份活跃于青海诗坛时，其创作对西部场景的勾描与主体介入，都不乏昌耀式的手筋与骨力，后来他放弃了诗歌的写作，其中重要的原因便是无法消除昌耀的痕迹。60年代后期出生的诗人宋长玥在用男性粗犷、浑厚的嗓音吟诵青海高地的山川、湖泊、大漠，在神性自然、古老人文传统和行走于高地进行精神淬炼的相互交织的笔触中，同样可以见出昌耀这位泣血诗人在与青海高原的相互注视中，所生发的对于自然的敬畏和成为"北方赘婿"的渴望。80后诗人曹谁、西原在构建其"大诗主义"理论时，昌耀"我是一个'大诗歌观'的主张者与实行者……诗美随物赋形不可伪造"的主张①，成为重要的诗学资源。凡此种种说明，在昌耀的生前生后，青海青年诗人的写作从观念、风格到意象的组合、语言的运用，或隐或显呈示出来自昌耀诗歌辐射的色泽，已成不争的事实。

奥地利精神分析学家阿德勒在讨论人类记忆的问题时说："记忆的重要性，在于他们被当作何物、对它们的解释，以及它们对现在及未来的影响"②，借用这一说法，我们梳理当代青海诗歌的记忆，对"昌耀遗产"诗学价值的确认和诠释当为不可或缺的环节。"遗产"对于继承者来说无疑是一把双刃剑，它既可以成为涉水渡河的舟楫，也可能成为前行的负累。昌耀用一生的才情、抱负、心力堆垒的巨大的诗歌塬体，的确给青海诗人提供了可资借鉴的丰厚经验，然而，在获得巨大塬体荫庇的同时，巨塬的阴影又有可能造成对每一个创作个体的个性和创造力的遮蔽。昌耀

---

① 昌耀.无以名之的忧怀——伤情之二[M]//昌耀总集.西宁：青海人民出版社，2000：689.

② A·阿德勒.自卑与超越[M].北京：作家出版社，1986：21.

的离世,在一定程度上带走他几乎是凭借一己之力为青海诗坛赢得的荣耀,同时也为青海诗坛带来了一种不能承受之重,因为昌耀与青海诗歌的密切关联,外界时时以昌耀作为检视青海诗歌写作现状的标尺,用这一超严的标准衡量,昌耀之后的青海诗歌因为没有大师星光照耀而显出某种黯然与寂寥,这在一段时间内确乎使青海诗歌的从业者感受到了压力。但昌耀之后的年轻诗人深知,要重塑青海诗歌的形象,绝不能亦步亦趋地模拟大师,用昌耀的经验复制诗歌,因为诗歌写作从本质上讲是一种个体化的劳作,其生命力的保障在于个性的创造,所以,进入新世纪的青海诗歌一方面努力克服着影响的焦虑,另一方面也在寻求着突围的途径。这或许是在更高层面上对"昌耀遗产"的继承,昌耀之所以成为诗人中的诗人,在于他对诗神缪斯的虔诚,在于他对诗歌个性的尊重和对模式化诗歌的拒斥,从20世纪50年代走上诗坛,到身处逆境中的"地下写作",再到复出诗坛直至生命的终点,他始终自觉疏离着诗坛的时代风格和话语方式,始终恪守着用自己独特的生命体验和繁复的意象、厚重古奥的语言塑形的诗歌品相,由此而论,拒绝削足适履适应所谓的经典尺度,决不向流俗妥协,恰是昌耀诗歌气质的重要元素,也是"昌耀遗产"的精神内核。

进入新世纪的青海诗界波澜不惊,保持了一份恬淡宁静的耐心和定力,面对国内形形色色的诗歌流派和花样翻新的诗歌主张,诗人们不愿意盲目追风,更愿意秉承各自的艺术修为,独自耕耘自己的园地,或许这正是得益于昌耀的启示。昌耀晚年渐成中国诗坛重镇,受到了省内外一批同龄诗人、特别是年轻诗人的敬重与追随,但他在喧嚣的诗坛始终保持了一个茕茕独立的孤独者的身姿,或许这也影响了青海年轻诗人身处诗坛的姿态,他们绝少创设流派的欲望和冲动。综观20世纪80年代以后的青海诗坛，除了集体性地呼应"西部诗歌"潮流之外，大体上是以立于边缘的方式冷眼旁观充满躁动感的中国诗坛，在种种主义和主张昙花一现般匆匆登台又匆匆谢幕之后，青海诗人固守自己个人立场的执拗反而凸显了面向诗歌本身的虔诚之心，在文化边地行走的诗人的孤独和落寞，不是自我压抑和谦卑所致，相反倒是一种骄傲的体现。郭建强有一首题为《孤树》的短诗，诗中"孤树"的形象可以视作诗人自己的心迹的流露，也仿佛是青海诗人特定修为的写照，"扮演一个与众不同的角色多么幸福"，旷野中树如此孤独却骄傲无比并且充满力量："空旷中的孤树，绚丽、锐利／犹如逼迫沉闷视觉的——刺！"这是一种倔强、韧性、不懈坚持的性格，正是孤独中坚守使得青海诗坛经历了昌耀离世的黯淡与阵痛之后，逐显风生水起的生机。

二

青海诗人虽执着于个人化书写，但处在同一人文、自然环境之中生存经验的相似性，由现实人生触发的文化意识的近似，使青海诗歌形成了一些共同的特色，这些由发声的立场和生命体验决定的"青海特质"，使得青海诗歌在整个中国诗坛有了相应的辨识度。

青海诗人大多有着比较明确的地理空间意识，借助对青海自然景观和人文历史的审美透视，将地域空间转化为精神性存在，从而完成自己的生命表达。处于地球第三极的青海是中国西部农耕文明和游牧文明的交汇之地，辽阔草原、苍茫戈壁、圣洁雪域与农耕田舍的交错、辉映，构成了靠近亚洲腹地的"青海"境域的自然样貌，而散落在青海域内丰富的历史文化遗存则默默述说着在中华民族发祥期这块土地所扮演的重要角色。勾描高大陆的形体，继而以强劲的主体介入凸显大地精神骨骼，对于青海诗人有着巨大的诱惑力。早在20世纪80年代初，昌耀便以总题为《青藏高原的形体》系列诗作，为神秘峻奇西部高原造型，诗评家燎原认为这是昌耀以自己的落难之地为地点，向整个西部高地空间延展的恢宏而辉煌写作，在历史大时空的追溯和对现实的关怀的贯通中，发现了西部高地本质性的精神气象[①]。此后，青海诗坛响应"西部诗歌"的倡导，以文化寻根的意识将历史和现实联结，将培植想象和灵感的根须伸向了西部的历史、神话与传说之中，从昆仑上、江河源、青海湖、塔尔寺、敦煌石窟等自然、人文景观中寻找与自己的心性、气质契合的文化元素，为自己的写作注入未被驯化的元气充沛的原始能量，在对广袤、苍凉的青海高地形象的勾勒中建构雄浑、挺拔的诗歌气质。

新世纪以来的青海诗歌将地理空间意识推向了更高远的境地。一般而言，地理空间的文学化书写，既是凸显写作的地域性特征以及地理空间与一种个性化的美学风格的内在关联，更是强调特定地域环境与创作者主体精神的神性契合从而传达独特的生命体验。青海诗人热衷于描述青海高地的自然风物与人文景观，一鳞一爪，聚合成为一个完整富有质感的诗歌中的"青海形象"。葛建中、原上草、胡永刚、孔占伟、华多太等诗人的作品中，不断出现青海舆地的名称，这些触发了诗人诗情的地方，或蕴藉着沧桑的历史况味，或呈现了自然的深邃，或与自己生活经历相关，在诗人心存敬畏又略带忧伤的百感交集的吟唱中，其情感底色无一例外传达的是自己与青海大地撕扯不开的精神联系。他们自然

---

① 燎原.高地上奴隶与圣者（代序）[M].西宁：青海人民出版社，2000：13-16.

不会停留在对青海高地外在物象的描摹,而是主体意志高度介入,将雪域戈壁、山川河流内化为自我精神的构成元素,寻觅着心灵可以皈依的精神母体,在表现青海地理空间时,注入了生活的实感和带着体温的认识,"阳光终于让白雪腾出一溜湿漉漉的黑色归途/让我在旷野的寂静中/悄悄靠近灵魂的秘密居所"(原上草《翻越大冬树垭口》)。而多年来不停行走在辽阔青藏高原的宋长玥,则在青海高地辽阔广袤的背景中展示雄性的力量,"一个男人的青海"已经成为他诗歌鲜明标记,"青海"这一地理空间是他诗歌中集拙朴浑然的原始气息、超凡挺拔的生命意志、温厚包容的博大胸襟于一体的精神场域,由此展开关于爱、期待、真理的思索,而且,青海方言和"花儿"曲式的适度嵌入与借用,使得诗歌的地域亲缘性愈加鲜明。

青海诗人对地理空间的建构,不仅注重自我情感的寄托,而且呈现出一种自觉的文化意识。青年诗人曹谁认为从地理抑或文化层面讲,青海都非荒蛮边地,而是处于中国文化龙脉之祖昆仑的怀抱中,他将视野由青海扩展到中国的整个西部以及中亚,从其地理形态中发现"帕米尔高原是亚欧大陆各大山系的一个奇妙的节点",位于亚欧大陆中心。这一"地理发现"成为曹谁写作的重要立足点,他的诗歌勾勒了一个以中国西部的帕米尔高原为中心的亚欧大陆地理背景,立于帕米尔高原的放歌使其诗歌获得了宽广的视野和内在的宏阔感。曹谁的"亚欧大陆"与自然地理中的真实地域无涉,这是借助冥想构建的一个世界模型,具有自在自为的文化秩序,长诗《亚欧大陆地大史诗》就是对这个存在于想象中世界从有生命力的物质元素的聚集、化合、生长、人类的诞生到秩序形成的历史书写,解构由现代科学认知体系建立的有关世界的知识,以原始神话思维重构关于物质起源和人类生成的创世过程,描述这一虚拟世界与宇宙形态的同构关系,诗中对混沌世界的外在品相勾勒和内在精神的挖掘,由此而生的神性、广袤气象或许就是曹谁所心仪的"大诗"境界。耿占坤的长诗《黄河传》将视野延伸到开阔的中国北方,建立了贯穿中国大陆东西的大河流域空间,依据黄河长期被看作是中华民族的母亲河这一因素而将黄河人格化为一个女性,将她在这一地理空间流动比拟为女人的一生,她诞生于巴颜喀拉山,历经曲折,归入大海,仿佛生命的轮回生生不息,永远滋养着她的子孙。这首气势磅礴之作,当然不仅仅在于赞美,更在于"把那些凌乱的、破碎的、僵冷的/互不交往或者相互对立的时空和地域/连成一条曲折的项链/让人群与事物在你的话语中相遇相识/在你设定的语境获得各自的姓名以及共同的身份",为黄河作传,实际上是为一个民族的存在和苦难艰辛的历史作证,为民族认同提供依据,从根本上讲,青海诗人对高地形体和精神的勾勒、挖掘,源于对大地的热爱,这片高大陆的苦难与风流、贫瘠与富饶、粗暴与柔情都与诗人的生活息息相关,所以,要"握紧青海高原",因为"爱恨里繁衍着生生不息"(衣郎《握紧青海高原》)。

三

在 20 世纪 80 年代,国人普遍存在着将"现代"理想化的倾向,认为"现代"是国家民族进步发展的不二选择,用"现代"的价值理念去审视、判断、筛汰"传统"似乎是唯一的文化重构的途径。稍稍回顾一下当时的青海诗歌写作,不难发现大多数诗人是在执守"现代性"的立场上发声的。此后,随着"现代"的负面因素的呈现,特别是在全球化浪潮中,"现代性"的价值尺度强势规约下,人类生活越来越暴露出同质化的偏颇,因此,出于尊重文化的多样性目的对本土性以及各个民族传统的维护便受到了异乎寻常的重视。在此背景下，进入新世纪的青海诗人逐渐认识到被"文明"的偏见所遮蔽的地域都是人类生存图景中不可或缺的部分，那些被边缘化的地域同样体现着人类生活的共有质素，对于地方性生存的深度关注同样可以抵达人类精神的根部，相反放弃原乡体验，去迎合中心话语，只能使写作处于游走无根的状态。这一认识的重要性在于，青海诗人在更为宽广的视界中，确认了书写本土的意义，确信不为风潮所动，拒绝时尚标准、趣味的侵扰，拒绝流行诗学标签规训的写作不是自甘落伍，而是尊重自己内心真实的表现。

青海作为中国西部农耕文明与游牧文明的交汇之地，神奇瑰丽的雪域高原与淳朴温厚的河湟流域是最具典型意义青海本土场景，而在昌耀的写作实践中，便频频出现"对于西部草原和山乡风土的兼容性抒写"[①]，他那用稚子童谣和僻地风物等最朴素的土著元素所营造的郁勃诗情和内在的人性力量，应当对后来的青海习诗者有所启示并增添自信。

从题材的角度而言，青海诗歌一个重要的领域就是对河湟风情的展示，这也成为青海诗歌的一种地域标识。明代初年，青海河湟地区兴学之风渐起，中原文化逐步渗透，接受教育程度的提升直接催生了本土文人写作的出现。明清两代河湟文人用传统诗体、怀着深切的家园情怀，描摹河湟的山川形胜和风俗民情的"河湟诗"成为了青海传统文学的重要现象。时至 21 世纪，河湟地区的河流、塬地、村落以及人文历史依然给青海诗人提供着灵感与激情，一批生长于斯的诗人怀着对故土的永久感念，始终执拗

[①] 燎原.高地上奴隶与圣者（代序）[M].西宁：青海人民出版社，2000：13-16.

地守望着生命根须所系的土地,矢志不渝地书写乡土,接续了河湟诗的历史传统。杨廷成称得上是一位典型的"河湟诗人",写诗30年,他的笔须臾没有离开过河湟的田地与村庄,始终坚持为故园胼手胝足的农人塑形,挖掘故土种种人事物象蕴含的伦理意义和人性的力量。他质朴、本色,富有情趣的如《瓦蓝青稞》《酒家巷》等诗作的意义,在于保留了城市化进程中逐渐消失乡村的记忆。师延智、周存云则将河湟谷地升华为精神家园与灵魂的栖息之所,赋予乡土纯粹与高贵的品质,这种对故乡诚挚的情义与感念同样是更年轻的诗人邢永贵、刘大伟抒情的基调,河湟谷地是他们永远走不出,也不愿走出的背景。

　　青海作为一个多民族聚集地,各个民族有着自己独特的文化习俗和精神气质,书写民族历史和心灵世界是青海诗歌的重要领域,其中藏族诗人和撒拉族诗人运用现代汉语为自我族群代言及其存在证言的诗歌写作尤为突出,他们在创作中流露出强烈的"问题意识",对本民族文化在全球化语境中如何保持独特性、生态危机、生活方式的变化带来的疑惑等现实问题给予了充分关注。少年成名的藏族诗人班果的诗作永远洋溢着对自然的敬仰和对生命由来的感念,在《藏地安多》一诗中吟唱道"如果众水需要证明自己的血缘/那源头闪亮的脐带指认你",追溯生命的本源成为他抒情的原初动力,而对雪域的现代化进程中的某些负面因素,也保持了敏锐的警觉,在《乌鸦》《诗人》等诗作中,在理性认同现代文明价值的同时,也对本民族在外来文化的冲击下可能产生的变异和本质的丧失的表示忧患与焦虑。梅卓的诗歌惯常通过都市与草原景观的参照,去展演一个眷念祖先光荣历史的敏感女性对时下目迷五色生活心存疑惑的复杂情愫,江洋才让以细节的铺陈,高密度的词语连接,借助草原上翱翔的兀鹫、猎猎风动的经幡、飞奔的骏马等物象去勾描藏域天人合一，富有神性意味的生活方式，洛嘉才让则以悲情的音调叹惋着父亲般草原的苦难与陷落，展示一个民族在斗转星移的演变中所形成的孤傲气质。华多太从心底涌出先祖创造的璀璨文明的骄傲，但又不能不痛惜地正视民族传统流失的现实，在他眼里，家乡纯洁的雪已泛出忧郁的色泽。沙日才则要把藏语的30个字母当作生日礼物送给儿子，以此努力留住民族的记忆。上述藏族诗人大多有接受完整的现代教育的背景，纯熟的现代汉语运用与鲜明的民族气息的水乳交融，显示了他们成熟的文化心态和包容性的诗艺追求。

　　作为从中亚撒马尔罕长途跋涉来到青海东部的黄河岸边寻找到再生之所的撒拉尔的传人，秋夫、马丁、翼人、韩文德等则不懈地追寻着自己诗歌的气质与撒拉族传统的契合，他们一方面在当下时间的维度中展示着骆驼泉、清真寺、俯身的虔诚祷告、在田野里吟唱歌谣的艳姑以及用羊皮筏渡河的父兄所组构的质地缜密的撒拉人的家园，另一方面，他们冥冥之中似乎领受了祖先的托付，用诗歌来回望和书写自己民族悲壮的历史，于是这批撒拉族诗人无一例外地开始了长诗的写作，而且无一例外地试图构建关于自己民族历史与情感的史诗。作为撒拉族的第一位用现代汉语形式进行写作的诗人，秋夫在年事已高的情形下，依然用饱满的激情书写了叙事长诗《月亮上面的永红姬素影》，这部取材民族说唱文学的爱情悲剧，力图凸显"前撒拉尔"的精神气质。年轻诗人则不约而同地在长诗标题中使用"颂辞"这一词语，如《生命的颂辞与挽歌》（马丁）、《光焰的颂辞》（韩文德）、《错开的花装饰你无眠的星辰——撒拉尔的传人颂辞及其他》（翼人），"颂辞"所蕴含的仪式感和庄重感与追溯民族历史的神圣感协调相契，"颂辞"是与回溯祖先自西向东的漫漫长路而获得的感动与感悟相适应的话语形式。青海诗歌少有成功的长诗问世，而撒拉族诗人致力于标识着难度和耐性的长诗的构建，是对青海诗坛长诗写作经验的有益积累，撒拉族诗人对长诗的热衷，固然有通过营造结构宏大、曲式繁复、含义丰富的诗体实现某种艺术追求的考虑，更重要原因应该是不采用史诗的体式不足以传达民族艰难的历史和复杂的精神体验。作为对民族历史、文化追寻的自然延伸，他们的诗篇中有着由信仰支配下的朴素而圣洁的宗教情怀，渗透着鲜明的伊斯兰文明的色彩。

  在如何处理民族性和人类性、本土性和世界性的关系上，2006年开始任职青海的吉狄马加作出了更为成熟的回答。在理解、尊重、承认差异性与多样性的体认中，吉狄马加获得了一种睿智、充满悲悯意味的世界主义的眼光，形成了一种开阔、包容、炽热的人类主义情怀。他由大凉山腹地的故乡吉勒布特出发，走过漫漫长路，经过时间磨砺和心灵的淬炼，参悟掩藏千差万别生活形态背后的人类命运的共同秘密，他是通过本族本土观察着世界，诠释着人性的相通性，恰如吉狄马加那句被评论者反复引用的话所说："如果你的作品从一个民族的身上解释了深刻的人性和精神本质，那么你的作品也一定是具有人类性的。"[①] 所以，吉狄马加的青海诗篇，如《水和生命的发现》《嘉那玛尼石的星空》《我，雪豹……》等，诗情的缘起于青海生活的体验和对这个距离太阳最近地方的认识，但却归结在对人类精神理想寓所的寻觅，传达万物有灵、人与自然的和谐、人类平等的观念，这使得他的青海诗篇拥有了内在气度的高贵与雍容。

---

① 吉狄马加. 为土地和生命而写作 [M]. 西宁：青海人民出版社，2011：130.

四

用诗评界惯用的题材、流派、族裔、代际、性别等分类标准归纳新世纪的青海诗歌写作,继而进行综合分析几近无效,在中国诗坛的整体格局中对青海诗人进行身份指认同样是困难的,青海诗人普遍存在的边地心态和"不结盟"的姿态,使他们拒绝"被命名",也不屑于自我命名,坚持个人化立场,选择的是一种拒绝共鸣,自在自为的写作方式。

马非的诗歌是青海诗界的异数,但却可以在新世纪中国诗歌的流派谱系中获得身份的确认,进入新世纪,中国诗歌标举名号的流派纷繁,但实际上贯穿其中的主要是"知识分子写作"与"民间写作"两种倾向的对立,前者注重诗歌文本所涵盖的文学经验和思想力量,强调诗歌语言的典雅、庄重和书卷气息,后者注重对现实场景的还原和直接呈现日常生活的琐屑、凡庸,拒绝崇高以及对生活的升华,强调用日常口语和民间俗世的语言进行写作。"民间写作"注重对现实场景的还原,拒绝崇高以及对生活的升华,拒绝传统诗歌的象征、隐喻系统,强调运用日常口语和民间俗世的语言进行写作。这一诗歌立场无疑与20世纪90年代后现代主义的漫溢有密切关联,拆解一切元叙事的虚妄,消解深度,颠覆知识分子启蒙话语的权威性和神圣性,构成了疏离体制和拒斥特定意识形态介入的"民间写作"的理论基础。马非正是对"民间写作"主张的身体力行,而成为青海诗人中少有的具有潮流性质的诗人。马非的诗歌直接呈示浮世绘般的生活事象,将日常生活的琐屑凡庸的事物纳入笔端,立此存照,以调侃、戏谑、反讽的方式和直白无忌的语言揭示人们习以为常的生活方式与价值观念中的乖谬、荒诞,同时在他反精英的平民化的眼光渗透着对物理人情透彻的理解和尊重,幽默诙谐嬉皮化的书写,呈现的却是对正常的符合人性尺度的生活的期待的底色,尖刻爽利的语言袒露的是诗人率真的性情,曲折表达的是诗人的用世情怀。马非在表述真切的生活经验和克服诗素材上的洁癖对青海诗歌是有启示意义的。

而更多的青海诗人并不特别在意对本真日常生活的表现,而注重对精神世界挖掘,对生存境遇的本质性体察,考量人性的实质、测度生命的可能性与局限性。这也是昌耀诗歌中经常涉及的题旨,在他晚期的写作中,不难看出撕开伤口的痛楚吟唱,不难体味到一个孤独的个体生命在生与死的临界点上灵魂的挣扎。对于昌耀独特的生命体验,新世纪的青海诗人有了越来越深刻的理解。郭建强的长诗《安魂曲》是写给昌耀的诗篇,但绝非单纯的悼亡诗,而是昌耀自己掌控生死的行为给另一位本土诗人心灵的震撼,于是,这首诗成为两个诗人之间关于生死问题的一次对话,一次精神的隐秘交流。在郭建强眼中,诗人之死是诗歌精神的延伸,是天鹅的绝唱,是进入永恒的必由之路,"……这就是说,我早已预习了骨中提炼水晶/灰烬中重绽丁香;……这就是说,生与死的界限于我此时无分彼此,/而我可坦然歌曰:我即风暴!"借已故诗人口吻的咏唱,显现了两代诗人心灵的相通,由生死的互证进入到生死境界的浑融,而生命的温度和质量也就此呈示。正是对生命本质的关注,郭建强的诗歌显示了穿过世俗的成见和肉身的感觉经验逼近生命的本相的努力,有一种尖锐冷峻的气质,有着撕开假面道出真实的智慧和勇气。

新千年开始之后,马海轶的诗风悄然发生了变化,此前,他是一个沉湎于想象,略带忧郁,力图在诗歌中营造逃避现实的纯粹、温润生活的浪漫抒情者,如今马海轶在形式上似乎偏爱的形制精悍的诗歌，语言删繁就简，避免使用修饰语，并有口语化的倾向，更重要的变化来自诗歌传达的情绪，过去诗歌中的内倾性审视减少了，代之以对外部世界矛盾、荒谬俗世面相不动声色的反讽，已经接近中国诗坛主流之一的"民间写作"风格，但变化之中也有坚持不变的品质，那就是把诗歌视作生命存在的证词，是对生命真实的探究，调侃和冷嘲是对现实秩序的解构，暗含着对幸福、纯净、富有尊严感的诗意栖息之所的向往。曹有云的诗风有类似郭建强之处，大体属于冷峻峭拔一路。他身处遥远的格尔木，缺乏同道者的声援、缺乏诗歌氛围的熏陶，他形单影只地在戈壁环绕的边城研磨诗艺、掂量着词语，写诗成为自我抚慰的方式，他在《诗人与诗》中写下如下诗句："词语含辛茹苦／在月光和风中舔舐伤口"，或许正是他创作状态的写真。现实的粗粝、荒凉，精神的贫穷感和饥渴感，内心的反诘、困惑与彷徨，对时间的重量和生命的质量的玄思，上述种种元素构成了曹有云诗歌苍凉的质地。青年诗人衣郎是一个立足大地对普遍的人生意义进行勘探的诗人，拒绝用繁复的意象掩盖贫弱的体验，因而他的写作是一种"有根的写作"。他的"黑夜"意象暗喻生命静谧、安详的状态，但也隐约呈现出某种忧郁与不安，他的诗歌经常展开个体生命与层层累积的历史、鲜活的现实之间的对话，其中既有对苦难的诘问，也有对命运无奈的叹息，渗透着怆痛和依恋相互交织的生命意识。正是因为对生死、存在、精神等层面问题的深切关注，青海诗人惯常将个体生存境遇和生命本相的体认引入生命哲学界域，坚守精神纯粹性，青海诗歌因此获得一种深沉凝重的气质。

青海诗歌在昌耀之后再次为人瞩目是"青海湖诗歌节"的举办，来自异域和国内其他省份的诗人，在圣洁的高原湖畔签下郑重的宣言，承诺为诗歌重返人类生活、致力于恢复自然伦理的完整性而辛勤工作的同时，称许青海自然山水的纯净和历史人文的丰富之于诗人、诗歌的滋养意义，认为青海是诗人的摇篮。[①] 这一说法虽非夸饰，但也并不意味着青海诗歌具有了与此赞誉对等的现实成绩，真正获得这一称誉，还需更为艰辛的心志磨砺和技艺淬炼，还需对诗人的身份进行真正的确认。关于何为诗人，昌耀早已订制了一个标准，"诗人首先意味着诚实、本分、信誉、道义、坚韧，以至于——血性。……诗人本是'岁月有意孕成的琴键'"[②]，我想，将诗歌看作维护人类精神纯粹性价值的重要形式，诗人应当是秉承天地使命的人，必须担当护卫人间良知和道义的职责，这或许是昌耀给予"昌耀遗产"的继承者们最重要的启示吧。

（原载《大西北文学与文化》2020年第1期）

刘晓林，1965年出生，陕西西安人。青海师范大学文学院教授，兼任中国现代文学研究会理事，中国作家协会会员、青海作家协会副主席、青海省文艺批评家协会副主席。出版《青海新文学史论》《寻找意义》《高地星空与文学书写》等著作。多次获得青海省哲学社会科学优秀成果奖及文艺评论优秀成果奖。曾出任中国作家协会第八、九、十届"茅盾文学奖"及第十、十一届少数民族文学"骏马奖"评委。

---

① 李少君. 李少君诗歌[J]. 青海湖文学月刊，2009（11）58-59.
② 昌耀. 诗人写诗[M]// 昌耀诗文总集. 西宁：青海人民出版社，2000：677.

透过多维时空打量一座雪山
——古岳《巴颜喀拉的众生——藏地的果洛样本》印象

马海轶

《巴颜喀拉的众生——藏地的果洛样本》是作家古岳先生"喜马拉雅北麓非虚构作品"中的一种。关于这部书的写作意图，可以从两方面看：一是作家自我设定，要通过"独特的文本设计和叙事结构"，实现"文化心灵意义上的自觉"或"对个人精神疆域的自觉辨认"；二是指向书写对象涉藏地区果洛，作家要将果洛的历史文化置于世界语境下言说，将果洛的众生相通过多维时空透视，将果洛的人与自然关系放在生态语境中观照。为此作家开拓写作边界，延展时空和题材跨度，洋洋洒洒35万字，主要内容却浓缩为："一条大河。一座雪山。一部英雄史诗。一个族群。一群生灵"。当我读完全书，掩卷沉思，想在这无法再简的引言后面缀上自己的评价："一部大书"。

这部书的"大"，首先体现在大历史。作者说："我试图在世界历史的大背景下打量果洛的历史。"写作定位决定了本书丰富的历史材料和卓异的历史眼光。作者遍稽群籍,旁征博引,从5世纪的《后汉书》到19世纪初的《果洛宗谱》,再到新近的《果洛藏族文化》;从马丽华的《风化成典》到英国社会学家和历史学家赫伯特·乔治·威尔斯的《世界史纲》,再到美国历史学家L.S.斯塔夫里阿诺斯的《全球通史》,作者随心所欲、顺手拈来的历史著作比比皆是、精彩纷呈,读者则是眼花缭乱、惊喜连连。遑论阅读和吸收这些历史著作过程中建构的史识以及其质量,单单为解析果洛历史所作的努力和功课,就已经让我们叹为观止。但这些只能构成文本的渊博、充分和繁复,真正成其为"大"的,是作者把果洛的历史梳理并镶嵌到世界历史的大格局中。所以该书涉及的历史,不仅是线性发展的单一历史,而且是复线甚至多线的包括家族史、神话史、宗教史、建筑史和生态史在内的综合历史;不仅是果洛当地的历史,而且还是整个涉藏地区的历史、蒙汉的历史,甚至还有世界史。这完全印证了他的断言:"一个人的历史就是人类历史的一部分,一个地方、一个部族的历史,就是世界历史的一部分"。

  从逻辑路径出发,解剖果洛样本,不能不涉及到它及整个青藏高原独特的地理风貌。事实上果洛人的生活、风俗、历史与宗教与独特的地理交织在一起,密不可分。要写一部关于果洛的书,必先走遍果洛大地。作者为此先后几十次进出果洛,对那里的山岳河流、湖泊草场、部落寺庙和植被禽兽就像自己的掌纹一样熟稔在心。高原冻土的海拔,山岳的高度、长度,冰川的宽度、长度以及垂直落差,草原的面积,古树的年龄,寺院和塔群的位置和数量,甚至分割草场的铁丝网的长度,但凡涉及到的地理概况,作者都能用详尽的数字说话。微观的交代如此精确,宏观的描述更加生动。"阿尼玛卿是一列由西北走向的山脉,西北缘起昆仑,东南直抵甘川河曲草原,与巴颜喀拉平行,绵延近千里,但是,我们常说的阿尼玛卿雪山并不是它的全部,而只是它的核心部分——玛卿岗日及其延伸段,与山脉的整体走向不同,山脉中段的玛卿岗日调整了一下自己的姿势,呈南北走向,这样它就可以朝着东西方向耸立,这是日出和日落的方向。"作者好像在苍穹俯视,把绵延千里的山脉走向形容得如此准确和精彩。最让人动容的是,拟人修辞使得他笔下的地理风物闪烁人性和神性的光芒。这既自证了作家推崇的万物有灵其来有自,也使这些地理风物超越物理学意义,上升为精神文化的组成部分。

对自然和生灵的敬畏和信仰贯穿于藏族人民的世俗生活和精神追求之中。但凡有关青藏的历史文化之书,不可能绕开这个现象。本书不仅概莫能外,而且着墨尤多。作者还在本书用很大篇幅介绍藏传佛教在果洛的兴起、发展和流变。间或介绍重要流派的规制、仪式以及建筑特点,同时联结、阐述了果洛乃至涉藏地区的宗教与内蒙古地区、中原的相互作用和影响。但如果仅是叙述宗教历史、寺院、教义、戒律和高僧大德,其实还在狭义的宗教范围之内。事实是作者总能由具体到抽象、由个别到普遍,把人民的日常生活升华为一种情怀,一种精神,向内外两方面拓展:一方面是"如果你想认识大千宇宙,不妨眼光向内,先认识自己,把自己认识透彻了,你就知道大千宇宙",借此告诫热衷于过度开发和索取的人类反省的必要性;另一方面是"万物皆有自己的心灵世界,一山一水,一草一木,鸟兽鱼虫莫不如是。因而万物皆有神性,亦有佛性。""而且大千世界,都是神性的整体,不可分割,生灵万物(包括人类),都是构成这个整体的一部分。"显然,这已经与15世纪的约翰·堂恩那段"不要问丧钟为谁而鸣"

著名论述非常相近了。当作家把精神生活本质用于观照世俗生活，用于凝视天地万物时，世代传承的文化不再局限于具体的教派教义，而上升为慈悲为怀的行为准则，上升为万物平等的世界观甚至宇宙观。出于传统，超越传统，真可谓以怜悯包容为特征的大情怀。

一部书必有它的主题。一部大书必有一个大主题。近年来，土地沙化、水土流失、动植物灭绝和温室效应加剧。全球生态危机加剧。这部书无论哪个视角，最终指向人与自然的关系。可以说，探究"人与自然"的关系问题，既是作者的"写作理想"，也是他的"伦理情怀"。在这部书里，作者"先把人放到自然万物的整体中，再去讲他们的故事"，明确指出人类的膨胀和贪婪造成了许多灾难，人与自然的紧张已经到了刻不容缓的地步。尤其是在新冠感染肆虐之时，我们读这部书，思考这个问题，就有了感同身受的亲切和迫不及待的焦灼。当然这部书不仅是提出问题，而且还探索了各种可能的解决方案。宏观上作者高度赞同举国家之力，设立三江源自然保护区，微观上作者详述了扎西桑俄"花儿的孩子，鸟儿的孩子"方案。花儿和鸟儿代表了自然，它们的孩子就是大自然的孩子。当以人为中心的生态学，转向以自然为中心的生态学，"自然万物必将迎来全新的时代，那是与人类一同共享天地伦理的荣光"。本书的生态保护宏大主题完全与全书叙写的大历史、大地理、大宗教一致而且匹配。

作家在后记中说："就这个文本而言，我还是愿意把它归结为生态意义上的非虚构文学作品，或文化大散文。"作为一个多年写作者，本书的阅读体验非常独特，我仿佛在果洛相互交叉的神山圣湖、悠久历史和神秘宗教的长廊里行进，看到了绮丽的自然及人文风光，沐浴了伟大宗教的洗礼，接受了浓郁文化的熏陶。而这一切,归功于这部书鲜明而强烈的文学性。作品以文学故事《鹿与猎人》开局,以作者的诗作《牧人》收篇,全书穿插了俯拾皆是的文学情结、描写、想象、抒情、象征和比拟。"一群一群的草原狼和流浪狗整天在牛羊的尸体中间奔跑嬉戏。一群一群高山秃鹫和乌鸦像乌云一样从空中飞过,"果洛草原春天的残酷和勃勃生机在这寥寥数语里纤毫毕现;"如果一头白鹿从远处望见一座雪山会生出什么样的感想?……而在雪山乡,一头鹿随时都能望见一座雪山的,就在前面不远的地方,也许正因为这个缘故,白鹿定会更加喜欢这个地方,就像洁白的北极熊喜欢北极的冰雪一样,而如果一座雪山远远望见了一头白鹿呢?它会不会也把它当成一堆白雪呢?它们的对视和凝望无疑是一个吉祥的画面。"文学的想象、拟人和类比将性质迥异的雪山、白鹿甚至北极熊纳于一体,这有可能就是乔治·夏勒所说的"将万物纳为一个共同体"。这部书浓郁的文学情调,层出不穷文学修辞,诗化了这部书的历史、地理和宗教部分,使这些本来严肃甚至枯燥的学术命题变得真实可感,血肉丰满,趣味盎然。尤其是全书最后写果洛黑颈鹤、巴颜喀拉兔子和草原铁丝网的篇章,寓意深刻,隽永悠长,思路纵横开阔,笔法摇曳生姿,树立了文化大散文的新典范。

在藏族传统文化中,青藏高原不是一般的地理概念,尤其是藏族居住区域,被命名为"神圣雪域"。千百年来,藏族人民通过想象、语言、神话及象征符号将地理上的高原解释为"人类学的高原",使之成为神圣化的精神家园。古岳这部扛鼎新著即是"神圣生敬畏,敬畏生珍爱"的篇章。作者在现代语境下,再一次以涉藏地区果洛为切片,通过典籍、传说、现实等多层次叙述,系统挖掘民族悠久历史文化,深入探讨人与自然的关系,是对高原文明和自然万物的一次深情书写。这部书再一次强调这块神圣宝地的文化内涵，重申青藏高原不是纯粹的自然界，而是文化的自然界。是自然造化与人文景观的和谐统一体，是二者相互依存的完美典范。同时，作家通过藏族人民当下生活的细节描写，生动地传达了他们的生活现实、危机和理想，使这片众神行走的高地感性地回到我们的视野之中。这部书不再拘泥于对高原家乡神圣化的确认和渲染，其主要意旨还在于唤醒、警示当代的人们，珍爱这片土地，保护这片土地，使她真正成为人类共同的自然和精神净土。它深刻反映了涉藏地区生态环境与人类社会发展的关系，对不断走向生态文明的中国乃至世界都具有重要的启示意义。作家百科全书式的写作，文本构架宏伟、视野开阔无碍，全书涉及了众多权威的著作，引用了丰富的观点和论据，引典翔实，行文流畅，学术性和文学性交相辉映，自然情怀和人文精神融会贯通，是一部具有浓郁地域特色和阅读价值的读本。它完全有资格成为当代中国自然文学的经典作品之一。

（原载 2020 年 11 月 6 日《青海日报》）

马海轶，原籍甘肃定西，现居青海西宁。系中国作家协会会员、青海省作家协会副主席、青海省文艺评论家协会副主席。有诗歌、小说、散文、文学评论发表在《诗刊》《文艺报》等国内外汉语文学报刊，作品入选百余种文学选集和中央电视台《电视诗歌散文》《中华长歌行》。主要作品有诗集《秘密的季节》《公交站遇见豹子》，散文集《西北偏北的海拔》，文学评论集《旁观》。

藏族汉语诗歌意象系统的构建

——以新时期以来的诗歌为例

卓 玛

自进入新时期以来,被学者李鸿然称之为"新生代诗人群"的一批藏族汉语诗人出现。以班果、阿来、列美平措、贺中、索宝、桑丹、梅卓为代表的诗人群在诗歌的抒情特质上汲取了藏民族丰富的抒情传统,结合现代自由诗的抒情方式,将藏民族生息的这片高大陆作为讴歌吟咏的观照对象,像观想唐卡那样冥想这片高地上的草原、风、雪山和溪流。将高原净土所特有的纯净、诗意用诗的语言表达出来。同时,诗人们对这块土地上的神圣诗性与神性有着切身的体会与感悟,他们总是通过诗歌表达他们对生命、灵魂的本质体验。作为亲身感受 20 世纪 80 年代中国现代化进程的每一个普通人,诗人们一方面感受着这份来自高原的神圣与纯净,一方面又在不断思索时代巨变中人们心灵的困惑、焦虑与迷茫。相对传统诗歌的典雅、神圣,新生代诗人们以各种方式寻求着现代诗歌的各种可能,进行诗歌现代性的各种尝试,形成了这一时期诗歌活跃、驳杂的艺术面貌。

其后,藏族诗歌继续保持着相对活跃的发展状态,出现了20世纪90年代中、后期登上诗坛,以扎西才让、洛嘉才让、华多太、江洋才让、曹有云、嘎代才让、刚杰·索木东、梅萨等诗人为代表的晚生代诗人群。这一时期的汉语诗人在创作语言上也有所不同,有运用藏汉双语写作的诗人,也有单纯运用汉语写作的诗人。母语诗人和汉语诗人、双语诗人在这一时期的创作都具有鲜明的个人化、多元化的特点,但是由于所处时代与社会的迅猛变化,晚生代诗人的诗歌写作还是与这个时代的现代化进程产生着密切的关联,尤其当传统、民族化的生存方式遭遇前所未有的挑战之际,这种关联就越发呈现出复杂的状态。出于表现这种复杂状态的需要,晚生代诗人有意识地在诗歌技艺上追求诗歌的现代性,具有鲜明的现代派风格。在藏族诗人的汉语诗歌创作中,他们将具有非理性化色彩的想象方式具体体现在意象与象征的运用上。对于这一点,韦勒克和沃伦在他们的《文学理论》中有专章的分析。在韦勒克和沃伦看来,意象、隐喻、象征、神话是具有内在联系的四个术语,传统的理论将它们视为审美手段、修辞手段,而心理学派则认为"一切意象都是对人类思维中无意识活动的揭示"[①],在对这四个术语展开研究时,既要避免修辞学派的偏见,也要避免心理学派的过激。归纳这四个术语之间的区别与联系,结合非理性主义想象方式的特点,笔者将对现代汉语诗歌中反复出现的意象、其象征意义及其与非理性主义思维之间的联

[①] [美]韦勒克,沃伦著.文学理论[M].刘象愚等译,北京:文化艺术出版社,2010:212.

系展开论述。根据汉语诗歌中意象的来源不同,将其分为客观物象构成的意象系统和主观心象构成的核心意象。

一、客观物象构成的意象系统

意象是感觉的遗留,利用客观物象来组织属于自己的意象系统,进而传达复杂多样的情感经验,是现代诗歌的主要特征。藏族诗人在各自的诗歌写作中也逐步构成了属于自己的意象系统,这一系统主要集中在自然意象和宗教意象两个方面。

（一）自然意象的抒写与演变:以"雪域"意象为例

对于自然意象的选择,藏族诗人从来都是自觉的。这种自觉首先来自于青藏高原作为世界屋脊而具有的独特地理风貌,雪山冰川、草原牧场、帐篷牛羊,这一切带给藏族人的是深深的雪域家园烙印。"藏族诗人们正是在这属于自己的地域内面对着苦难和神奇的大地找到了'感官的素材'。他们最接近河流、峭壁、天空和白雪、众神与火焰。在河谷地带和无边的草原上歌唱。"① 具体而言,藏族诗人还会将故乡的自然环境作为选择意象的重要来源,因为除却雪域这个藏族人共有的精神家园,牧场、农庄、森林、高山都是具体的故乡印记。藏族诗人常用的自然意象有雪域、雪山、草原、河流、牧场、大地、森林、季节、雨、雪、风、秋天、春、狼、鹰、马、牦牛、青稞、麦子。并且,这些意象常常复合、重叠地出现在汉语诗歌中,构成强大的意象系统,共同营造出属于藏族诗人汉语诗歌特有的语义场。

---

① 才旺瑙乳,旺秀才丹.藏诗:追寻与回归——代前言[M].藏族当代诗人诗选(汉文卷).西宁:青海人民出版社,1997:5.

作为老诗人,伊丹才让善用传统意象,并且还善于引发新意。他的诗歌中常常出现"雪域""布达拉宫"等意象,其中,"雪域"意象在后来的诗人诗作中也反复出现,伊丹才让在《雪域》一诗中用"太阳神手中那把神奇的白银梳子"来隐喻"冰壶酿月的净土雪域",既具有神话意味,又十分形象化。"雪域"象征着藏民族的原住地,是原住民对自己民族栖息地的符号化,又包含着文化、宗教等意味。藏族文化由于宗教浸染深重,天体神话并不多见,可此处伊丹才让以太阳神入诗,显然是对西方神话的移植,这种自由的选择是现代诗人所特有的。"白银梳子"用来形容高原雪山阵列如同栅栏一样排列的情形十分准确。伊丹才让在"雪域"意象上寄予的是对故土无限的热爱,感情单纯而热烈。可以看出,伊丹才让在表现这一意象时是有意运用太阳、雪山、大海、潮汐这样宏大的物象来支撑他对雪域的理解的,从中可以看出宏大叙事的影响仍在。

"雪域"这一传统意象在年轻诗人那里就被赋予了更为复杂的内涵。80年代末已产生较大影响的诗人班果以《雪域》为题的诗集中有一首诗歌《羌域》,实为"雪域"意象的别名,诗歌在表达故土情怀时已有了与伊丹才让不同的视角:

盐和青稞的羌域
鹰和石头的羌域藏红花开

布匹一般铺展的羌域
铜器一般闪亮的羌域

炊烟袅向蓝天雪山站在日中

大群猎手在岩石上舞蹈

大批神灵在墙壁上显形

燧石召唤火焰

玛瑙在地底击鼓

松木是手臂长满山坡迎向天空

生命和自由的羌域

酒和歌谣的羌域

茶和众水的羌域群星流泪

瓷碗光洁，占领宴席

老人的眼里闪耀海洋的光芒

水獭在新娘的衣袍下摆跃动

狐尾自新郎头顶逃入手中

村庄的羌域季节的羌域

那里的人们酷爱唱歌

生命的河流干涸于天葬台

又自婴儿的脐眼涌出

煨桑的柏烟生生不灭

远方的海子睁开慧眼

婚姻与生产亲吻与送葬

爱情的羌域哟

所有的血液所有的毛发

牙齿与骨骼诗篇与歌

全部奉献

如把生命奉还爱母

至亲的羌域哟

班果此诗写于 1988 年，对于传统意象，诗人有意将这个民族象征的地域符号的宏大性予以消解，将"雪域"与藏族同胞生活中的每一个细节结合起来，于是，雪域是"盐和青稞"的，也是"酒和歌谣"的，雪域是人神共栖的，雪域是生死流转的。这种消解宏大的抒写另一个层面确立了人的形象。不论诗人选取意象时出于怎样的艺术构思，但有一点很明确，这种抒写带有个性解放时代特有的烙印。和班果同一时期产生较大影响的诗人索宝则赋予"雪域"这一意象以更多的主观化色彩：

雪域无疆界

大雪纷纷飘落覆盖千古岁月

雅隆部落青灯不灭

慢慢点燃三石灶的烟火

雪山下芳草青青

繁衍祖先的妙莲形大地上

有忧郁的哲人

默默站立如瘦长脸的山羊

在这片土地

他看一些黑孩子扔骨头给摇尾的牧狗

他看父老兄弟们结对爬过朝圣的山垭口

看玛尼堆上猎猎经幡

看老人额头上吐蕃历史弯弯曲曲

终于他从祖辈们用身躯叩出的灰土路上

依然返回

只是他没有走出这片土地

摇摇晃晃的影子

没能躲过塔顶高悬的太阳

睿智大悟的目光

被时光绘成斑驳的壁画

旅人走过雪域

身后就没有了脚印①

《雪域情绪》深刻地思索了藏民族与足下的雪域、信仰的宗教之间血肉不可分割的关系。诗歌头两节诗意地再现了藏民族的生活方式,由于游牧生活方式的关系,索宝眼中的人与羊是具有精神联系的:"有忧郁的哲人/默默站立如瘦长脸的山羊。"另外一首《牧人》一诗中,"在羊群无言的目光中/我是一只最有理

---

① 索宝. 雪域情绪[M]. 北京:民族出版社,1989:13-14.

性的头羊",延伸开来,人与万物都是一种具有精神联系的存在,这构成藏族人最基本的生存方式,也构成藏族人与脚下这片土地及土地上的生灵之间的共生关系。在万物有灵、众生平等的理念支撑下,藏族人又与藏传佛教形成了亲密的共生关系:"他看父老兄弟结队爬过朝圣的山垭口/看玛尼堆上猎猎经幡",煨桑、供奉、经轮摇曳、经幡猎猎是藏族人日常生活的场景,朝圣、修行是几乎每个藏族人人生的愿景,"解救佛的人/被佛解救",对于藏族人来说,雪域不仅仅是故土,它还是信仰,信仰不仅仅是精神的,它就是生活本身。诗人以诗歌的方式雕镂了雪域人的生活与情感,具有哲思与史诗叙事般的力量,并以这种力量完成了对"雪域"意象的改造,"雪域"已经从一个自然意象改变为自然意象与主观心象的结合,充满了理性力量与非理性激情的撞击与融合。

比较三首诗歌对"雪域"这一自然意象的运用,我们会发现,自然意象在藏族诗人的诗歌中经过了摹写、延伸与改造,这与诗人所处的时代有关,与诗人对自身的认识有关,与现代意识及现代诗歌的写作经验有关。

(二)宗教意象的个性化呈现:以"庙宇"意象为例

藏族诗人笔下的宗教意象是非常丰富的。有一个有趣的现象值得注意,活跃于20世纪50年代至七八十年代的几位使用汉语或汉藏语兼用来进行创作的诗人伊丹才让、格桑多杰、丹真贡布、饶阶巴桑是藏族第一代汉语诗人,他们用自己的写作完成了藏族诗人汉语诗歌最早的探索与实验,但他们的诗歌更多地体现了"言志"的特点,更多的是对于民族、国家的歌咏,几乎很难见到有关宗教的书写。因此,笔者所谓丰富的宗教意象主要存在于新时期之后的汉语诗人的诗作当中。伴随时代变化与历史进程的变化，藏族诗人的民族自觉意识开始显现，对宗教意象的运用就体现了这种自觉意识。因此，庙宇、经幡、僧人、天葬、桑烟、玛尼石、玛尼经筒、转经路、塔、佛像、度母、修行、圣山、圣者、羌姆（宗教法舞）等意象就集中出现在诸多汉语诗歌当中，同样构成一个意象系统，并经由诗人的个性化呈现，传递出诗人复杂的感受。

由于信仰的原因，现代诗人选择宗教意象往往是传达某种神圣情感，表达一种审美感受的。以具体的例子来看，嘉央西热在《庙宇精神》中以拜伏的身姿传达出神圣的宗教信仰及其审美感受：

红门开启，铜铃碰撞
我的亲人已经换上绛红色衣裳
诵经的声音犹如滚滚春雷
摇曳的灯火照彻轮回之路

一只仙鸟在我心灵的净土上
觅食，羽毛洁白
要扑灭远方的战火
雪域多么平静
遍布额角刻有经文的牛羊
灵魂随处飞扬，一个行囊空空的香客
把一块石头放在更多的石头之上①

---

① 嘉央西热.庙宇精神[M]//才旺瑙乳，旺秀才丹.藏族当代诗人诗选（汉文卷）西宁：青海人民出版社，1997：67.

节选的这两节诗歌以经典的场面刻画，描述了藏族人日常生活的状态。"庙宇"这一宗教意象细化为僧侣、经书、酥油灯、玛尼石堆等具体物象，诗人毫不掩饰自己对宗教的热情，同时创造性地赋予"庙宇"意象以和平、宁静的精神内涵。

女作家梅卓除创作了大量反映藏地生活的小说，也写了许多内涵丰富的诗歌。她的散文诗集第三辑"绽开十万瓣叶的白旃檀"集中地抒写了诗人对宗教的独特感受。《落在寺顶的雪》即是如此：

闪亮着

我走进红马靴，红马靴埋进了雪，雪雾升上天空，化作佛的迷惘。

化作金瓦寺下，此起彼伏的膝头。

血脉里流动的……

骨子里生根的……

不可言传。

佛在长明灯后摇曳，灵智的眼，充满痛苦。他终于伸出手，拒绝了盲人的礼敬。

却无法拒绝雪。雪织就凡间的袈裟，披向肉身的肩头。

就这样，在寺群之中，我怀念起遥远的菩提树下，那人子的一生。[①]

这首诗仍旧传递出对于宗教的审美性理解，只是这种理解还

[①] 梅卓. 落在寺顶的雪 [M]// 梅卓散文诗选. 贵阳：贵州人民出版社，1998：89.

是打上了诗人鲜明的个性烙印。诗歌以"雪"为纽带,联系起"我"与佛,继而与雪域大众之间的精神联系:释迦牟尼佛因迷惘而去探寻答案,众生因迷惘而去拜伏觉悟的佛,在精神层面上,"我"与佛之间的沟通成为可能。佛法认为智慧与怜悯是佛性的两大根基,因此"我"在观想佛像时,感受到的是佛的怜悯,而这种感受引发了"我"对"人子"宗喀巴的怀念。佛怜悯众生,"我"怀念"人子",这种对宗喀巴身份的有意错置,则是出于诗人更深的人性意识。"我"与佛的彼此关切,可能更接近佛理的真谛。梅卓笔下的庙宇意象充满人的精神。

二、主观心象构成的私用意象:以"马兰"和"风"为例

诗人在诗歌创作中常常会将自己复杂的情感经验投射在某种虚构世界中,这个世界包含了诗人隐秘的内心及深邃的无意识世界,它并不清晰,往往含混模糊,但仍能以其片段化、碎片化的状态,以其高度抽象的特点,构成一系列主观心象,而这些主观心象则构成了诗人诗歌的核心意象。这些核心意象往往是一种私用象征,因为它充满了诗人独创性和个人化的特点,与传统意象,甚至原型意象都是相对的。这种由主观心象构成的私用意象如同一个密码系统,需要研究者去破译。

在藏族诗人的汉语诗歌中,这种私用意象并未成为一个鲜明可见的系统,它会隐约闪现于诗人的诗行当中。例如,甘南诗人扎西才让笔下的"马兰"意象。马兰花是草原上一种野花,在甘南的草原上很常见。扎西才让笔下的"马兰"由普通的自然意象转而成为一种私用意象是经过时间的淘洗和语词的磨砺的。在扎西才让早期的诗歌里,"马兰"意象俯拾即是:

在这北方的甘南。甘南:

一道鞭影下,呐喊的马兰①

但马兰平静盛开。

但这里的石头涂上血色。

但藏民族的爱情:一万对精巧银牌

被众多少女佩戴

……

马兰花开。这些是摇向天空的铜铃,

草地被迫把秘密倾诉。

……

马兰花开。美丽的美景炸裂,

一场爱情接着另一场爱情。

……

而我就是马兰的兄弟

看见姐姐的洁白脸儿

在婚姻里张开。②

春天里,有人陷于沉默,

手把马兰这樽酒杯。③

---

① 扎西才让.黑夜掠过甘南[M]// 才旺瑙乳,旺秀才丹.藏族当代诗人诗选(汉文卷).西宁:青海人民出版社,1997:301.

② 扎西才让.高原的阳光把万物照亮[M]// 才旺瑙乳、旺秀才丹.藏族当代诗人诗选(汉文卷).西宁:青海人民出版社,1997:305-308.

③ 扎西才让.受伤的鹰[M]// 才旺瑙乳、旺秀才丹.藏族当代诗人诗选(汉文卷).西宁:青海人民出版社,1997:310.

对于扎西才让来说,"马兰"意象挖掘出诗人对生命的认识,"生命"这个关键词,在扎西才让的诗歌里有了最适合的表达方式——马兰。所以,有故乡甘南时,有马兰;有爱情时,有马兰;有春天时,有马兰。"马兰"就是诗人关于生命及生命力的全部寄托所在。到扎西才让诗艺更为成熟的近些年,"马兰"意象仍旧出现在诗人的诗作中,同时这一意象又外在地置换为"矢车菊""苏鲁花""牡丹""格桑花"等意象,但"马兰"的内蕴未变:风吹草低,一丛悲愤而落魄的矢车菊,仿佛归乡之路上的注定的献辞。①

苏鲁花凋谢了,从南面的卓尼到北面的黑错。②

大地上碗大的牡丹,这是甘南的脸蛋。③

其中充盈的仍旧是生命力的旺盛、生长或消失。可见,"马兰"这样的物象必定经过诗人反复吟咏、擦拭,使得普通的意象逐渐散发特有的光芒,成为我们体察扎西才让隐秘的内心世界的一把钥匙,成为扎西才让的私用意象,拥有独属于他的内涵。

另外一位青年诗人洛嘉才让的私用意象也独具特点。洛嘉才让出生于青海湖边的一个小小村落,青海湖常年自西向东鼓荡而来的浩荡长风是这个村落唯一可以定格的画面。诗人关于"风"的记忆全部潜藏于其内心世界的隐秘角落,甚至潜入了他的无意识世界。因此,诗人从20世纪90年代走上诗坛,"风"意象就成为他诗歌的一个鲜明徽记。他的长诗《七日》中,他这样描写:"第一次感受到风的抚摸。第一次听见风的声音。风如鹤唳,肆虐着从帐篷的天窗中横切下来,漆黑如泼。唯一的酥油灯在米拉

---

① 扎西才让.七扇门:献辞[M].北京:大众文艺出版社,2010:37-38.
② 扎西才让.七扇门:甘南的牡丹[M].北京:大众文艺出版社,2010:103.
③ 洛嘉才让.倒淌河上的风:七日[M].西宁:青海民族出版社,2015:224.

日巴大师嶙峋的瘦骨上忽明忽暗,阿妈疲惫的手停留在婴儿的脸庞,轻轻抚摸,目露爱意。"①在他很多诗作中,"风"意象都频频现身:"而我和风一起走在秋天的路上／千年的阳光在身上冰凉地跳跃／果实般腐烂地跳跃完美而虚无／一袭自然的忧伤从天而降／像某种冥冥中的引领垂落在肩上""风在疾行／水泥森林中扑闪着夜的眼睛／成片的星光落下／堆积在大地安静的心脏"②。诗人还有专门以"风"为题的诗作:

没有声带,却时而低语,时而怒吼

没有手,却抚摸着青草,让她们欣然起舞

没有脚,却追着落叶满世界疯跑

没有心,却因爱而激动得颤抖

没有形体,却从阳台穿梭到客厅,停留

在冰凉的肚皮上

没有笔

却在水中写下思想

在岩石上执着地刻下族谱

与树分享满腹的秘密

宏大的志愿让森林去传扬

---

① 洛嘉才让.倒淌河上的风:七日[M].西宁:青海民族出版社,2015:224.
② 洛嘉才让.倒淌河上的风:躁动如初[M].西宁:青海民族出版社,2015:158.

没有车皮、电和枕木上安睡的铁轨

却将春天运送

让人们心旌荡漾，并赠上禾苗、鲜花和爱的礼物

它是大地的呼吸

它将时光带到我们永无抵达的花园①

如果我们找寻出有关"风"的所有约定俗成的文化内涵，那么从文学上讲，早在春秋时期的《诗经·国风》就是对民间文学最集中的一次展示，"风"因而成为民间文学的代名词。从文化上讲，"风"可以泛指一切出自民间的物质文化和精神文化，我们常说的风物、风土、民风等等就是此意。然而，属于洛嘉才让的"风"意象绝非这样一种俗成的定义可以解释。对于洛嘉才让来说，他"第一次感受到风的抚摸"，就已经奠定了有关命运与灵魂的某种认识。在他看来，"风"是有灵魂的，当它吹拂过你的脸庞和发梢，就一定与你有过一次秘密的交流，不为人所知，所以"我"常常与"风"同行。"风"的灵魂某种程度上是一种自我观照，"我"这个笨拙的肉身只有与自由的浩荡长风交流时才拥有片刻的自由。然而，"风"又可以象征命运,洛嘉才让的《倒淌河上的风》就是这样一首诗作：

这风。这深入骨髓的风。这远离修辞格的风。这远古的风。

---

① 洛嘉才让.倒淌河上的风：风[M].西宁：青海民族出版社，2015：105.

这起自青海湖上的风。这来自天上的风。这带着盐的风。

这令许多人望而却步的风。这让肺部经受考验的风。

这没有颜色的风。这水一样冰冷的风。这带雪的风。这摧残油菜花的风。

这催开格桑花心扉的风。这在贫瘠的土地上催熟青稞庄稼的风。这沾着露珠的风。

这拷打脸颊的风。这在刺骨的冰面上裸奔的风。这在牧人的皱纹中爬行的风。

这砥砺肉体的风。这扼住太阳咽喉的风。这在荒芜的草地上夜夜吟唱的风。

……

这以后也会带走我的风。这吹在我儿子脸上的风。这一直就这样刮下去的风。

这古往今来的风。这南来北往的风。这没有开始也没有结尾的风。

这吹向未来和未来的未来的风。

这风。这风,这风……①

整首诗从句法上使用整齐的陈述句式,不断反复,在韵律上使用头韵,以这种方式形成了诗歌铿锵的力度。若要细微地从诗歌内部进入,则会感受到整齐反复的陈述句式恰似一道道阻止强劲的情绪之"风"的高墙,即使如此,情绪之流仍旧奔突涌动,以不可阻遏之势倾泻而来,恰似倒淌河两侧山谷一路裹挟而来的

---

① 洛嘉才让.倒淌河上的风[J].青海湖.2010(3)93-94.

风。诗歌从诗行排列上模拟了强烈疾风的侵袭，从语调上以一个个长句模拟了风暴的速度，情绪的强流在这番侵袭中一泻千里，达到情绪宣泄的强度。诗人以少有的长句、密集的句子排列，制造了诗行外观仿佛一阵强风刮过的视觉效果，内容上则将故土、部落、家庭、爱情、生死等所有这一切与"风"紧密地结合在一起，揭示出"风"意象所象征的命运对人的影响。这些诗歌所具有的意象凸显出的是"风"这一物象在诗人心灵内核中逐步下潜，最终沉潜为一个隐秘的主观心象，它所象征的灵魂与命运是独特的这一个，无法在别的诗人诗作中复现，也无法由别人复制，它是独属于洛嘉才让的生命徽记。

新时期以来的藏族汉语诗歌拥有着独特的意象系统。客观意象与主观意象的区分基本涵盖了新时期以来汉语诗歌的意象系统。具体到这一意象系统的内部，我们会发现诗人运用意象的心理变化，这一变化带有鲜明的时代烙印。自然意象在新时期之初大量出现，与十七年时期颂歌式的诗歌不同的是，此时关于雪域大地的大量意象出现与这一时期诗人们的自我观照与反思有很大关系。诗人对略显符号化的自然意象的大量使用，隐含着民族身份自我确证的心理动因。同时，自然意象的大量使用还呈现出诗人的另一种心理动因，即试图通过雪山、草原、森林、河流等青藏高原广阔空间里的大量物象来寻求恒定与久远，以这种象征来对抗狂飙突进、急剧变化的现代化进程。以诗人班果的《青稞地》为例：

谁在最初的一粒种壳里睡着

生命的源头一片新绿

古老的石磨在深山悠悠地伴着太阳旋转

还记得我们祖先的笑模样

低低飞翔的风犹如扩展的胸

运动于死亡之上

这个富庶的年头我们怀念挥洒的汗雨[①]

    这首诗集中了雪域的一些自然意象，同时，意象的渐次展开与恒定的生命状态、久远的历史感结合在一起，"青稞地"呈现出丰富的内蕴，成为与"麦子"意象相近的意象，表达一种坚韧、笃定的生命姿态。这应该是藏族诗人大量运用自然意象的另一心理动因。宗教意象的出现与自然意象的使用在自我确证方面具有相同的内涵，但还有一部分诗歌是通过宗教意象来质疑、反思信仰的，这无疑与那个时代人们焦虑、迷茫的时代心理是合拍的，也体现出这一类诗人反思民族自我的内心状态。无论如何，这种对宗教意象的运用已经突破了传统，持续生发出属于诗人自己的创造力。这种对于宗教意象的多重生发，应该是属于藏族诗人的独特写作资源和抒情路径。私用意象的出现是诗人个性精神高蹈的表现，崇个性、尚多元的时代共识越发激发了诗人的意象独创，激发了诗人个人化的情感表达。在藏族诗人那里，私用意象也往往与足下的土地，生长的地域，自幼习得的文化构成了一种互文本。因此，扎西才让的"马兰"意象绝不止于扎西才让自己，它还承载着甘南草原的甘苦和伤悲；洛嘉才让笔下的"风"也就不仅仅鼓荡在青海湖畔，它还时时侵袭着每一个藏族人的心灵谷地。诗人与接受者通过意象所传达的深刻蕴含展开对话。这种交流与

---

① 班果.青稞地[J].安多文学.2011（3）13–15.

对话使诗歌在一定程度上承载并强化了我们独特的文化经验。

在"前逻辑思维"和非理性的直觉的思维方式的影响下,藏族诗人保持了相应的想象力来展示诗歌可能的表现方式。传统诗学隐含着的陌生化的诗学思维方式,影响了藏族诗人对其汉语诗歌意象系统的构建。这一大的意象系统的构建基本涵盖了新时期以来藏族汉语诗歌的意象选择,虽然是以个案研究的方式进行归纳的,但仍能说明藏族汉语诗歌写作中意象趋同的现象。这个现象一方面与藏族作家共同的生存环境有关,另一方面,也说明所归纳的意象系统在藏族诗人心灵投影之中。基于以上种种,我们可以想象今后的藏族诗歌中这种与信仰密切关联的想象方式会继续延续,诗歌也会以更为丰富的面貌呈现。不可同化性的诗学追求及其思维方式也会带来藏族诗歌未来各种丰富的可能。由于人类共同的命运、由于世界最高极所具有的特殊生存环境,就像神谕的语言一样,相信诗歌会呈现更多复杂和含混的意蕴,以此来再现人类生存的境遇。

(原载《阿来研究》第14辑,2021年6月30日)

卓玛,女,藏族,1973年7月出生,青海省天峻县人,文学博士,青海民族大学现当代文学专业教授,博士生导师。在青藏高原多民族文学与文化领域开展学术研究。兼任省文艺评论家协会副主席、省作协主席团委员、中国文艺评论家协会会员。

大地之书与行走的记忆

——宋长玥《云端上的日子》撮要

卓 玛

诗人宋长玥的非虚构写作《云端上的日子》是一部记录青海大地记忆的地理书和文化生活的民族志。全书用12章的篇幅,书写了一部青海的大地书。

青海,居青藏高原,西部高迥,向东倾斜,山地为主,间以谷地、丘陵。冰雪资源丰富,河流众多、湖泊静卧,获誉"中华水塔"。透过历史的叠影,看得见的古道和看不见的古道在青海高原上透迤盘桓。山宗、水源、路之冲,就是对青海所做的准确注脚。在这样一个带有神性的高地,作家阅高山,涉江河,走隐藏历史风烟的老吊桥,踏夕阳下隐曲婉约的牧场小径,正如作者宋长玥所言:"这神性闪闪的高原,两步三步便是天堂"。

时下不少非虚构写作的文本多以他观视角切入。写作者的"他观"视角本应能够获得一种客观的态度,但是由于与写作对象之间的文化、空间隔膜,容易造成"他观"视角的偏移,最终或隐或显地形成萨义德所谓的"好奇"与"注视"的想象方式。与此相对应的是"自观"视角,文化自观者往往占有知识的先天优势,但是如果不能保持一个理性的态度,"自观"很容易流于某种民族主义和本位主义的盲目。宋长玥以他文化自观者的身份准确呈现了青海的文化内蕴,这依靠的不仅是他的熟稔,更是他建立在智信与理性之上的自信。作家曾以诗集《一个男人的青海》呈现了一个人与他的脐血埋葬之地可能产生的最复杂的情感纠葛。在这部关于青海游历记忆中,作家尽可能运用理性、客观的主观态度,梳理一如他掌纹般熟悉的大地。从他对青海历史的娓娓讲述,宗教流派的如数家珍来看,回顾与梳理线索清晰,材料与调查细节密实。这种缜密和真实产生的可贵价值与他游历、验证的遗迹、传统交织在一起,诗人就产生了躺在南凉遗迹——虎台之上的"马嘶长空、弹指一挥"的无限快意。行走在隆务河谷中,保安古城里的都司衙门,郭麻日村里的猎猎经幡,都在作家笔下鲜活生动起来,历史、自然,以及细微的生活细节都在他笔下生动浮现。青海多民族、多宗教、多元文化和谐共存,多元共生的现实图景和文化内蕴就如此清晰地呈现于我们面前。

在知识的构成中,地方性知识占据着知识金字塔的深厚基底,我们对普适性学理、世界知识的获得都无法脱离这个底座而确立。克利福德·格尔兹就认为"对知识的考察与其关注普遍的准则,不如着眼于如何形成知识的具体的情景条件"。对于宋长玥来说,属于青海的地方性知识于他而言,具有不可替代的独特性。他依据这种独特的秘籍破译着青海大地上特有的密码。张承志曾在《北方的河》中这样形容青海柳湾彩陶:"森林变成了光秃秃的浅山,河床变成了高高的台地,雨水冲垮了山上的古墓葬,于是,顺着小沟,彩陶流成了河,……真的,在湟水河流域,古老的彩陶流成了河。"在宋长玥笔下,今天的柳湾彩陶虽然静静地躺在就地建成的博物馆里,但他却在阳光穿过林子洒下的稀疏光斑中揣摩着几千年前制陶人的心思和祈愿。制陶人在这些布满形状各异的蛙纹图案的彩陶上所寄予的期望,与数千年后一位祈雨驱雹的法师并无二致,都是对生殖、丰产的伟力的膜拜与祈求。作家对青海卢山岩画、鲁芒沟岩画的解读也带有鲜明的地方性知识的特点。这些岩画场面宏大、造型生动、线条稚拙,作家引经据典的介绍恍惚间将我们带进"断竹、续竹、飞土、逐宍"(《弹歌》)的漫天尘土、呐喊助战之中。青海的魅力多在这彩陶、岩画的生动曼妙中,也在那於菟、纳顿的洒脱不羁中,这是属于青海人的知识与体验,宋长玥精准地把握了独属于青海的知识密码和抒情路径。

宋长玥长于抒情,也善于在文本中编织密实紧致的故事和必要的情节,这种说书人技艺的展示,为这部大地之书平添了诸多富于温度的细节和富于质感的瞬间。这些细节和瞬间恰恰保证了这部非虚构写作的上乘品相,在大开大阖的历史叙事、隐曲有致的知识传递之中,还潜藏着深沉情感的静水深流。宋长玥酷爱西北"花儿",因此文本中就处处串结着还带着露水的"花儿"片段:"白牡丹白着耀人哩,红牡丹红着破哩";"喜鹊抬着板板儿来,你脚步不响了悄悄儿来,哎哟,早来得了吧,想着……";"黄河的边上扎筏子,鞭麻绳拧下的腰子。尕兄弟们是人里头的尖子,我就是云里头的鹞子"。颤着酽酽的歌喉,黄河边的皮筏子和白兰道上的马帮就这样在眼前鲜活起来。优秀的作家会赋予文本饱满和富于弹性的肌理,非虚构写作同样不例外。一个深谙本土文化的作家,像"串串黄河腿不疼,看看天灯双眼明;转转黄河圈,能活一百年;转转天灯杆,全家保平安"这样的民谚俗语自然会汩汩流淌而来，成为他所叙写的文化展演与空间的最为熨帖的解释。常年生活于斯，作家对西宁这座城市的内蕴把握得也非常准确。西宁，这座小城与它的市花丁香非常相像：朴素、清浅而又真纯。这种"米粒般细碎的花朵"味道"醇厚、清幽"，常常在五月乍暖还寒的时候给渴望春天的眼睛以希望。从丁香这样一个平常得犹如邻家女孩，却又深刻影响着西宁人的审美观的切口切入对这座城市的书写，而非旅行攻略中惯见的美食与风物，这就是独属于作家的写作品质。

以文化自观者的自信，怀揣地方性知识的厚重，施展说书人曲径通幽的语言技艺，宋长玥完成了这一部关于青海的文化地理记录。给予他丰沛的创作动力的，我以为是他不断地行走。大力神安泰注定不能离开土地，一个作家也需要用不断地行走为生命接续地力，结出更多的文字果实。在非虚构文本不断面世的当下，沉潜下来，细细抚触大地与树木的粗糙，侧耳倾听风与老妪的隐秘对话，才有可能奉上真正属于大地的记忆。

（原载 2020 年 9 月 11 日《中国民族报》）

《风雪一枝梅》的叙事特点

贾一心

一（篇）部文学作品，无论是抒情类，还是叙事类，写作者都会以各种方式、各种手段或前或后、或显或隐、或直接或间接地表达自己写作的意图和目的；总会借助艺术形象的塑造、情节结构的经营表达自己对世界的认知与对现实的态度。而接受者为了阅读作品，把握写作者所要表达的思想情感，就必须沿波讨源、循枝振叶，由显至隐，透过字里行间、纷纭物象与复杂事件等等，探寻、体验、感悟写作者描绘、刻画、书写的真实意图。在叙事类作品，尤其是中长篇小说的创作中，写作者鉴于体裁样式体积和容量的庞大，往往会通过叙述标记来提示、引导接受者阅读作品。从接受的角度看，叙述标记是理解故事的重要手段之一，其目的就是要读者在接受故事本身的同时领会其蕴含的意义。叙述标记是叙述作品的作者为了引导读者理解自己所要表达的意义而在叙述过程中设置的标识。花山文艺出版社出版的长篇小说《风雪一枝梅》的写作者王连学就充分利用这一手段，很好地实现了自己表达的意图。

《风雪一枝梅》以20世纪30年代的青海河湟区域为叙事空间，以互助县威远镇天佑德酒坊兴衰为背景，讲述酒坊大工刘保中一双儿女历经磨难，饱受摧残，最终奔向光明的故事。作品借助诸多矛盾冲突很好地塑造了刘梅这一艺术形象，实现了从感性形态到理性抽象的表达，使艺术形象完美地阐释了作品思想主旨。

以象征的方式暗含主题

文艺作品中最直接、最有效、最明显表达作者意图、主题的就是作品的标题。《风雪一枝梅》的作者开门见山，以"风雪一枝梅"命名，这一作法虽然在形式上、手法上有点陈旧、老套，但也恰到好处地揭示了作品的内容。恰如其分、婉转含蓄地表明了作者自己的思想倾向和情感态度。同时也将故事的发生、发展以及背景、时间、人物性格等叙事要素暗含其中，使读者从一开始就在猜测、揣摩中产生想象和联想。

从标题上看，"风""雪"作为单纯词，其本义纯粹、明确，仅仅是两种自然现象的指称，没有太多的含义；"风雪"与"一枝梅"组合之后，信息量增大，其含义相对较为复杂一些。它们之间的关系既可以认为是并列关系，也可以被认为是限定的关系。在并列的层面，风雪与梅并存，作为两个独立存在的个体，似乎没有太多的交集。基于对自然现象的认知和日常生活经验，我们很容易得知风雪与梅之间必然存在着或大或小、或强或弱的对抗。也是这个缘故，在限定的层面，"风雪"具有了修饰的意义和动态变化的特征，从而使二者发展成为动宾关系，造成整个短语动静结合、虚实相生、内涵丰富。于是，我们看到这样一种现象：风雪吹拂着梅树。至于风雪有多猛烈、梅树如何？我们无从知晓。

唯一能肯定的是——风雪越大越强劲，梅花遭受的摧残就会越厉害，而梅花傲立的风姿也更鲜明。

在修辞格层面，我们首先可以把"风雪""一枝梅"确定为暗喻。"风雪"意味着当时残酷的社会现实，"一枝梅"的本体是主人公刘梅。于是，"风雪一枝梅"成为一种象征，象征着主人公在荒时暴月、暗无天日、腥风血雨的现实中不惧暴虐、不畏困厄、勇往直前、越挫越勇的斗争精神。正像作品结尾所描绘的："那身影在雪地里，像一团红色的火焰，转眼就进了西门，向着那斑驳沧桑的鼓楼飞奔而去。"

以人物的塑造彰显主题

主人公刘梅的塑造虽然有不尽如人意的地方，但作为艺术形象整体上还是比较凸显的。因为，对这一形象作者还是花了一番比较大的功夫和诸多心血的。这首先体现在姓名的取舍上。按照中国传统，一个人的名字是至关重要的。它寄予着长辈的希望，包含着家族的信息，在一定程度上不但反映着历史的、时代的、地域的特征，还隐含着文化的、宗教的和民俗的密码，成为一个人外在的、难以抹去的身份标志。对艺术作品中人物的命名，更是创作主体有意为之的重要手段和重要技巧。它一方面反映出创作主体的学识修养、才干智慧，另一方面意味着人物形象是否栩栩如生、生动逼真。《风雪一枝梅》中的主人公刘梅生于石窝村，长于威远镇。"这当儿，只见刘梅'噔噔噔'地跑进来，手里拿着一根冒着青烟的火绳子跪上炕去，正噘着小嘴儿吹着，脸上还抹了一层锅墨。"稚气率真，活泼可爱的形象跃然纸上。即使到了威远镇刘梅也依然天性未变, 本色出演。其四婶见了之后说："我一直心里想着曹老夫子的林黛玉到底是什么样儿，鹅蛋脸儿，樱桃唇儿，杨柳腰儿……哎呀，总也想不出来。今儿见了咱们的梅儿，活脱脱就是这个样儿了。"其丈夫反驳："胡说。我看我们梅儿眼睛里透着一股子英气，像花木兰、十三妹，不像什么黛玉妙玉的弱不禁风。"透过两人的谈话，刘梅这个人物形象的思想性格、言行举止已经初露端倪。这两段描写不但使读者如见其人，同时也为情节的发展、人物的成长做了铺垫。

为了凸显刘梅"她不仅长得心疼可爱，而且冰雪聪明，更难得的是她有一种坚韧不拔、勇于求取的性格"。作者特意在情节发展中安排了两个重要事件：一是其父保中去世，接受饭馆经营直接与赵庆对抗；二是冒着被抓被砍头的风险救助落难红军许云若。前一事件重在塑造刘梅不怕艰难险阻、不畏恶霸强权，灵活应对，机智抗争，敢于傲霜斗雪的性格特征。后一事件重在表现刘梅心存美好，不避汤火，追求光明，奔向新世界的行为。至此，作为景物的梅花与人物形象的刘梅合二为一，物即人，人即物，实现了作者想通过"风雪一枝梅"象征作品情节发展、主要人物砥砺前行的意义和价值。

以细节的描写衬托主题

描写是文学创作中必不可少的技巧、手段，通过逼真的描写，不但可以增强艺术形象的魅力，更可以使读者身临其境，如见其人。在《风雪一枝梅》中创作者为了更好地实现主题的表达，对细节的描写也不遗余力，十分用心地在一些细节上做足功夫，如用鲜血绘制的梅花、毛笔书写的小诗以及酒馆的名称，等等。书中写道："然而，这种想法一闪就过去了——田静在随手拿起的一本书里见到一张纸条，纸条上一朵鲜艳的梅花立刻映入她的眼帘。她忽然想起那天刘梅为燕儿扎风车，不小心用针刺破了手。当时，自己作画，就顺手撕下一块宣纸让她擦血，没想到她竟用自己的鲜血印了一朵梅花，并用毛笔规规矩矩在上面写了一首小诗。"

"何日逐月委心怀，鹏程万里累尘埃。他年若得去蟾宫，定折一枝桂花来。"这里的梅花就不用多说了。小诗虽然没有与作品主题紧密相关，但刘梅这一形象所具有的志气、豪气却如在眼前，油然而生。而且，刘梅自身佩戴的红梅荷包，一方面透露出刘梅自小就表现出的思想倾向，另一方面也与主题的表达、形象的塑造相辅相成，成为作品不可多得的亮点。作者还有意识将刘梅的主要活动空间——酒馆借他人之口，命名为"一枝梅"。显然，作者的意图还是在强化所要表达的主题。除了上述细节，刘梅的同胞弟弟叫刘松、其堂弟叫刘竹。作者将梅松竹用于人的名字，不但在一定程度上反映了民间民众对小孩取名的文化惯例，同时借用优秀的中国传统文化"岁寒三友"的历史积淀，将理性、希望、美好寄予具体、可感、单纯的形象。这样做不但传承、弘扬了优秀传统文化，而且进一步渲染、衬托了所要表达的主题，使"岁寒三友"的文化蕴含、审美表征与人物形象、主题表达融为一体，成为形式中的意味，意味中的形式。

当然，作者意图以及主题表达的实现不仅仅是通过上述几个方面就能完全实现的，还需要注意事件发生发展与人物成长成熟之间的逻辑关系。情节不但要跌宕起伏、引人入胜，而且还要合情合理，人在事中，理在情中。《风雪一枝梅》中刘梅的形象就与事件的发生发展存在不吻合、不紧密的地方。我们还应谋划典型环境中的典型人物，注意人物形象发展的内在轨迹与社会历史、时代发展的关系，处理好生活真实与艺术真实的关系。千言万语一句话，作品主题的表达不单单是技巧问题，更主要、更重要、更关键的是作者的才胆识力。有才，才能磅礴书写；有胆，才能别具一格；有识，才能鉴别真伪风雅；有力，才能力透纸背。我们只有"积学以储宝，酌理以富才，研阅以穷照，驯致以怿辞"才能下笔千言，陶冶性情，温润心灵。

我们知道《风雪一枝梅》的作者想把藏匿在记忆深处的、零散的故事串联起来，使它成为一部小说，献给外祖母、母亲等"爱我又被我所爱"的女性以及生我养我的神奇而贫瘠的土地。我想仅就这一目的而言，作者是达到了。但我们更希望作者转益多师，万取一收，因内符外，吐纳英华，创作出更多更好的作品。

（原载《青海日报》2022年7月1日第12版《江河源·副刊》）

贾一心，男，1965年出生于青海省西宁市。1989年毕业于青海师范大学中文系。曾为青海民族大学中文系教师，文艺学硕士生导师，主讲文艺学相关课程。主持国家级、省部级课题多项，发表专业论文70余篇，独著1部，合著多部。2015年调入青海省文学艺术界联合会主要从事文学艺术研究。现为省文联文学创作与理论评论中心教授。

守望故土的招魂之音
——李明华近期长篇小说创作评析

罗 洪

在当下中国的"现代化"进程和"城镇化"大潮中,传统村落正在塌陷。乡土社会的解体,传统人文价值的衰落,正在成为触目惊心的景观,而"故乡"的消失,身体和心灵"胞衣之地"的流失,导致的价值尺度的位移和内心失落及阵痛,正在成为影响深远的"大事件"。

长期生活在河湟谷地的李明华是继王文泸、井石、陈元魁等之后青海乡土文学最具代表性的作家,他的长期坚守和努力,印证了"河湟文学"的河床不是枯竭了,而是还在继续精神饱满地流淌着,也印证了能够产生好作品的可能性。他近期的长篇小说创作,无论是家园回望中的诗性书写,还是"现代化"进程中河湟乡村社会变迁的深刻体察,都每每让人掩卷沉思,让人惊叹于作者难以割舍的故土情怀和无法排遣的"深广忧愤"。在十多年的时间里,他相继创作了《默默的河》《夜》《泼烦》《马兰花》《冰沟》等多部长篇和一系列中短篇小说。他用饱满的情思、透达的文字极力贴近乡村生活的根底,勘察了一个长时段内农村生活的严酷现状,这既是献给即将消失的乡土文明最后的"挽歌",也是对日益远去的"故乡"的一次"招魂"之礼。其情也真,其寄也深。他对传统人文情怀的孜孜坚守,有让人泪涌的力量。

是的,他以一个作家的良知和承担,让人们从功利转入审美,从物质转入精神,从事件外部转入心灵,从浮躁转入沉静,从行动转入沉思、回望、对照、沉潜,最大可能地接近原乡和生命本意,在缓慢中整理人生,在缓慢中叙述"河湟"故事,传达着一个作家对那一方土地、对岁月的理解和打量。

他的身上当然也就无法例外地"缠绕着一种用任何利器也难以割断的乡土情结"(井石语)。他站在裸露着无数彩陶的河谷台地上,悉心观望着父兄们在太阳的强光下挥汗劳作的背影,体验着农家庄廓院里那些呵斥鸡狗猪羊的主妇们洋溢在脸上的笑意,聆听着以这一切为背景的家乡从遥远的过去朝今天走来的或沉重或欢愉的脚步声。

一、乡土社会的"深度":农耕文明的落日余晖里

"乡愁"是人类文明中最朴素的情感,也是高贵的情感。

青海河湟谷地是青海主要的农业聚集地,先民们一代代刀耕火种,薪火相传,在与外来文化的一次次碰撞与融合中,在与严峻自然环境的对峙与和解中,形成了独特的"河湟文化圈",它以农耕文明为主体,尊崇孔孟之道,一直有"诗书继世,耕读传家"的传统,在日常生活中保留着"进退有据、礼数悉备"的各种规矩。由于独特的地理位置,边地的游牧文化和外来的伊斯兰文化

及其信仰也杂陈其间,因此文化形态上又有着一种"混血"的意味,他们既尊崇尊老爱幼、勤俭持家的美德,还对各路神灵充满敬畏之心。

但在近世百余年以来的社会变革中,在动荡时局,战火兵燹,各类此起彼伏的政治运动中。在"新时期"四十年来,"工业文明"长驱直入,"城镇化"进程紧锣密鼓的进程中,随着土地的流转和征迁,生存方式和观念的改变,民俗民风的变异,传承已久的河湟农耕文化体系正处于巨变和消解之中。这既是一个传统的农耕家园丧失、覆没的过程,也是"现代化"裹挟下,一种文明结构、社会结构转型变迁的阵痛过程,这种"千年未有之巨变"以不同的方式影响着一个区域社会中的群体和个人,正如社会学家吉登斯在《现代性的后果》一书中所强调:"现代性以前所未有的方式把我们抛离了所有类型的社会秩序轨道,从而形成新的生活形态,现代性卷入的变革比以往时代的绝大多数变迁都更加影响深远"。

对于一个有着美好乡村童年记忆的人,一个对古老文明怀有虔敬之心的人,这种变迁显得那么痛心疾首,五味杂陈。

李明华的长篇小说《泼烦》,通过一个下乡挂职的"村干部"的视角,对当下的农村生活进行了精微的揣度和审视。小说叙事中"挂职村干部"这一视角很智慧,因为安排"挂职",所以要深入到农村生活的方方面面,在小说中作为村副主任的"我"被轮流安排到农户家中吃"派饭","我"也借此触及到了貌似平静的农村生活中暗含的种种隐秘和真相。另一方面,由于是"挂职",所以既能入乎其中,又能出于其外,对桃花乡千户台村的生活有一种冷峻的从外部的打量,有一种越出"乡村事件"之外的清醒反思。小说中"我"作为一名县里派驻到桃花乡千户台进行挂职的基层干部,在琐碎的乡村日常生活中看到、触到了乡村生活中那些不为人知的内幕:如村支部书记刘天来滥用职权,大搞权色交易;屠夫王马达为了赔偿款没日没夜地开荒地,妻子却跟别的男人跑了;王家大爷去世后,四个儿子相互推脱谁也不肯主动办丧事等。

《泼烦》解析的是传统伦理道德触目惊心的颓败,这些阳光下的阴影,由于细节的逼真、场景的饱满、文字的冷峻,有着一种倒春寒的意味,悲凉中透出隐隐的沉痛。他似乎更善于在不同人等的死亡和丧事里观察乡村的人情冷暖和事态变迁,在《泼烦》里他写了农村的四次丧事,小说中白银香、王家大爷、五保户张家阿奶和村长四个人各不相同的死亡背后,带出了当下乡村生活中平静表面下人心的浮躁不安,在现实利益面前的困惑迷茫等心灵现实。尤其在五保户张家阿奶的葬礼上,抬棺送葬的人和吹鼓手在送葬的半道上停下来,要求丧官爷加价,这种"死人头上要红包"的行径是乡村民俗民风中出现的"崭新"景观,经济利益高于一切的时风正在把乡村社会最后的那点淳朴善良如此残酷地卷走了,留给人们的是长叹和反思。正如作者所言:"桃花乡的千户台村只是当今中国农村的一个截面和缩影,小说里的一些场面和境遇,在当下中国绝对不是偶然的,其真实性已经远远超出了小说本身。"显而易见的是,一生为村里人操碎了心的村长之死,李明华却安排了一场盛大而壮观的丧事场面,作者甚至安排了一场纷纷扬扬的大雪,因而乡愁意味也就更加铭心。

《马兰花》是献给河湟地区"母亲"的一曲准备充足、抒情饱满、诗意盎然的赞歌。小说以抒情写意的笔调,显示着乡土的人性之美,整体叙事比较平缓,缺少大的事件冲突,从总体上流露出一种对正在消失的传统文化的伤悼之情,是一种沉重的文化怀旧情绪,是现代文明的冲击下河湟谷地乡土美丽风俗的最后一道风景。小说在表面不动声色的牧歌声中,流露着一些淡淡的哀怨。以作者的话说:"故事里有我母亲的印记,却找不到我母亲的影子,因为这不是我一个人的母亲,这是生活在河湟谷地上每一个爱过恨过笑过死过的和正在活着的女性。"在这部小说里,作者用"马兰花"生命中主要的几个事件作为结构小说的叙事线索,引出了"马兰花"智慧、坎坷而艰难的一生。主人公马兰花作为一个家境较好的木匠家的姑娘,在时代的裹挟中她嫁给了一贫如洗的瘸子李解放,就是这样一个瘦弱的女人,却用自己的智慧和勤劳,一次次帮着这个家庭渡过了生死难关。她智慧伶俐,不畏强权,她的极力争取,一次一次改变了枫洼村婆家的许多陈规陋习,如为生产队里的残疾人获得了和正常人一样的劳动工分待遇,如她割麦子的方法和"袖珍麦捆"被广泛推广并成为公社的劳模等。她会嫁接果树、劁猪,在饥馑的年月里,她牺牲了自己的名声,让一家人免于挨饿,从此背上了"偷嫂"的骂名。她还用自己的"生存哲学"把四个儿女培养成了出类拔萃的人才,充满了远见卓识,有着"偷嫂"骂名的马兰花在李明华温暖的笔触下反而放射出人性的光芒。这部小说同时也是一部"还愿"之作,整部作品情感饱满,光彩四溢,其中《迷人的香气》《日饱》等篇章书写"荒年"饿肚子的经历和生产队开大会"马兰花"被"陪斗"的经历尤其生动精彩,看似轻松的叙述背后,潜藏着人性的扭曲和苦难的泪水,有感人肺腑的力量,饱含了作者对辛劳一生的"河湟母亲"的深沉情感和温馨的人文关照。

《冰沟》是李明华沉潜多年,创作的一部令人震撼的大作,小说近一百万字的篇幅,这部小说以河湟地区冰沟成氏家族几代人的遭际和百年的兴衰为主线,讲述了冰沟成氏家族由兴盛走向衰败，最后在工业化进程中消失的命运。整部小说从九十六岁的成家老奶奶看似混乱其实充满智慧的叙说中以回忆的形式徐徐展开，小说紧贴着一代又一代人物的命运去写，在娓娓道来中有一种从容不迫的大家气度。这部小说容量极大，囊括了一百多年来跟河湟地区与农耕生活有关的，关于地域的、时代的、家族生活的方方面面的知识，这既是一个大家族的命运之作，也是一部河湟人百年遭际的反思之作，更是一部中国传统乡土社会逐渐衰退消亡的警醒之作。正如作者所说的："与冰沟一同消失的不是地理和区域意义上的一景一物、一山一水、一乡一村的消失，是养育了我们这个民族的根深蒂固的坚守的消失，是传统生活方式和人文情怀的消失，是道德底线的缺失，贪婪和欲望厚颜无耻地膨胀，勤俭越来越成为人类的奢望。"

当下小说创作中存在一个普遍的短板，就是原生的生活经验积累不够，深入不够，由于教育的深化和各类现代知识的普及，在开阔了作家写作视野和写作手法多样性的同时，也带来了对真正的原生生活经验的某种遮蔽和漠视。许多急功近利的小说家的创作往往从知识和观念开始，由于没有从原汁原味的"生活"中真正贴进去、扎进去、泡进去，所以很难真正抵达小说人物的"内心"，更不可能抵达生活"真实"。许多作家写的作品像一个旅游"观光客"的印象记，缺少来自生活本身的"温度"和"现场感"。当下小说创作中更大的一个缺失是，在对日常生活的书写中根本触及不到人物、事件背后的真正的"核"，没有反思生活，深掘"生活"内部的文化教习、时代经历对一个人物当下生活影响的能力。许多作品往往天马行空，忽略人物内心的成长，对事件经历文化命运的打量，每一个人物的举止言谈里缺少时代变迁、命运交错的"历史"感，语言的交响和狂欢中缺少生活的真实和厚重。

在体察生活的深度上，李明华是优秀的，他不仅善于观察生活，还勤于思考。当下的一大批中国作家都在书写"乡愁"，书写故土消失的哀痛。的确，这一主题也从来没有像如今时代这样尖锐过，但大部分作家往往停留在"工业文明"和"城镇化"进程对传统乡土社会的蚕食，对传统人文价值的颠覆这一层面上。很少有作家将这一反思的维度延伸到整个"现代性"兴起的开端，延伸到传统"乡绅社会"逐渐解体的时刻。这需要罕见的洞察力和"长时段"反思和考量社会文化变迁的能力，在这点上李明华恰恰具有惊人的洞察力。当然，他的这种洞识不是从大量史料的勘查和理论研究中得到的很明晰的一种观念认知，而是来源于对脚下这片土地真正的"贴近"，他从日常的人伦遭际的"贴近"中看到了深远"历史"的投射，在对乡土过往"历史"的"贴近"中，触及到了那种变迁之因。传统乡土社会及其人文价值观的衰落，不是从"城镇化"开始的，也不是从"工业文明"的兴起开始的，而是从一种稳固的乡土价值秩序被各种名目的运动、规划、改造所割裂开始的。这一消解的过程，只是在现今"商业化""城镇化"背景下，变得更为剧烈更为迅捷而已。

二、"宽度"与"厚度"：生活经验在书写中的拓展

任何一个时代，有根的文学才是真正有生命力的文学，文学的根就是生活，有生活的文学才有生气。李明华善于观察生活，积累生活素材，长期在河湟谷地的农村生活，让他熟悉农村的一点一滴、一草一木，甚至鸟语花香也带着乡土的气息。他的生活经验深厚宽广，他的小说创作有一种少见的源于生活的"宽度"和"厚度"。生活本身的模样远比任何个人的想象更为复杂、丰富，甚至荒诞，一个尊重生活的作家，心牵他人冷暖的作家，生活往

往也会对他报以丰厚的回馈。李明华便是如此。

李明华的小说中有对民风民俗的展示，一看就不是贴上去的，有一种肉长在骨头上的那种肌里相融的贴切感。像婚丧嫁娶风俗中繁复的礼仪程式，他熟稔于心，包括各类大的礼仪场景中人物群体的各类表现，甚至复杂的心理活动，他都有细微的观察和揣度，有着一种身临其境的现场感。比如在长篇小说《泼烦》王家大爷的丧事里，对四个儿子、阴阳、吹响、丧官等的心理拿捏，都准确到位。他的小说中还大量出现了对日常生活场景、动物、植物、自然风物的描摹，如一头猪，一只鸡，一头驴，一匹马，一片土地，一座山，一阵风，一个月夜，一缕清晨的阳光等，这些时不时出现的"闲笔"，鲜活生动，形象传神，使人身临其境。但更重要的是"闲笔不闲"，它们往往跟人物内心的活动、跟某类事件有关联、有暗示，这些段落往往能很好地起到衬托氛围和深化主题的作用。他的作品密集地展现了春种、秋收、打碾、狩猎、祭祖、木工做活、社火调演、社员开会、政治学习的乡村生活场景，使作品显得有血有肉，充满着来源于生活的烟火气，读起来亲切感人。

李明华的作品中还保留和还原了青海河湟谷地乡土生活特殊的历史记忆，如《冰沟》中成稼茂去陕西、甘肃参加科举考试的经历，如乡绅地主"荒年"里放"舍饭"的壮观场景，如河湟山区里乡绅修祠堂、办学堂时地怎么选、梁怎么上，先生怎么请，都充满了一种庄严的仪式感，如"耧摆"这一农具进入青海东部农村农业生产的经历。再如《马兰花》中"吃食堂""大饥荒"的历史经历，《泼烦》中抓农村计划生育超生妇女的历史经历。这些饱满的乡土生活经验为李明华的小说创作提供了无尽的生活素材，同时也为一个世纪以来河湟农村生活那些特殊经历留下了重要的文献史料。这些经历，这些创作之前相关资料的搜集考证，使他在小说中书写乡村生活时，显得内容翔实、史料丰赡，行文游刃有余。他很像乡里的一个贤达的"贤书"，看了他的小说，就知道肚子里装着许多东西，在表现乡村生活的题材时不是捉襟见肘，不是"挤牙膏"，而是在取舍上显得绰绰有余。

李明华几部小说创作中一个重要的特点，就是对小说人物塑造的高度重视，在典型化、类型化的人物塑造上一刀一刻显得尤为"用力"，这是对生活素材进行过滤提纯的结果，这在现今的小说创作中已经不多见了，年轻的小说家们已经将此当作过时的理论，转而直奔主题了，但过往的文学史证明，小说创作中真正深入人心，传之持久的，还是那些"典型"的人物形象，如鲁迅的"阿Q"，沈从文的"翠翠"，老舍的"骆驼祥子"，钱钟书的"方鸿渐"，赵树理的"二诸葛""三仙姑"。事实证明，长篇小说从"人物"出发和从"情节"出发，会产生截然不同的效果。从"人物"出发，才会有小说人物的经历、成长和变化，才会有真正打动人心的力量，从"人物"出发，才会获得饱满的"结构"，因为一个"典型人物"的背后，承载的恰恰是整个时代的烙印和特征。"典型人物"使小说获得一种深广的"历史景深"，才能使"一百个读者的心中有一百个哈姆雷特"的文学效应。这一点在李明华的小说创作中成为了一种自觉，以长篇小说《马兰花》为例，不仅主人公马兰花的智慧和坚韧让人过目难忘，而其他一系列附带的人物形象的塑造，如"李七斤"的小气，"老顽头"的诡诈，"石娃子"的朴实，"张大炮"的精明，随身佩戴"公章"的"王连兄"的愚忠，贫协主席"王老五"的无知，也特征分明，栩栩如生。

李明华近期创作的长篇小说叙事的侧重点和主旨各不相同，小说叙事时间的处理上也极具匠心。

长篇小说《泼烦》的叙事时间是一个挂职村干部半年左右的时间，因此侧重于"以点带面"的方式进行小说叙事。作品通过几个村庄中发生的"集体事件"将乡村生活的惊人内核暴露了出来，这好比是"戴着镣铐跳舞"，需要在狭小的舞台上跳出大动作的高超写实能力，以及对大事件、大场面的良好把控能力。而长篇小说《马兰花》的叙事时间则是一个农村妇女一生的时间长度，从马兰花出嫁、生孩子到从事农业生产，度过大饥荒，推动小说实际往前行走的是围绕着马兰花的其他一组"人物序列"。这一系列的"人物"原型像一个个"桩"撑起了整部小说的骨架，通过介绍人物生平来龙去脉，把更大的生活容量和历史场景徐徐带动起来，使小说一下子结实了，有了一种厚重感。这是在中短篇小说创作中下过大功夫的作家，书写长篇小说时的一种优势。这部小说中的《迷人的香气》《两颗会唱歌的南瓜》《屁股蛋上的"公章"》等篇章可以单独拿出来当作精彩的短篇小说来读。长篇小说《冰沟》的时间跨度则是一个家族的百年变迁，时间跨度大，人物繁杂众多，这一类作品很容易在人物事件的中心叙事的汪洋大海中，"淹没"一个个场景和细节描写，变成冗长而乏味的"讲故事"小说，或"民间故事会"小说，生活经验不足的小说家往往会迫不及待地想把"故事"讲清楚，讲完，最后导致作品单薄、干瘪，格局狭小。而李明华很聪明地选了一个独特的叙述视角，长篇小说《冰沟》以成氏家族九十六岁老奶奶看似癫钝的追忆将整部小说贯穿起来，小说虽然也是贴着中心人物的命运去写，但成家老奶奶时而清醒，时而糊涂，一会儿在讲事情，一会儿在讲自己的感受，这种叙事处理让整部小说缓慢了下来，饱满立体了起来，像十几条小溪缓缓朝着一条主河道的方向汇集，在从容不迫中尽显磅礴，在娓娓道来之中极尽风致。

李明华这三部小说处理题材的视角和叙述方式差异巨大，这种不断给自己设置"写作难度"，不断挑战自己"写作惯性"的小说创作，是一个有抱负的小说家的自我期许，既是对生活的尊重，也是对文学艺术的尊重，让人心生敬佩。

三、亦俗亦雅亦庄亦谐的语言追求

通览李明华小说创作，三十多年的小说创作中，他以一个作家的文化良知真实生动地记录河湟这片故土的历史，反思着这一片土地上生活的人的命运遭际，跟他们一起煎熬着、忍耐着，心系着他们的冷暖，在对一种传统乡土伦理的坚守中，在对乡土生活方式和人文情怀的回望中，记录下自己心头的爱与恨，并在多年的创作和思考中形成了自己的独特语言风格和艺术特色。

李明华的小说写作，很早就有一种语言上的自觉，在多年的勤奋历练和熔铸中，形成了极具特色的语言风格，小说语言的包容性和精练程度都要高出许许多多乡土作家，这是他多年勤奋写作和着力探索的结果，大致梳理起来，有以下几个方面的特点：

（一）精微的生活感受力和传神的细节描写

这一点在李明华的小说中非常突出，他是个生活的"有心人"，观察生活深入仔细，往往善于用细节凸显人物性格。

例如《马兰花》中写"李七斤"的吝啬小气，说他有个外号叫"肚子疼"，拉屎撒尿的时候要焦急地跑回自己家地里，怕浪费，更为讲究的是他的"放屁"："他肚子里的臭屁即将走出屁眼的时候，就立马蹲下身来，把自己的裤腿用冰草扎紧了，缓缓地小心谨慎地把屁放出去，然后夹紧屁眼，把屁轻轻带回家里，急走进圈里（那时农家的厕所不叫厕所，叫圈）。他就立马解开裤腿，使劲抖动着肥大的裤裆，把屁从裤腿里一丝不落地抖出来。抖了一遍，怕没有抖干净，再抖一次，把鼻子伸进肥大的裤腰里嗅了嗅，没有一点儿臭味，才放下一颗悬着的心。"（第一章）这样的细腻而夸张的细节描写让人物性格跃然纸上。

再比如《泼烦》中写王村长"第一次"吃方便面经历，既好奇，又觉得好吃，但又不便直接说出来，"我煮了一碗给他。起初，他先抿一口汤，抿了好几下，觉得有味，这才吃了一小口。吃一口，抬头看一眼我。吃到后来，就干脆稀里糊涂哗啦哗啦地满口扒，扒出了风卷残云。完了，他咂咂嘴，又舔舔唇说：'这东西还有一种怪味儿。'"使人忍俊不禁。《冰沟》中修建学堂时"成三多"骑着骡子去河州请木匠，要乘船过黄河，脑山里的骡子没见过船，惊恐不上船，最后渡口的船家"有办法"让骡子上了船。这样的小说细节，如果没有对生活细微的观察，没有在生活中真正经历过，是不可能触及到的。这一点也是李明华小说"耐看"的一大优势。

（二）小说语言的诗化倾向

一个值得关注的现象是：当代作家中，最先由写诗或写散文开始的一些作家，后来转向小说写作后，在小说语言和对生活细节的感受力上往往优于只从事单一的小说创作的小说家。李明华早年有写诗的经历，这种诗歌写作的经历内化为一种语言运用中的高贵尺度，使他的小说叙述语言充满了鲜活感和生动性。

如小说《马兰花》中："房檐的梯架上挂着一口白膛膛的猪，把半个院子都照亮了。一派丰衣足食的景象。"（第一章）

"昏暗的油灯下，马兰花的左手不停把麦子捻进碾孔，右手熟练地转动着碾盘儿，灰白色的面粉，从碾孔里丝丝缕缕地流淌出来,宛如酿成的酒水,宛如白雪和牛奶。那样亲切,那样柔滑,那样细嫩,那样绵长,那样动情。已经从炒麦变成炒面的麦子,这会儿完全打开了五谷的五脏六腑和生命的情感,宛如一群女孩围拢在一块儿,打开了端午节的香包儿。香味越来越浓,竟是那种从未有过的清香。"(第六章)。

再如小说《泼烦》中写秋收:"这是一个连山里的老鼠都废寝忘食、夜以继日的季节,每一个庄稼人都如火如荼忙碌着一年的收成,连那些早场上的电灯泡都累得稀里糊涂,让灰土包裹得明明灭灭。"(第十三章)

写刘老汉家儿媳妇超生,被当场逮住要交罚款时:"刘老汉绝望了,他的眼睛里没有一点光,他一下疲软地蹲在向阳的北房台基上,双手抱住了头。他的头勾得很低,差一点勾到自己的裤裆里了。它像一堆被农村女人遗弃的千窟窿万眼睛的破棉絮,扔在无人问津的地方,一天天被彻底遗忘,一天天蓬头垢面。"而要充当罚款的粮食即将拉走时,"手扶拖拉机发出了暴跳如雷的声音。"(第二十章)

(三)本土方言、俗语、谚语,包括"红色经典"话语的灵活运用

如果说小说语言的诗性化是语言运用尺度上趋雅的一个方面的话,那么李明华小说中大量青海本土方言、俗语、谚语的恰当而灵活地运用,在文本中产生了一种"戏谑"的狂欢效果,产生了亦庄亦谐语言风格,凸显了乡村生活原汁原味的情状,使作品贴近生活原貌,更接地气,打上了本土印记。

如本土方言、俗语、谚语的运用:"花椒树上你甭上,上去时扎手哩;庄子里到了你甭唱,唱了是打嘴哩。"(意为在村庄里

不能唱男欢女爱的"花儿""少年")"毡匠家里遢精炕,阴阳家里鬼上墙。"(意为天天做物件的人家里反而没有自己使用的东西)"人活脸,树活皮,人不要脸赛过驴。""再大的麦子要从磨眼里下。"(意为凡事总有解决的方法)

如"红色经典"话语的灵活运用,《泼烦》中乡长领着一干人去抓超生户时,乡长指示:"看看吧,那些革命历史片在群众中的影响有多么深远,我们还没进村他们早得到了消息,这肯定受了《鸡毛信》之类的启发。同志们呀,千万不要认为那些千锤百炼的红色经典过时了,也千万不能低估了那些放羊挡牲口的老人,别看他们一个个老态十足表情木木的,他们的一个眼神说不定就能扭转乾坤,他们才是新时期活学活用最优秀的特工。我们要放下架子,谦虚地向他们学习,要以其人之道还其人之身。"

(四)"花儿"的"嵌入"和河湟曲艺文本的转化

在河湟谷地,"花儿"深入人心,"花儿"在表达人的情感方面(尤其是男女之情方面)很直接,也很过瘾,运用得好的时候,有神奇的效果。李明华的几部小说中都有大量的"花儿"嵌入文本中,许多地方用得极为巧妙、得体,有奇效。

李明华的小说语言中还有许多从河湟曲艺中转换过去的东西,也极为精彩,如《马兰花》其中有一段写天宝母亲骂人,"她的叫骂十分有韵律,像唱民谣,她的叫骂底气十足,直骂得天昏地暗路断人稀,直骂得行人不敢抬头牲畜们绕道而行,直骂得秋天的雀鸟们哑口无言,使出蛮劲在她的头顶上飞了过去。"柱儿失踪后,他老母亲的呼喊声,"她的喊声宛如凄风冷雨,在山梁上化成了一个又一个夜晚。她把手做成一个半喇叭形状放在口上,声音传得远远的、飘飘的,一直喊到人们吃过晚饭的时候,喊得村里的女人和孩子心里一阵毛骨悚然,喊得胆儿小的女人不敢独自上厕所,喊得娃们不敢独自写作业,赶紧钻进被窝里,在一阵噩梦中入睡。"其句式就是从曲艺文字中转化来的。

四、为河湟立传的"史家胸襟"

中华文明中历来有"重史""崇史"的传统,史书在中国古代有着崇高的地位,国人在史书中,读时代的兴废,国家的存亡,历史人物的生死悲欢,其中有评价忠奸善恶的道德尺度在,有评价人格气节的价值判断在,因此国人对历史掌故的嗜好历千载而兴味不减。新文化运动以来,由于社会形态的变迁和传统价值观念的逐步消解,郑重"修史"的传统逐渐衰落,但"史"的精神却在"新文学"的创作中,尤其是散文、小说创作中暗暗承袭了下来。梁启超甚至对"以重大的历史事件为经,以广阔的社会画面为纬"的"社会史"式的小说给予了厚望,认为是"启民心智,改造社会"的利器。正如北大陈平原教授在谈及白话小说"叙事模式"的转变时所言及:"史传之影响于中国小说,大致上表现为补正史之阙的写作目的,实录的春秋笔法,以及纪传体的叙事技巧。"这种文学创作(尤其是小说创作)中"崇史"的倾向,在白话小说百余年的发展中,使现代小说更多地侧重于"家国""历史""人伦"的书写这一维度上,现实主义文学一直是新文学中无法撼动的创作主流。百年来,文学作品在反映时代症候,揭示重大社会问题,关注焦点人物,思考人伦困境,构建文明共同体方面,显示出了巨大的力量,甚至成为文学作品介入时代、矫正时风,为民众发声的有力方式。

李明华的小说创作,从整体倾向上,也是对这一文学创作主流的自觉倾近,自觉地倾向于"家国""历史""人伦"的书写这一维度，是从宏观视野里对大时代下个体命运的关注和眷顾，在长篇小说创作中自觉地承担了一个时代见证人的身份，有着"补正史之阙"的雄心抱负在，具有一个作家担当时代良知品格和意义。从《泼烦》中对当下生活现状的审视和批判，到《马兰花》中河湟地区农村妇女近半个世纪命运的敞亮与反思，再到《冰沟》这样的关照农村百年兴废的大作，他以"小人物表现大时代"的创作取向，着力还原着河湟地区乡土经典生活的原貌，追摩着生活在这片土地上的农人的喜怒窘穷，忧悲愉佚，为河湟乡土立传，为湮失的古老文明招魂，体现了一个作家的文化良知和社会担当，有唤醒记忆和反思现代文明的力量。

他的小说写作，生活经验丰厚，情感饱满。他丰厚的史地、民俗、乡土的知识，他对这片土地上生活的农人的悲辛的关爱，使他的写作获得了相应的"宽度"和"厚度"，充满了"博爱"的胸怀，许多作品，有着关乎自身命运的尖锐痛感，有着对造物生灵，对挣扎于尘世社会的民众的悲悯之情，作品有着真正来自于中国西部农村生活经验的"肉身骨骼"。

基于他作品的吁请和召唤，我们也深深地反观着自身的心灵处境，这无疑是一种深刻的警醒：我们不能等到"毒土壤""毒空气""毒水"把一代人毁掉之后，再去反思发展的代价；我们不能等到"故土"彻底消失之后，再用 GDP，用金钱去建构一个虚拟的"故乡"；同样，我们不能等到没有生存的"立足之地"时，才想到自己麻木、怯懦、苟活的一生。

（原载 2020 年《湟水河》芒种卷，2020 年 5 月 28 日《作家网》转载）

罗洪，1975年生于青海，青藏铁路职工。曾出版诗集《雪上的日子》，合著"人文晚生代文丛"《断念之后》《失重的思想史》；作品曾获第五届中国文联文艺批评奖三等奖、第三届全国职工诗词创作大赛一等奖、第六届青海青年文学奖、第三届青海书学理论奖等。现为中国作协会员，中国铁路作协理事，青海省作协第七、八届委员，中国文艺评论家协会理事，青海省文艺评论家协会秘书长。

西部诗的自然性与超验性

刘大伟

一

须得承认,当代新诗创作步入新世纪以后,愈发呈现"模糊"的整体状貌,似乎没有一条明晰的路径可以直观呈现当代诗歌创作抵达的精神深度与艺术高度。诗歌创作群体数量庞大,优质作品相对稀缺,诗人及其作品的辨识度极低,加之碎片化的写作内容和个体化的写作姿态,使得当代诗歌重新面临被质疑甚至被轻视的问题。这样的处境迫使新诗研究者们不得不站出来,再次为当代新诗创作发声辩护:"当代的中华诗歌,正以宽广的胸怀接受和包容一切形态的诗歌"(谢冕《那些空灵铸就了永恒》),"在这个时代,仍然有很多诗人,穷多年心力,就是为了探索如何更好地用语言解析生命,用灵魂感知灵魂,这多么难得"(谢有顺《为诗歌说一点什么》)。诚然,在四大文体创作中,受消费文化影响最小的诗歌创作只有依托纯粹、高贵、深刻和孤独等主体性的坚守才能彰显其价值和意义，诸多诗人也为之努力探寻，从未止步。但不可否认的是，随着"全球化"的不断加剧和主体性的逐渐丧失，当代诗歌创作不可避免地带有了"模式化"和"碎片化"的明显倾向——即使是优秀诗人作品，一旦隐去作者，读者很难读出它们的独特韵味，相反，有时候反倒有种"似曾相识"的恍惚之感。

这是否意味着当代新诗创作已经"步入歧途"、无路可走？答案显然是否定的。20世纪80年代，"朦胧诗群"与"新边塞诗群"双峰并峙，一度扩大了诗歌的审美领域，并为当代新诗写作提供了许多新鲜经验，然而随着90年代市场大潮的涌动以及"个体化"写作风尚的到来，两大诗群的光环逐渐消退，怀有不同写作理想的诗歌阵营纷纷打出以自我认知为特质的诗歌旗帜，以期在众声喧哗的当代诗坛重建写作伦理，创造新的传统，进而为诗歌创作觅得新的出路。三十多年已然过去，时至今日，我们重新审视这一时期的诗歌创作，不无遗憾地发现——经典诗学难以为继，成熟理念尚未成型，诗歌创作仍旧处于"混沌一片"的状态，"非诗"因素大面积占据了诗歌领地。诗人们在这种情况下写作、突围，显然困难重重，比较可行的选择或许是"修炼自己的注意力"，而且"越是混乱的局面中越是要保持这种注意力，这是一个写作者最难能可贵的素质，是最大的写作伦理，是写作者自己对自己的责任"（张光昕《谈沈苇》）。毋庸置疑，远离诗坛话语中心、被群山大漠阻隔在西部高原的诗人们，因条件所限而不得不将注意力集中在西部这一相对封闭的生活和文化时空之内，缓慢而又执着地进行着纯诗层面上的思考与表达。

西部地区民族众多，文化多元，自然风貌多样，宗教氛围浓郁，这样的自然和文化气场给予了写作者们比较稳定的心理模式和文化认同观念。表现在诗歌创作方面，那就是安静地观察，深刻地体悟和默默地书写——在相对幽闭的生活地带,用诗歌打开一个可供心灵飞翔的精神空间显得非常必要。可以说,在遥远的西部写诗,是他们的精神生活所需,也是自然环境所赐。偏安一隅,保持专注,从高寒中提取温暖,从峰峦与河流间得到哲思——尽管很多时候,这样的写作不被外界重视,甚至成为某个"被遗忘"的角落,然而从诗意存在和"被发现"的基本要素来看,寂静的西部反而成了绝佳的诗歌创作园地。事实上,诗歌从来与热闹、便捷和速度没有关系,健康的诗歌创作,所需要的就是高天厚土、暮鼓晨钟以及梨花与雪花一起飘落的"非理性"场景。如果从昌耀谈起,我们可以罗列出很多优秀的西部诗人——李老乡、沈苇、高凯、娜夜、古马、阿信、人邻、阳飏、牛庆国、杨森君、杨梓、单永珍、肖黛、马丁、耿占坤、杨廷成、马海轶、宋长玥、原上草、撒玛尔罕,包括更年轻的诗人郭建强、曹有云、马非、郭晓琦、扎西才让、洛嘉才让、马占祥、李满强、阿甲等。当然,许多诗人包括评论家并不认为"西部诗"和"西部诗人"是一个可以准确界定这一群体创作实绩和作品价值的有效概念,但是考察一位诗人的创作视角和精神血脉,地域性以及与之相关联的文化空间肯定是不能绕开的一个现实存在,就连那些享誉国际诗坛的重要诗人也不例外,譬如劳芬之于荷尔德林,莫格尔之于希梅内斯,斯弥尔纳之于塞菲里斯。

评论家李敬泽曾在兰州召开的"西部诗歌峰会"上谈到——在新的时代条件下,需要我们重新认识什么是西部,何为西部。20世纪80年代,人们眼中的西部是荒蛮的,但是现在新的世界图景正在我们的眼前展开。整个中国也都意识到我们的另一个前方就是"一带一路",通过西部,一个巨大的未来的可能性正在敞开。故此,从创作实践和评价层面而言,我们如何重新认识西部——文学作品中的西部,以及西部诗人颇具辨识度的诗歌创作,确实需要研究者做出新的观察和评估。西部或许就是这样,连接着过去与未来——从古代边塞诗到当代"新边塞诗",再到当下尚未厘清其价值意义的广义"西部诗",我认为一种重新认识当代诗歌创作的切口正在被打开,我们在缓慢辨识与深入理解的过程中,可以找到源于古典的诗学精神,进而找到当代诗歌创作的大潮与重心。至于"西部诗人"这一称谓,绝非狭隘与闭塞的代称,也不是对诗人们创作价值和能力的遮蔽与限定。放眼国际,我们也会看到诸如埃利蒂斯、洛尔伽、帕斯等许多杰出诗人,其传世作品中无不闪烁着地域的灵光。虽然当代中国的西部诗人们尚未形成统一的诗歌观念和创作主张,但从作品本身来看,西部诗歌早已形成了独特的诗歌气质,事实上已经成为当代中国诗歌创作版图中的一座高原。

二

西部大地广袤无垠,雪山草原、大漠戈壁与湖泊长河组合而成的自然空间,盛大而庄严,置身其间,任何一种生命都是微小的存在,所有与高度、宽度和距离有关的概念,只要以西部为参照,其比例尺就会在感官上缩短不少。这便是自然的尺度、神奇而又真实地存在。作为自然构成的一部分,世居于此的诸多民族相沿承袭的观念是如何与之和谐共处,而不是征服意义上的占有与攫取,正如学者所言,这正是"对工具理性和人类中心主义的动摇"(胡亮《无处不在的超验性》)。作为西部人口较少群体中的诗人,他们不约而同地走向了自然书写的首选道路。

昌耀认为,只有在自然中,个体才能"完全享有置身巨人怀抱的安详",譬如,在写到西部随处可见的石崖或土墩时,诗人表达了这样的庄严和快慰之感："石崖。一座钟鼎形熔岩，／结满石核的累累果实……／这该是我的图腾柱。／我扭动细腰，虔诚地抚摸。从这凹凸中／我以多茧的双手拼读大河砰然的轰鸣，／胸腔复唤起摇撼的风涛"（昌耀《断章》）。对此，古马的理解似乎更为深入——在大自然中，人容易回到自身和人性当中。试读："罗布林卡只有一个僧人：秋风／罗布林卡只有一个俗人：秋风／／用落叶交谈／一只觅食的灰鼠／像突然的楔子打进谈话之间／寂静，没有空隙"（古马《罗布林卡的落叶》）。在寂静的布罗林卡，秋风、落叶、老鼠和人构成了一幅真实的生活画卷，画中的任何存在都不是"中心"，人与鼠、风与叶形成了某种对等关系，一切都是自然的选择，亘古未变。这样的创作语境，可以帮助写作者获取人类视角，进而能够拓宽诗境和诗艺。沈苇的自然主题诗作更多体现出诗歌张力的深层延展，如："峡谷中的村庄。山坡上是一片墓地／村庄一年年缩小，墓地一天天变大／村庄在低处，在浓荫中／墓地在高处，在烈日下／村民们在葡萄园中采摘、忙碌／当他们抬头时，就从死者那里获得／俯视自己的一个角度，一双眼睛"（沈苇《吐峪沟》）。诗歌关注对象为村庄一角，日常劳作的人们在抬头与低头之间，获得了仰视死者、反观自身的绝佳视角。可以这样理解——在吐峪沟，在西部任何一个像吐峪沟这样的村落中，诗意与自然同在，诗的发现实际上就是诗人与自然互融的结果。在这个过程中，自然赋予人类的慰藉乃至有关生命的启迪，无疑是真切而直接的，心灵与自然的深度互融必然会有哲思与诗意的诞生。阿信的自然主题诗歌同样受到了评论界的关注，其创作价值可用诗人李少君的观点概括——阿信的诗呈现出自然的广阔与神秘，还有对自然秩序的尊重，这样的创作理念将会开启我们对新时代自然文学的再认识。

与自然互融，也意味着彼此的包容——自然包容万物，万物垂范人类，懂得向自然学习的人们能够以开阔之心接纳世界，以宏阔之气书写生活。从包容到互融，可谓西部诗歌的重要气质之一。这不仅是西部相对严酷的生存条件使然，更与诗人们普遍怀有顺应和敬畏自然、尊重和肯定生命的朴素思想有关。这一气质，我们可从昌耀诗歌中窥见一斑："呵，真渴望有一只雄鹰或雪豹与我为伍。/在锈蚀的岩壁，/但有一只小得可怜的蜘蛛/与我一同默享着这大自然赐予的/快慰"（昌耀《峨日朵雪峰之侧》）。显然，诗人在精神探寻之路上，渴望与雄鹰、雪豹为伍，而在现实中——不太结实的岩壁上，只有小小的蜘蛛和诗人一起分享"大自然赐予的快慰"。作品将蜘蛛与人并行列出，以同等的身份和姿态领受自然的馈赠和风暴，从而抵达物我合一的静虚世界。

颇有意思的是，一般读者心目中的西部诗人可能有着狂放不羁的性格特征，然而真正走近西部时，你会发现这并非西部诗人的真实样貌。西部诗人十有六七是内敛的，安静的，甚至保留着一种"古老的羞涩"，我所熟知的诗人昌耀、阿信、杨廷成和阿甲尤其如此。诗人肖黛曾在一篇回忆文章中对昌耀的某些生活细节有过真实的描摹："他羞涩的、木讷的、谨慎的、有点结巴地说：有钱的，有能耐的，有住处的……就是活得潇洒的那一种"（肖黛《诗人残泪如血》）。仅此一句，便将真实的昌耀推到了读者面前。再读作品《斯人》，我们又能从精神和诗艺的双重层面看到昌耀笔下沉静而又开阔的西部诗风："静极——谁的叹嘘？//密西西比河此刻风雨，在那边攀援而走。/地球这壁，一人无语独坐。"显然，"斯人"是昌耀的自我写照，"无语独坐"的姿态也可以看作是西部诗人们静水深流的精神脉象。

又如阿信，这位来自甘南草原的诗人，由内而外散发着一种沉静的气息。通过阅读,我似乎可以这样揣测诗人静如湖水的内心——在他眼中,所有的风雨只不过是风雨,所有的花朵也都是时间的花朵,它们有着各自的力量和局限,正如一个人,有着自己闪光的一面,当然也有暗淡的侧影。因此,日常生活中的阿信似乎可以让自己保持一种"不以物喜,不以己悲"的禅境,外界的声音很难对他造成明显的干扰,犹如一块"静静的玛尼石"——他的站立、思考和表达有着极强的主体性,尽管很多时候,这种主体性往往表现为孤独的形象。诗作《山坡上》极为传神地呈现了这种"沉静而孤独"的生命状态:"车子经过/低头吃草的羊们/一起回头——//那仍在吃草的一只,就显得/异常孤独。"评论家敬文东认为,阿信诗歌中的安静气质具有巨大的伦理价值。对此,我的理解是——在全球化与城镇化不断加速的今天,西部诗人们以其微弱但不肯寂灭的烛火,努力照亮一小片天地,他们虽然"异常孤独",但这样的持守显然具有了深观与反思的内在动力,从而具有了一定的现代性意义,他们所秉持的诗歌伦理价值在躁动不安的当代诗坛显得异常可贵。

古马诗作中的静谧与孤独,则体现为一种澄澈与了然,以及对自我世界的不断认知与深入:"闪电剔尽骨头/我迟钝的心/归于/单纯的雨水//雨默默下/我默默流淌//草原/默默地绿着"(古马《雨》)。同样的创作主题,沈苇则使用了"孤寂"一词——似乎比孤独更加盛大、沉重,几乎囊括了整个人生:"走在深夜的街上/我在心里对自己说:生命就是孤寂。/爱是孤寂,悲伤和愤怒也是孤寂……/夜是孤寂——悄无声息的孤寂"(沈苇《夜,孤寂》)。毫无疑问,我们可以从西部诗人的大量作品中读到孤独与安静的气韵,这绝非诗人们有意为之,因为自然是安静的,自然也教会他们安静。当然,这种安静绝非僵死或呆滞,相反,它是深切领悟了大千世界之后，获取的一种生活智慧。可以说，"静而孤独"也是西部诗歌创作特征的一种表述，诗人们对孤独的持续书写，渗透了丰沛的心理体验和哲理感受——存在的孤独，实质上就是生命本真的具体表现，犹如里尔克所写的笼中之豹，艾略特笔下的荒原之子，鲁迅散文诗里的旷野过客，昌耀诗歌中的"大山的囚徒"，阿信笔下的草原羊群——孤独的个体存在，往往能够激起强烈的生命体验。

三

　　读过昌耀、沈苇、阿信和古马等西部诗人的作品之后，我们是否可以这样理解当代诗人及其创作态度——面对时代洪流的裹挟，当代诗人只有离开温棚式的"健身房"，从统一插电的"跑步机"回落到广阔而坚实的大地——虽然孤寂、缓慢，但仍旧可以前行。纵观当下诗坛，西部诗人毅然坚持做着"缓慢的辨识与推进"这一"自选动作"，他们通过不懈地创作，诠释了"诗歌就是返回根底的一次次努力"（阿甲《生生对话》）这一重要判断。返回根底，也就意味着返回自然，返回"存在"和人本身。当物质和消费力量裹挟着大众的价值判断和审美追求不断朝向"远方"涌动时，"返回"无疑成为当代诗歌创作的价值所在——精神质量与诗歌艺术层面上的深度辨识与不断推进。

　　"返回"的首选就是自然。在诗人爱默生那里，自然被划分为"有形的自然"和"无形的自然"，所谓"无形的自然"实际上是一种"精神上的象征"，他认为精神具有某种"神性"和"超验性"，个体只有通过内在灵魂才能觉察到"宁静地散发着光辉的巨大神秘之物"（爱默生《论自然》），这个神秘对象被称为"超灵"，诗人的内在灵魂只有与它相遇并与之结合，才能领受自然的启示，悟得生命及其存在的真理。也就是说，个体的心智一旦和"无形的自然"统一起来，那么其笔下的语言或文字就成了一种高度象征的符号。就西部诗歌而言，"有形的自然"如雪山、草原、河流、森林，与"无形的自然"如经幡、嘛呢堆、庙宇等精神对象构成一定的象征关系时，这样的文字也就具有了"超验象征主义"所指的神性、超验性和形而上学特征。放眼国际，梭罗的散文、麦尔维尔的小说和弗罗斯特的诗歌即属此类，西部诗人昌耀、沈苇、阿信、古马等诗人的作品也是如此——在西部，在"世界净土的最后入口"，神的圆桌还在，酒的杯盏还在，所有神秘的召唤和感动、体验和抒情，均有一片不被打扰的安放之地。

尽管西部诗人们未曾透露过他们的创作是否受到爱默生和弗罗斯特超验主义诗学的影响，但不可否认的是，其诗歌作品大多具有"神性""超验性"和"象征性"的鲜明特征。德里希·施勒格尔在《雅典娜神殿断片集》中提到："有一种诗，它的全部内涵就是理想和现实的关系。这种诗歌按照类似的哲学韵味的艺术语言，大概必须叫作超验诗。作为讽刺，它从理想与现实的截然不同入手；作为哀歌，它飘游在两者之间；作为牧歌，它以两者的绝对统一而结束。西部诗人的创作虽与宗教文化和民族传统关联，但创作内核并不直接指向宗教本身，而是在自然性与神性的交织中，蕴藏着丰沛而多样的诗意感知。"

可以认定，昌耀的诗歌创作较早地体现出"哀歌"与"牧歌"特征兼具的超验气质。试读："我倒下了。／石棱穿破了眉骨。／血浆从眼眶里迸出。／昏迷了三天三夜。／再也没有活命的希望。／人们，用一只马槽／替我赶制装殓的棺材。／就在斧锯声中，／我听到了——／她的呼唤。／那么悦耳，／仿佛是花朵的闭合。／仿佛是天使的音乐。／仿佛是灵魂的低语。／仿佛是梦的安慰。／

我感动了。/生命,重又回到了/我的躯体"(昌耀《大山的囚徒》)。诗人以囚徒身份劳作山中,高强度的体力劳动超出了身体的负荷极限,诗人因之倒下并昏迷,就在身体与泥土充分接触的瞬间,诗人听到了"她的呼唤"——源于自然与灵魂的音乐和低语,正是这样的超验体悟,让他的生命"重新回到了身体"。沈苇的超验诗歌带有一种尖锐的刺痛感和深切的反思意味,在创作实践中,他似乎已然超越德里希·施勒格尔指认的"哀歌"与"牧歌"界限,而将诗性和哲理的触角延伸至生命存在的底部,进而迸发出强大的精神力量:"旷野上,成排的白杨像鹅毛笔插入大地/这里有足够的墨水用来挥霍、痛哭/但它们暂停了对时间的控诉//时常,我感到植物的根扎入我内心/当我向它们靠近,就变成它们脚下的土/我更愿意写写那些顽强的荒漠植物:/胡杨、红柳、梭梭、沙枣……/我潮湿柔软的内心配不上对它们的赞颂"(沈苇《植物颂》)。

　　与沈苇颇具力度的超验诗歌创作不同,阿信的超验诗歌轻盈、灵动,字里行间弥漫着一种"柔性"与"神性":"我原本想把马留在坡地,徒步/去寺里转转。但起身后,/忽然感到莫名的心虚:寺院的寂静,/使它显得那么遥远,仿佛另一个世界/永远地排拒着我。我只好重新坐下/坐在自己的怅惘之中。//但不久,那空空的寂静/似乎也来到了我的心中,它让我/听见了以前从未有过的响动——/是一个世界在寂静时发出的/神秘而奇异的声音"(阿信《山间寺院》)。正如诗人在一篇创作谈中所言,"我常去寺院,感受那种弥漫和笼罩",这种感受在西部高原极易获取,当然前提是必须让脚步慢下来,唯有"慢"和"静",才能在自然的体悟中靠近神性。

　　与阿信类似,深受藏传佛教文化影响的古马,在其超验诗歌中凸显着"神性"的独特体验,但这并不意味着二者的诗歌创作毫无区别。古马的超验诗歌更加讲求巨大的时空感与细微的神性体验的完美结合,如:"月落日出／十月的一个清晨／我看见的却是通往崖顶的险径上／一袭灰袍拾级而上／／一个僧人头也不回地走进了缥缈的白云"(古马《马蹄寺》)。相较而言,阿信在其充满"神性"的诗歌筐子内设置了理性的维度,表明看起来他似乎是安静的、空灵的,实际上他一直在试图建构诗性与哲理的"融合机制",有评论家认为,"在阿信这种安静的表象之下,却有主体内部的诸多紧张、不安、起伏、隐忍、克制和自我辩驳与拷问"(何言宏《现代主体与自然写作》)。毋庸置疑,外在的"安静"与内在的"起伏"恰好体现了以阿信为代表的西部诗人们将笔触探向自然存在与个体本心的创作自觉。

四

由是观之,当代西部诗人始终持守着自然与内心的疆土,在与自然对话、互融的基础上,进行着心灵的不断自省和精神的持续追寻。作为人类生活整体性的存在,自然世界对诗人创作的影响是内在的、无法回避、不可替代。唯有融入自然,与自然平视,我们才能对存在的合理性、生命的复杂性和精神的超验性得以明晰地把握与认知,进而在诗歌美学的探寻历程中,避免人类中心主义的自大,放下技术至上的执念,用艺术对抗狭隘与麻木,用诗歌理解生命和生活。这样的创作追求可以获得更加广阔的文学视野和艺术宽度,从而让诗歌创作进入纯诗意义上的自由之境——像西部诗人那样,由自然书写进入民间文化、历史传统、宗教体验和宇宙人生,不同对象之间的壁垒因"诗"与"理"的贯通而得以消解,诗歌的精神维度由此得以建构和延展。

当然，当代西部诗歌创作并非一个面孔，评论家刘晓林曾为当代青海诗人给出过这样的评语——每一种风都有他的方向。实际上，将这一评价范围扩大至整个西部诗人群体，也不无妥当。同为代表性的西部诗人，昌耀的诗歌既有西部大地的开阔与崎岖，又具古典美学的风范与韵致，语言古奥，意义深邃。沈苇的诗歌既贴近新疆地理又超脱地方性经验，善于从冷峻的哲思中抵达普遍的人性，诗风粗犷与柔软并存，炽烈与温和互映。阿信的诗歌重在探寻普通生活与神性之间那条古老的"精神通道"和"庄严秩序"，他将荷尔德林"神本是人的尺度"拓展为"人是神性的形象"，进而将超验诗歌推向一个新的高度——每时每刻，都会有神灵从你的头顶经过——你必庄重，你必虔敬。古马的诗歌风格更加鲜明，他能自然、舒展地完成诗意与歌谣的完美结合，进而以简约但不失古典、克制而又抒情的方式取得"更接近骨头"的诗句，譬如："天留下日月，佛留下经，人留下子孙，草留下根"（古马《牦牛背上的古谣曲》）。故此，可以认为昌耀、沈苇、阿信和古马等西部诗人的创作，本身代表了西部诗歌和西部文化的多元性和立体性的一面。

若从时代性和影响力判断，西部诗人们的创作似乎是传统而又内敛的，创作视野也不够开阔，特别是对"现代性"的表达，缺乏敏锐性和丰富性，但这并不妨害我们对其价值和意义的判断。诗人于坚认为："过去的、传统的、保留着大地力量的地区，才有资格去思考现代化。这种思考使得我们可以在东部的经验和教训的基础上，创造一种适合中华民族自己的现代化，比如如何去克服东部的污染问题，比如对精神沙漠的重建。青海人的价值观和东部是不一样的，这里还保留着一种对自己选择的生活方式的尊重，这是一种很强大的精神力量。我们重新反思现代化，应该从西部开始,因为西部还保留着人类生活的童年魅力,它知道我们需要什么"(于坚《青海是思考民族现代化的基地》)。显然,于坚谈到的"青海"应该与狭义上的西部概念基本相同。循着这一思路,我们深知当今社会尽管物质和技术达到了前所未有的高度,但环境的变化、人们精神的普遍委顿以及传统审美情境的不断消失,不得不令人深思——如何留住文化之"根"和诗歌之"神",如何更加熨帖地走进每个疲惫的心灵,并将生命与存在的调色板掌握在自己手中,不再让"诗意的栖居"遥不可及?

毋庸置疑,西部诗人们为此做出了不懈的努力——重建人与自然的精神联系,在自然中找到信任和尊重,找到寄托和庇护,找到"世界净土的最后入口"和"最后的精神家园"。为此,他们在创作与思考过程中,不断降低自己,与草木同天,与"神"同在,在关注"有形的自然"的同时,更加关照"无形的自然",对心灵进行深度探究、辨识,将诗歌艺术不断引向大地和初心,从生活走向生存,从苦难走向超越,从个体走向终极,从民族走向人类,从"诗性"走向"神性",用传统诗学和价值观念纠正和反驳消极厌世、荒诞扭曲等"现代文明病症"。美国"西北派诗人"加里·斯奈德说:"作为诗人,我坚守的是这个地球上最古老的价值观。西部诗歌对古典诗学的继承,高贵精神的坚守,民间文化的吸收,审美的理想主义,为90年代以来诗歌精神日渐萎缩的社会,贡献了自己的价值"。(加里·斯奈德《论身为诗人》)不敢妄论西部诗人在整个当代诗坛取得了怎样的地位,完成了怎样的突破,不容置疑的是,他们选择了"自然"与"神性"的写作,这一方向始终没有改变。正如沈苇所言:"在当下的文化语境中,需要继续诞生有活力、有良知、有方向感的诗人,否则我们的语言和文化就容易被消费文化所吞噬、埋葬。从来不存在一种凌空

蹈虚的超越，也不存在一种失去了基石的精神构建。"（沈苇《当诗歌面对"无边的现实"》）

尽管地理学意义上的西部高寒、荒凉、遥远，但正是这样的西部促使诗人们把"诅咒"变成了"葡萄园"，在封闭与突围、困顿与超越的漫长角力中，西部诗人们坚决摒弃了"影响的焦虑"，努力修复着内心与现实的裂痕，坚守着孤独与审美的花园，在有可能被漠视和遗忘的诗歌之路上缓慢跋涉。西部这块神性的土地最终赋予了他们"超验"的独特感受，他们笔下的"自然"实质上也蕴含了现代性的另一维度。可以说，"超验性"与"自然性"的独特韵味，使得他们的创作保持了较强的独立性和辨识度，这也是西部诗人为当代汉语诗歌写作作出的重要贡献。

（原载《诗刊》上半月刊 2021.8）

刘大伟，青海省海东市互助县人，青海师范大学副教授。出版诗集《雪落林川》《低翔》，文化散文集《凝眸青海道》，作品曾获第六届青海青年文学奖，第七、八届青海省政府文学艺术奖。中国作家协会会员，青海省作家协会委员，中国民俗学会会员，青海省民俗学会理事，青海省文艺评论家协会副秘书长，西宁市作家协会副主席。

有所思：在西部高原
——论藏族文化在昌耀诗歌中的意义

冯晓燕

20世纪50年代从朝鲜战场负伤归国的昌耀，秉承"无意于宴居的父辈们"的传统，在一幅以青藏高原崇山峻岭为背景的、被诗人视为"崇拜的美神"的女勘探队员画像的感召下，前往青藏高原。作为在楚文化熏染中成长的昌耀，思接《离骚》"邅吾道夫昆仑兮"①腾空远游的文脉，似乎是要去完成屈原千年之前思而未达的夙愿。自此青海便成为昌耀的生息之地。昌耀晚年自喻"托钵苦行僧"，对这一具有佛教意味的称呼，唐晓渡先生这样记述："不用说，我对昌耀最初的印象，恰恰就是一个修行人，个修苦行的人。"②正是在这样的"苦行"与磨砺中，高原地域上的

---

① 周啸天主编.诗经楚辞鉴赏辞典[M].北京：商务印书馆，2012：895.
② 唐晓渡.镜内镜外[M].北京：作家出版社，2015：322.

风貌风物风土，尤其是藏族厚重绵长的文化无疑对诗人的创作产生了重要的影响。

一

1955年6月，昌耀抵达青海省省会西宁。进入青海省贸易公司做秘书的昌耀获得经常下乡的机会，使诗人一到高原便得以贴近青藏大地和生活于其上的古老民族。昌耀通过敏锐的观察，"捕获"着高原独具意蕴的物象。对于克服种种困难，来到西部、来到青藏高原的艺术家而言，这块广大区域也往往回赐他们饱满的灵感。在青海，无论是东部农业区还是更广大的草原牧区，都是刺激敏感的艺术家们的"富氧区"。燎原先生对这一时期昌耀和朋友们状态的描述简洁准确："都足以让他们惊奇、沉醉。"① 在昌耀早期诗歌创作中，首先拔地而起的是对高原广袤、冷峻、峭拔之美的感受与表达，这是在藏语中被称为"诺吉久丹"② 的高原生物赖以生存的环境。"远处，蜃气飘摇的地表，／崛起了渴望啸吟的笋尖，／——是羚羊沉默的弯角。"③（《莽原》）《文心雕龙·物色》

---

① 燎原.昌耀评传[M].北京：人民文学出版社，2008：43.
② "诺居吉久丹"，是用以表达世间万物赖以生存的环境而存在的关系的一个组合概念。"久丹"的合成之义为世界；若就其词素来分析，"久"含破坏、毁坏、拆除等义，"丹"有依托、存在等义。可见，这一词汇还包含了运动变化的意思。"诺"为容器之意，凡具有盛物功能的器具无论大小均可以用它表示。"居"含有精华之物、养分、依附者等义。佛书将"诺居吉久丹"一词译作情器世界，表达非常准确。有时这一词汇还可以分别表述，即"诺吉久丹"和"居吉久丹"，后者指整个生物界，前者指所有生物赖以生存的环境。对于这一术语的理解，有广义和狭义两种：广义指整个宇宙及宇宙间的包括动植物在内的所有生命；狭义指大地和动物。何峰.藏族生态文化[M].北京：中国藏学出版社，2006：11.
③ 昌耀.昌耀诗文总集[M].西宁：青海人民出版社，2000：159.

说"山林皋壤，实文思之奥府"，①高原生灵景观打动了昌耀的灵府，他踏行于这由高山草场和草甸铺呈到高处的土地，将观察和感受凝铸为作品。"我是一个渴饮的人。"②（《给我如水的丝竹》）诗人展开全身心敏锐的联觉，以巨人般渴饮的状态接纳周围的雪域世界。在这位年仅二十来岁的诗人笔下，时代的豪迈生气和昌耀独特的审美融合，显示出了有别于50年代诗风的新气象。同时"我也是一个流浪汉"③（《给我如水的丝竹》）。这是诗人秉承祖先血脉中"远游"的基因，在高原上独自探美，求达昆仑秘境的自由情状。"夜行在西部高原/我从不曾觉得孤独。"④（《夜行在西部高原》）"踏着蚀洞斑驳的岩原/我到草原去……"⑤（《踏着蚀洞斑驳的岩原》）"在最后的莽原，/这群被文明追逐的种属，/终不改他们达观的天性"⑥（《莽原》）。"……一扇门户吱哑打开，/光亮中，一个女子向荒原投去"⑦（《草原初章》）。在这些诗歌片段里，仅对"高原"的称谓而言，就有"岩原""莽原""荒原"种种各具意蕴的表达，呈现了高原自然景观和文化构成对于诗人的内心冲击力和丰沛诗意的流涌。年轻的诗人本能地觉察到青藏民族文化之于现代社会生活的稀缺性和滋养、反观的作用。在昌耀笔下，高原处女地被比喻为"红似珊瑚枝，艳若牡丹花"篝火的熠熠闪光之所在（《高原人的篝火》）。这是文明初起、生命饱满的原点，无论于生命本

---

① 周振甫．文心雕龙今译[M]．北京：中华书局，2013：417．
② 昌耀．昌耀诗文总集[M]．西宁：青海人民出版社，2000：50．
③ 昌耀．昌耀诗文总集[M]．西宁：青海人民出版社，2000：50-29-25-159-57-58-159．
④ 昌耀．昌耀诗文总集[M]．西宁：青海人民出版社，2000：159．
⑤ 昌耀．昌耀诗文总集[M]．西宁：青海人民出版社，2000：57．
⑥ 昌耀．昌耀诗文总集[M]．西宁：青海人民出版社，2000：58．
⑦ 昌耀．昌耀诗文总集[M]．西宁：青海人民出版社，2000：159．

身或者审美感受，都具有一种源泉般力量。这种力量在昌耀诗中，化为"在劲草之上纵横奔突"羚羊的奔行（《莽原》），是"天行健，君子自强不息"的信念，是在青海大野润荡开来的种种刚健之美的诗意呈现。

"文化"是美学、意识形态和人类学中使用的一个术语或比喻，最基本的意义是用指与自然的明显或隐蔽的对立。但是在藏族生活中，更多地显示出二者的统一性。20世纪60年代初，昌耀诗作中的"我"屡次行走在旷野上，诗歌融以时代和青年人的朝气，充满着惠特曼一样的充盈、丰富的感受，有着人与自然交融的喜悦。"我喜欢望山。/席坐山脚，望山良久良久"①（《凶年逸稿》）。昌耀在完成楚人西游昆仑的"千年想象"时，并不是以漫游者的不羁书写高原。诗人是具有王阳明那样细致体察能力的实践者，他用双脚丈量、用眼光探寻、用内心感知。"螺钿千转，银座一点，/望得见，只是高山高山。/纱幛数段，霞帔一片，/拨不开，只是云烟。/脚印几行，马铃一串，/下山易，只是风险。"②（《行旅图》）壮美的昆仑山脉、舒展的地理空间，既符合楚人放旷高蹈的生命理想，又给予受难中的昌耀以"天地不仁，以万物为刍狗"的启示。地理时空的高阔邈远，生命的多变易逝，历来是各民族贤哲诗雄论抒的题目。藏民族更不例外，将永恒与短暂的辩证思想直接转化在了日常生活中。昌耀的名诗《斯人》具有惠特曼一样的沉思质地，细品却有藏族关于时空描述诗意转换的意味。在这首诗中，社会性的因素隐退，人与自然互映互视，构成了一个多维立体的镜像。

---

① 昌耀.昌耀诗文总集[M].西宁：青海人民出版社，2000：30-62.
② 昌耀.昌耀诗文总集[M].西宁：青海人民出版社，2000：30-62.

与昌耀共同俯仰于天地之间的，是自古放牧耕植于这片雪域的藏族。自然给予这片土地上的人们以质朴纯正的教养。在这里，山石也像是凝结了地质变化的时间和人类文化的记忆。藏族对神山圣水的尊崇，沉淀与内化在生命中成为了一种教养。藏族的山水观念，"表达了对自己居住地多样性的自然生态环境和山川万物的赞美、眷恋和热爱，以及对养育本民族的自然万物的感激、敬畏和膜拜。它表达了这样一种朴素的生态文化思想：世界由自然万物构成，没有自然万物的丰富性就没有世界的多样性；自然界是相依相连、整体的统一；人作为自然界的一员，应敬畏、善待和关爱自然"[1]。

这样的世界观和生命观是对机器文明的校正，作用于昌耀的诗中，结晶为形象和精神状态鲜明的诗意反思。诗人这样书写"他们——河源的子民——牧人——朝圣者"。[2]（《圣迹——〈青藏高原的形体〉之二》）诗中牧人对雪域高原神山圣水的顶礼和崇敬，并非迷信，或者萨满教式的迷狂，而是经过辨别、比较之后的生命观。与"子不语怪力乱神"的儒家文化相较，楚文化与藏文化相近，有着共通的山水观念、神灵信仰。昌耀作为高原的赘婿、作为敏感灵觉的诗人，在精神上与藏族文化、与高原自然景观的契合度极高。藏族的文化观念和意象如盐融于时代和汉语之水，成为昌耀诗中具有历史深度和时空延展度的多声部咏叹。在《河床》中，诗人巧妙地设置了"自我拍摄式"的艺术构图："我从白头的巴颜喀拉走下。/白头的雪豹默默卧在鹰的城堡，目送我走向远方。/但我更是值得骄傲的一个。/我老远就听到了唐古特

---

[1] 何峰.藏族生态文化[M].北京：中国藏学出版社，2006：357-358.
[2] 昌耀.昌耀诗文总集[M].西宁：青海人民出版社，2000：255.

人的那些马车"①从高峻的地理空间昂然而下,从神话到历史写就人的诗篇,通过诗人的视角,我们仿佛看到了中华民族的历史概写。昌耀出色地将昆仑河源这中华民族的生命涵养地与藏族的生活特点结合起来,从而构筑了80年代汉语极具民族色彩的雄浑诗篇。藏族将神山圣水当作灵魂的居所,昌耀将生命喻作从山脉中奔腾而下的江河,两者互相对应、彼此成就。"那些裹着冬装的""伴着他们的辕马谨小慎微地举步,随时准备拽紧握在他们手心的缰绳"的"唐古特人"②(《河床》),也从自然地从高处山水走进诗歌,成为昌耀时代之唱、民族之唱不可或缺的重要载体。

二

昌耀在诗歌中的自我命名,逐渐由旁观者转变为融入者。从"望山"的"行旅者""大漠的居士"转变为对"土伯特人"的丈夫,既是诗人生活遭际和审美所致,更是诗歌对诗人的昭示"命运之书"。初稿成于20世纪50年代末的《哈拉库图人与钢铁》,被诗人称为"一个青年理想主义者的心灵笔记"。与《河床》一样,昌耀采取了"观看自我"的角度。昌耀将具有"间隔"效果的审视与身在其中的感受拼接在一起,营造了一种既严肃紧张,又欢快戏谑的氛围。流布于诗歌中既欣赏又批判的态度,使得藏族的生活场景和时代的氛围色彩之间构成值得玩味的艺术张力。诗中的叙述者在描绘一幅大炼钢铁的革命场面的同时,以欢愉的笔调穿插描写了藏族青年"洛洛",用依照先祖规驯烈马、绞杀牦牛的手,如何在新时代铸炼钢铁。这在文化对比、时代转换,乃至

---

① 昌耀. 昌耀诗文总集 [M]. 西宁:青海人民出版社,2000:252.
② 昌耀. 昌耀诗文总集 [M]. 西宁:青海人民出版社,2000:252.

灵魂塑造上，产生了微笑与叹息同在的复调式的艺术效果。如果缺失对于藏族青年的刻画和藏族文化精准描写，此诗的艺术成色无疑会大大降低。劳动者在热血的奋斗中迎来"合婚的喜日""北方的鼓手""操起狂欢之桯，/ 操演那一章章期待已久的鼓乐。"[①]（《哈拉库图人与钢铁》）这样的诗句，凝含了时代复杂色彩，而远远溢出了风俗画的边界。此时的昌耀身在劳改农场，诗人在记录现场、表现时代的同时，又能够超拔出现实语境，对于人的悲剧性状态作出审美表达，对于民族命运作出深层思考。其中不可忽视的一个原因是藏文化的构成和质地，给予了诗人可以驰骋诗境、锤炼诗思的助力。因此，这位头戴荆冠的"大山的囚徒"[②]（《大山的囚徒》）虽是客居者，终究要成为被高原拥抱的"义子"。昌耀的名诗《慈航》纤毫毕现、曲通天籁地表达了诗人融入藏族和高原的心灵史，并且将这种归属过程上升为爱的精神行旅和颂歌。

苦难中的诗人在其精神的栖息之地，在身体承受重压的莽原"看见魁梧的种族"[③]（《古老的要塞炮》）行走在旷野，"吹山沉海，为有牧者的雄风。/ 浑噩中，但见大河一线如云中白电 / 向东方折遁。如骢马鼓气望空长嘶"[④]（《雄风》），"感觉到天野之极，辉煌的屏幕 / 游牧民的半轮纯金之弓弩快将燃没，/ 而我如醉的腿脚也愈来愈沉重了"[⑤]（《在山谷：乡途》），这些"占有马背的人"[⑥]（《慈航》）进入昌耀的视野，是一种生活、命运和诗歌的必然，成为

---

① 昌耀. 昌耀诗文总集 [M]. 西宁：青海人民出版社，2000：24.
② 昌耀. 昌耀诗文总集 [M]. 西宁：青海人民出版社，2000：75.
③ 昌耀. 昌耀诗文总集 [M]. 西宁：青海人民出版社，2000：46.
④ 昌耀. 昌耀诗文总集 [M]. 西宁：青海人民出版社，2000：72.
⑤ 昌耀. 昌耀诗文总集 [M]. 西宁：青海人民出版社，2000：196.
⑥ 昌耀. 昌耀诗文总集 [M]. 西宁：青海人民出版社，2000：114.

诗人观察体悟社会、历史、灵魂的参照。藏族阔远的生命观和时空观，抚慰着这自楚地远游而来的受难者的灵魂。昌耀笔下的藏族男子潇洒、雄健。"鹰，鼓着铅色的风／从冰山的峰顶起飞，／寒冷／自翼鼓上抖落。∥在灰白的雾霭／飞鹰消失，／大草原上裸臂的牧人／横身探出马刀，／品尝了／初雪的滋味。"①（《鹰·雪·牧人》）诗人之笔精准地描摹出一个藏族同胞矗立山巅又融入雪域的身姿。诗人精雕细琢健美的生命形体："湖畔。他从烟波中走出，／浴罢的肌体燧石般黧黑，／男性的长辫盘绕在脑颅，／如同向日葵的一轮花边。／他摇响耳环上的水珠，／披上佩剑的长服，向着金银滩／他的畜群曳袖而去……"②（《湖畔》）这样的男子的形象、气质和精神，不正是昌耀赞美的"人"的蓬勃、强悍而富于美感的生命力吗？

　　正是这样的精神认同，使得诗人兴致勃勃地描摹草原游牧的藏族生活场景，进而将这种生动和自由转化为审美创造。"——低低的熏烟／被牧羊狗所看护。／有熟悉的泥土的气味儿。"③（《夜行西部高原》）"一个青年姗姗来迟，他掮来一只野牛的巨头，／双手把住乌黑的弯角架在火上烤炙。／油烟腾起，照亮他腕上一具精巧的象牙手镯。／我们，／幸福地笑了。／只有帐篷旁边那个守着猎狗的牧女羞涩地回首／吮吸一朵野玫瑰的芳香……"④（《猎户》）诗人虽然身负苦役，但只要置身游牧所在，便是舒展而愉悦的。生活的细节散发美的光泽，泥土与花朵的馨香滋养着诗人的内心。这种精神上的护佑持之久远，以至1979年诗人重新回

---

① 昌耀.昌耀诗文总集[M].西宁：青海人民出版社，2000：2.
④ 昌耀.昌耀诗文总集[M].西宁：青海人民出版社，2000：160.
③ 昌耀.昌耀诗文总集[M].西宁：青海人民出版社，2000：29.
④ 昌耀.昌耀诗文总集[M].西宁：青海人民出版社，2000：41.

到省城文联工作岗位上时，仍对当年与藏族牧民朝夕相处的生活发出深沉的吁请："他忧愁了。/ 他思念自己的峡谷。/ 那里，紧贴着断崖的裸岩，/ 他的牦牛悠闲地舔食 / 雪线下的青草。/ 而在草滩，/ 他的一只马驹正扬起四蹄，/ 蹚开河湾的浅水 / 向着对岸的母畜奔去，/ 慌张而又娇嗔地咴咴……/ 那里的太阳是浓重的釉彩。/ 那里的空气被冰雪滤过，/ 混合着刺人感官的奶油、草叶 / 与酵母的芳香……//——我不就是那个 / 在街灯下思乡的牧人，/ 梦游与我共命运的土地？"①（《乡愁》）诗人以"北部古老森林的义子"②（《家族》）的身份"将自己的归宿定位在这山野的民族。"③（《山旅》）昌耀完全以牧人之思追念草原，这是一种深入生命内里的感官体验与深刻的文化心理的认同。

真正使诗人融入"土伯特人"生活的是女性。藏族女性在诗人笔下充满生命的活力，始终是美的象征和生命的鼓励。在《草原初章》一诗中，"那神秘的夜歌越来越响亮，/ 填充着失去的空间"，"她搓揉着自己高挺的胸脯，/ 分明听见那一声躁动 / 正是从那里漫逸的 / 心的独白。"④这里的牧羊女有着丰富的内心世界，用歌声予以暗夜温度和光影。她的歌声以女性和藏文化的双重美感，赐以初至高原的诗人难以忘怀的体验。

"原野上，我曾陶醉于少女那一只只 / 播撒谷物的玉臂：银镯在腕节上律动 / 是摸得着的春之召唤。"⑤（《无题》）如果暗夜的神秘歌声还带有缥缈的意蕴，原野上让诗人陶醉的、挂着银镯播撒

---

① 昌耀.昌耀诗文总集 [M].西宁：青海人民出版社，2000：99.
② 昌耀.昌耀诗文总集 [M].西宁：青海人民出版社，2000：53.
③ 昌耀.昌耀诗文总集 [M].西宁：青海人民出版社，2000：138.
④ 昌耀.昌耀诗文总集 [M].西宁：青海人民出版社，2000：57.
⑤ 昌耀.昌耀诗文总集 [M].西宁：青海人民出版社，2000：73-74.

谷物的少女的手臂,则是生活极具美感的象征。这与雪域上探出马刀取尝初雪的牧人的"裸臂"形成对应。人体以两性之美,鼓励诗人表达丰富的生命体验和对于"人"的颂歌,这在那个年代是石破天惊的叹唱。而昌耀的妙笔不负人对自然的探试与创造,人在劳动中与环境达成的融合,得到了质感呈现。

让我们一同阅读诗人笔下"土伯特女人"动人的模样:"黄昏来了,/宁静而柔和。/土伯特女儿墨黑的葡萄在星光下思索,/似乎向他表示:/——我懂。/我献与。/我笃行……//那从上方凝视他的两汪清波/不再飞起迟疑的鸟翼。"① 这是《慈航》的《邂逅》篇中,从"仙山驰来"的"你"奔向"独坐裸原"的"他"的情境。"土伯特的女儿"在诗歌中从"山神的祭坛"来到裸原,出现在"他"的面前。这个形象让我们想到《楚辞》中,"山鬼"从山林中一路奔行而下,只为寻找自己心上人的古风流韵。这女子不啻精神与灵魂的救赎者,促成抒情主人公从客居者、旁观者成为融入者,让藏族生活成为抒情主人公生命现实的一部分。

《哈拉库图人与钢铁》中那个满心欢愉炼钢铁的青年,那个观看"洛洛"与喜娘婚礼的青年,最终在《慈航》中成为了土伯特婚礼的主角,成为"待娶的'新娘'了",② 他"摘掉荆冠,……他已属于那一方热土。"③ "我十分地爱慕这异方的言语了。/而将自己的归宿定位在这山野的民族。/而成为北国天骄的赘婿。"④(《山旅》)诗人宣告找到了精神的归属地,这就是西部土伯特人世居的雪域高原。语言是文化的载体,此时的诗人已经从语言的

---

① 昌耀. 昌耀诗文总集[M]. 西宁:青海人民出版社,2000:118.
② 昌耀. 昌耀诗文总集[M]. 西宁:青海人民出版社,2000:122.
③ 昌耀. 昌耀诗文总集[M]. 西宁:青海人民出版社,2000:128.
④ 昌耀. 昌耀诗文总集[M]. 西宁:青海人民出版社,2000:138.

对接而进入了藏族的真实生活。需要说明的是,"赘婿"在古老的藏族文化中是被认可与褒赞的。根据婚后的情况看,这里的上门女婿与女方家的兄弟姐妹在经济上享有同等权利,并不歧视偏看,而当作自己家庭的当然成员看待"①。因此,就诗人而言,"赘婿"是突破他者的文化视角,融入藏族生活和审美的双重结果。领受过命运的击打,经过人间寒凉的诗人,由衷地"把世代随雪线升降而栖居在此的族群称作众神"②(《一个早晨》)。"我想灵魂是要有栖所的,就是栖居的地方。在那样一个时代里,灵魂可能比肉体更需要一个安居的地方。所以我写的是灵魂的栖所。"③(《答记者张晓颖问》)就像歌德的永恒之女性,土伯特女性接纳、引领诗人抵达到这片灵魂的栖所之地。诗人把在雪域高原上崇山敬水、尊重万物的藏族称为"众神","众神"栖居之地理所当然地在动荡的岁月成为昌耀精神的安居之所。

对藏族女性的欣赏、信赖和尊崇,没有因为诗人境遇的转变而磨损,反而成为校正诗人审美视域的重要参照。在80年代西宁街头的24盏灯下,昌耀的诗笔充满爱意:"进城来观光的牧羊女,/你将耳坠悄悄摘下了藏起,/又将藏起的耳坠悄悄取出戴上,/最终是意识到了这样的银饰与这样的24盏灯,/相应在这样的夜里也是和谐的、是般配的吗?"④(《边关:24盏灯》)这位"牧羊女"显然不是当年草原上抚慰诗人内心的神秘歌者,但她特有的迟疑与娇羞仍然是诗人之眼凝神捕捉的灵魂记忆。少女佩戴耳

---

① 丹珠昂奔.藏族文化发展史[M]//丹珠文存(卷一上).北京:中央民族大学出版社,2019:132.
② 昌耀.昌耀诗文总集[M].西宁:青海人民出版社,2000:715.
③ 昌耀.昌耀诗文总集[M].西宁:青海人民出版社,2000:782.
④ 昌耀.昌耀诗文总集[M].西宁:青海人民出版社,2000:238.

环的动作,与在春天的原野上挥洒谷物的少女之臂一样,有着拨动人心的力量,提醒蜗居城市一隅的诗人时刻保持生命的灵性和美的敏感。90年代末,在昌耀接近生命终点的岁月里,他依然"注意到了那两位女子的存在"。[①] 在城市毗邻街口的一侧,诗人细腻地描绘那"两位来自草原的土伯特女子""两个取同一姿势修持般扶膝蹲坐在树底","身着黑袍。束腰。裾摆露出一角红衬布。黑色辫子发从额际下垂,隐去面孔,更长的部分从肩头透迤而过,束拢在腰臂。"[②](《从酷热之昨日进入这个凉晨》)这样接近于窥视的细密观察,让"我"有种被触痛的感觉。时过境迁,昌耀这时的牧女形象,虽然也带着"新嫁娘"的明净,但是一种仿佛命运遣使的神秘气息更为浓郁。不可改变的是那"远山远水,远云远树,远梦远思",[③] 只有生活和命运的改写和刻画,是人人不能摆脱的存在。人生走到暮年的昌耀在城市里猛然相遇两位藏族女子,肯定会在心里生发阵阵悸动。这里有长久的感念和感恩,也有对于自我魂灵被时时"烘烤"的检查和审视。无论世事怎样流变,对于藏族深挚复杂的情感,流贯到了昌耀生命的终点。

三

　　作为诗人,昌耀对藏族文化的体认,必然要更深地切入到对藏文化智慧与思辨的精神领域。在藏文化中"鹰"不仅仅是自然界自由翱翔天宇的飞禽,同时也是藏族天地间的灵介。鹰击长空俯视大地,在被它翱翔的矫健姿态所折服的同时,藏族文化认为"鹰"是天神的使者,亡者天葬时,鹰将尸体啄食,同时便将逝

[①] 昌耀.昌耀诗文总集[M].西宁:青海人民出版社,2000:705.
[②] 昌耀.昌耀诗文总集[M].西宁:青海人民出版社,2000:705.
[③] 昌耀.昌耀诗文总集[M].西宁:青海人民出版社,2000:705.

者的灵魂带入天界。诗人目睹翱翔于天际地间"老鹰的掠影"①(《踏着蚀洞斑驳的岩原》),讲述给予自己的精神冲击和启示:"风是鹰的母亲。鹰是风的宠儿。/我常在鹰群与风的嬉戏中感受到被勇敢者/领有的道路"。②(《凶年逸稿》)"青藏高原鸟类众多,许多鸟都受藏族人的保护和崇敬,其中鹰是主要的崇拜对象,是藏族人格外崇敬的神鸟。"③"鹰,在松上止栖。/我们在松下成长。"④(《家族》)昌耀将人的成长安置在鹰的视域中,将自己和鹰纳入同一方土地的"造化",这种神话思维和表达,无疑是对青藏自然地理与民族精神的深刻体认。

由飞禽的图腾信仰生发的诗性表达,在诗人的作品中屡见不鲜。写于1985年的《黑色灯盏》营造了一种殊异的诗歌氛围:"黑色灯盏:草原神柱过目不忘的图腾乌鸦,/它们不啼不惊不食不眠也不飞翔,冷焰袭人。"⑤被比喻为黑夜灯盏的神秘的乌鸦,带着文化图腾的属性,但是指向高远的时空。这首诗冷峻中含着温热,在看似纯粹客观的白描中,渗漏出永恒与短暂的互转,使得二者之间的鸿沟在森然的秩序中也具有了情感辩证的色彩。镶嵌在诗歌中部和末尾的"时光不再"的叹息,既应和了爱伦坡名诗《乌鸦》的音韵,更是综合藏族生存经验和智慧的超拔。

与80年代同时期昌耀诗歌对读,我们有理由肯定此时的昌耀从最初对高原风物的感触式领悟,再到融入藏族日常生活和历史文化的诗意提炼,转而进入了将自我苦难岁月的精神历练熔融

---

① 昌耀.昌耀诗文总集[M].西宁:青海人民出版社,2000:25.
② 昌耀.昌耀诗文总集[M].西宁:青海人民出版社,2000:34.
③ 南文渊.高原藏族生态文化[M].兰州:甘肃民族出版社,2002:29.
④ 昌耀.昌耀诗文总集[M].西宁:青海人民出版社,2000:53.
⑤ 昌耀.昌耀诗文总集[M].西宁:青海人民出版社,2000:352.

为具有藏族思维的诗性"织体"。他的创作最终呈现出以地方知识和经验为表体,实则以人类的处境和命运为题旨的劲健悲慨的气象。

昌耀对于草原民族生活中须臾不离的事物,倾注了浓烈而卓异的造型热情。这些事物经过诗人的打磨,从日常生活的层面跃升到艺术领域,成为涵具丰富诗意的形象和意象,极大地增强了诗歌的美感和穿透力。对藏族放牧扬鞭生活状态的亲验,赋予诗人有别于时代的轻捷、灵动和深沉。骢马的"鼓气望空长嘶"①(《雄风》)、响马的"一时嗖嗖驰去"②(《秋辞》),在诗人笔下都富于个性与动感。"我以炊烟运动的微粒/娇纵我梦幻的马驹。而当我注目深潭,/我的马驹以我的热情又已从湖底跃出"③(《凶年逸稿》)。这样的意象,如前所述出自"在饥馑的年代",作者孤坐望山时自我精神问答的幻象。从湖底跃出的"马"的形象,与历史中在祁连山下、青海湖湖心岛牧养的龙驹隐隐相合。也只有这样不拘凡俗的神马,才能载负诗人之于现实人生的忧患,而又腾飞于天际。

藏族关于《马和野马》的神话至今流传,而"据有关资料介绍,跟驯养牦牛一样,马在青藏高原成为家畜的历史大约5000年。"④千百年以来,藏族文化中"马"逐渐演变为"功德圆满"的象征。在藏族原始宗教苯教观念中,人死后其灵魂由阴间的白马送行至天界。古印度典籍《奥义书》中记述"马祭是印度古代的一

---

① 昌耀. 昌耀诗文总集[M]. 西宁:青海人民出版社,2000:72.
② 昌耀. 昌耀诗文总集[M]. 西宁:青海人民出版社,2000:64.
③ 昌耀. 昌耀诗文总集[M]. 西宁:青海人民出版社,2000:33.
④ 丹珠昂奔. 藏族文化发展史[M]//丹珠文存(卷一上)北京:中央民族大学出版社,2019:219.

项重要祭祀。……凡是成功举行马祭的国王被认为是世界之主。"①在藏族生活中,"马"与牧人神息相通。昌耀在诗歌中,将"马"的形象和内涵进行了沉厚多维延展。诗人自喻为"一匹跛行的瘦马。/听它一步步落下的蹄足"②(《踏着蚀洞斑驳的岩原》)。如此,畅快淋漓的牧人策马扬鞭的快意生活,与现实生活中受难的诗人如跛马前行、落下沉重的足音,形成鲜明的对比。"马"不但是诗人现状的象征,也是昌耀冷静地自我审视与精神互照的对象。诗人将现实世界复杂的生命体验投射在与藏族牧人朝夕相伴的"马"的身上,构写了散发生活气息的种种情态,别具意味。"……骒马/在雪线近旁啮食,/以审度的神态朝我睨视。"③(《天空》)这种"审度的神态"成为诗人反观自身的镜子,获得奇妙的艺术效果。作为草原人家"赘婿"的昌耀,在对"马"的书写中体现对藏文化的认同。诗人不仅仅是"马"的观察者,更是"马"的礼赞者:在"黎明的高崖,最早/有一驭夫/朝向东方顶礼"④(《纪历》),驭马是藏族的基本技能和牧人身份的重要象征,此时的诗人,身心融于草原文化,而以藏族牧人而自喻。人类学家埃文思·普里查德在《努尔人》中考察东非游牧民族尼罗特人对"牛"的丰富词汇时总结:"一个人群在其生活中某个特定领域内的语言丰富性是人们借以对这个人群的兴趣的方向和强度迅速做出判断的指标之一。"⑤昌耀诗歌中用描画不同形态的马,也应是受到藏语中对马的不同年龄、类别丰富词汇触动的诗意表达。

① 黄宝生译.奥义书[M].北京:商务印书馆,2017:16.
② 昌耀.昌耀诗文总集[M].西宁:青海人民出版社,2000:25.
③ 昌耀.昌耀诗文总集[M].西宁:青海人民出版社,2000:45.
④ 昌耀.昌耀诗文总集[M].西宁:青海人民出版社,2000:197.
⑤ 〔英〕埃文思·普里查德:努尔人[M].褚建芳译.北京:商务印书馆,2014:50.

有一种观点认为，诗人的使命不是表现或者传达自己的感情。作为一个诗人，他是没有"个性"可以表现的。但是，他的思想却像是一小片白金，可以作为引起化学变化的催化剂。昌耀的艺术个性，恰恰是在对于边地生活的认识、理解和认同中长成的。昌耀的创作，丰富了艺术"个性"和艺术表达之间的关系。

除了对"马"的丰富描画，昌耀和藏族同胞一样，将"牦牛"视为生命力与雄强精神的象征。藏族文献记载，创世神话中有《斯巴宰牛歌》，"对大地、山岳、森林等大自然的形成，都以牛身的各部位作为解释"。①在藏族神话叙事中"牛"成为世界万物形成的本源。在有文字记载的历史中，藏族发祥地的部落首领聂赤赞普被称为天神之子从天而降，"遂来作吐蕃六牦牛部之主宰"。②创世及自身族源的联系，使得藏族对"牦牛"具有动物崇拜的观念，这无疑与昌耀诗歌中的"牦牛"精神完全契合。"牛王眉清目秀。/牛王仪表堂堂。/牛王丰满。牛王的乳房沉甸甸。"③（《牛王》）"一百头雄牛噌噌地步伐。/一个时代上升的摩擦。"④（《一百头雄牛》）"我炽热的意念/重又突起牝马雄壮的肌肉块群。/白牦牛图腾族源/予我一片金黄的时间。"⑤（《眩惑》）藏族以"白"牦牛为胜，据丹珠昂奔先生论述，对"白"的崇拜"除了藏族人本身从远古以来就有的白色崇拜"，更是受到来自印度佛教文化的影响，"加深加

---

① 中央民族学院《藏族文学史》编写组.藏族文学史[M].成都：四川民族出版社，1985：12.
② 王尧，陈践译注.敦煌本吐蕃历史文书[M].北京：民族出版社，1980：162.
③ 昌耀.昌耀诗文总集[M].西宁：青海人民出版社，2000：291.
④ 昌耀.昌耀诗文总集[M].西宁：青海人民出版社，2000：347.
⑤ 昌耀.昌耀诗文总集[M].西宁：青海人民出版社，2000：382-383.

重了藏族人的尚白观念"①。在藏族敬畏自然,爱护生命的精神向度里,在冷峻的高原上沉默而坚韧的生命状态中,在藏族民间信仰和藏传佛教文化氛围的影响中,诗人昌耀建构如酽浓茯茶般对藏族游牧生活与文化的"恒久的爱情"。

艾略特说:"艺术家本身的穷困苦楚和他创作的心灵之间是有分别的,艺术家的造诣愈高,则两者之间的分别愈明显;激情是艺术家创作的素材,他的艺术造诣愈高,他就愈能完满地消化并超越他的激情。"②雪域高原多为生命禁区,昌耀在青海经受了风雨雷电的洗礼。诗人用生命的本色,"完满地消化并超越他的激情",绘制出了色块饱满鲜明的时代之诗。这样的成果,得益于诗人将自我熔融在民族生活和文化中。同时,青藏高原上气象万千的景观,多姿多彩的生命体验,在昌耀生命最艰难的时期给予诗人沉默的抚慰与灵性的启示。诗人敏感多思的笔触和刻刀,让那些风物和气息被捏塑在文字中,成为克服时间阻碍的诗歌"牦牛"。

米歇尔·巴莱特指出:"有一种古典人类学意义上的生活方式方面的文化,即一个民族独特的做事方式的构架和肌理。当然,在当代世界上,移民和离散化已经生产出更加复杂的'杂糅'文化身份,把文化作为生活方式的普通描述已经复杂多了。这指的是'文化差异'的问题和我们是否应该或如何'翻译'经验的问

---

① 丹珠昂奔. 藏族文化发展史 [M]// 丹珠文存(卷一上)北京:中央民族大学出版社,2019:167.
② 威勒德·索普,濮阳翔,李成秀译著. 二十世纪美国文学 [M]. 北京:北京师范大学出版社,1984:336.

题。"① 昌耀从高原的漫游者到藏族生活的观察者、参与者,成为我们熟知的《雪、土伯特女人和他的男人及三个孩子之歌》里藏族女子的丈夫、成为"土伯特人"的一员,而"土伯特人"也在昌耀诗歌中熠熠生辉。"在雪原。在光轮与光轮交错之上"②(《雪、土伯特女人和他的男人及三个孩子之歌》)标志着诗人成为藏族生活的深度融入者。藏族文化成为昌耀诗歌中浓重的精神底色之一,是使昌耀之所以成为昌耀的重要质素。昌耀也通过谙熟、提炼和再塑等方式,完成了民族文化的诗歌"翻译"。

(原载 2022 年《当代作家评论》地期)

冯晓燕,1980 年生于青海,青海民族大学文学与新闻传播学院副教授,硕士研究生导师,兰州大学文学院中国现当代文学硕士。民族学博士在读,青海省"昆仑英才·文化名家"暨"四个一批"优秀人才。主要从事中国现当代文学及少数民族文学教学及研究工作。在省内外期刊及大学学报发表论文三十余篇。现为青海省文艺评论家协会副秘书长,青海省作家协会会员。

---

① 于连·沃尔夫莱.陈永国译,批评关键词:文学与文化理论[M].北京:北京大学出版社,2015:50-51.
② 昌耀.昌耀诗文总集[M].西宁:青海人民出版社,2000:207.

冻土上的现实主义者

祁发慧

如果文学创作是人类的一个重要特征,那就应该细致和诚实地审视它,进而发掘它对人类行为与自然环境之间的影响,确立它在人类福祉和存续之间所发挥的作用。

——约瑟夫·密克尔

2017年8月初玉树藏族自治州治多县举办"源文化"论坛,去了不少名家名人,其中两位大胡子先生的外形和发言给我留下了比较深刻的印象,一位是"源"文化发起人文扎先生,另一位是被称为野鹰的古岳先生,他们当时讨论的问题是三江源及青藏高原的生物区在近些年的变化,主要谈三江源地区自然景观的变化。高原反应的迷糊中我大概明白他们在讨论什么说什么,但并没有注意他们在做什么。在嘉洛草原的帐篷外跟两位大胡子先生匆匆寒暄之后,留了手机号,古岳先生说他在玉树丢了手机,接下来的日子还要去没有信号的地方采访,以后回西宁再联系。直到四年后拿到"源文化丛书",我才明白大胡子先生们当时在做什么,《冻土笔记》就是其中一本。

"静下来吧,静下来/让血脉和着流水/让思绪漫过天涯/重温帐前远逝的牧歌/而后,走进这片草原/倾听,似有马蹄声响起/凝望,一湖星光照耀山岗/经幡浩荡,风马飘摇/我在来世的路上/想起前世的歌谣"是古岳先生写在《冻土笔记》开头的一段诗句,"走进""倾听""凝望"这几个动词让人听从经验的召唤,感受高原深处万物自由的节律,感受高地深处荒凉的热烈。只是,这几个动词不单单是唤醒读者的共同经验或激活陌生人对高原的浪漫想象,其感受性背后是古岳娓娓道来的"静下来"中趋近智性的沉思和反思,辨认人类和非人类、自然和非自然的关系,辨认不同群体对于经验获得的起源和限度,辨认不同地方的生活及生存差异的根本原因所在,甚至辨认历史发生及发展在大地上留下的痕迹。当然,所有的经验和辨认都基于古岳先生对这个世界的打量、观察、凝缩和创造。《冻土笔记》中,古岳忠实于"冻土"这一地理现实,一方面描写以治多县境内达森草原为叙述主线的人与物、景与事,以处理和安放自己多年行走高原的记忆和经验;另一方面要呼应自己所见所闻背后的文化世界与自身存在的关系;细密的叙述背后透露着忧伤的复杂情绪和行走中松散的光照与阴影,幽深的敏感与忧患意识勾勒了一个流动的、相互关联的自然世界。

就实践经验而言,《冻土笔记》部分的容纳和凝缩了古岳先生自20世纪90年代至今行走于冻土地带的亲身体验,他不停寻找的河流、湖泊、草原、雪山是他作为叙述者在自然界与历史之间的相遇。自然总是在不断发生着变化、不断更新着局部,这其实也是生命的不断流动。他不断提到的冰川总是以消融的结果出现在笔端，冰川消失的真实痕迹像极了一部哀史，"饶却说，以前山上的冰川和积雪都到山的脚面上了"（《邻居·牧人》）；"记得，20世纪70年代，冰川面积很大，一直到山脚下都是冰川，现在已经退到山顶上了，所剩无几"。欧沙说，"三年前，他也曾到过这里，那时候，地图的形状还是完整的，才过了三年，'地图'上，整个东三省已经不见了"（《最后的冰川》）。当地牧人们面对冰川消融时的社会焦虑形象而具体，作为冰川变化的亲历者和见证者，他们的叙述验证着科学观测得到的数据和结论："20世纪70年代，青藏高原的冰川面积还有48859平方公里，21世纪初，则变为44438平方公里，减少4421平方公里，平均每年减少147.36平方公里，总减少9.05%。"（《最后的冰川》）数字具有充分的说理性，在当代社会我们绝大部分人的生活与自然是部分的分离，可是当我们偶尔靠近自然的时候就会附有与牧人们同样的社会焦虑。与我们绝大多数没有直观看到冰川消融痕迹的人不同的是，古岳作为一名记者在参与采访和调查之后并不单单附有社会焦虑，而更多是承担起社会责任后的文化焦虑，他有这样的喟叹："未来的草原一定会遗失一些东西，而且，我相信，那些东西是再多的塑料玩具和方便食品都无法替代的。"（《牧人·羊·畜群和日子》）当下我们的生态文学已经不是抒情传统中浪漫的自然主义，而是以更为严肃和有力的话语强调生态本身的重要性，承认世界的相互依赖和影响，警醒可能会发生和正在发生的生态灾难。在此意义上，他的写作也部分地考虑了文学作为社会和政治批评的可能性。

当下我们之所以能够认识到生态问题的重要性是因为生态不仅被纳入到一个新的政策性话题中，而且被赋予了权力性的话语力量。此外，关于生态问题、自然问题的关注和讨论本身也能够激发我们的忧患意识和悲剧精神,其共同的原因在于生物学和进化论的生命本质。生物学为我们提供了人性和地方的联系,而自然发生变化的过程不完全是令人欢欣鼓舞的,但我们对这个场景始终充满希望和耐心,古岳笔下源文化的发起人和阐述者文扎便是这样:"他写冰川,说冰川是冈加却巴——献给众生的冰林,是生命之源不灭的胎记……他写江河,一个民族与江河同源于雪山,而且他们血脉里流动的是源自雪山的江河——他写雪山,他们明白那雪是生养他们的母亲,同时山也是守护他们的战神(父亲)……"(《源文化之问》)任何事物都与其他事物相关联是生态学最基本的核心内涵,藏族人万物有灵的朴素观念似乎很符合这种联系性,当这种联系性以隐喻和象征的方式铺散到藏地的山山水水时,就构成了一个自成体系的自然生态系统,这个系统在强调人与地方、人与自然的关系问题的同时也在构建一种信念、态度和尺度。"他(格则阿达)认为,适度的牲畜数量是保障牧人基本生活的根本,不能动摇。他从来都不相信,草原的退化跟牛羊有太大的关系……牛羊的粪便是草原的营养,羊粪里还有草种,羊蹄子会把草种踩进泥土里,长出新的牧草。"(《牧人·羊·畜群和日子》)这位普通牧人的行为具有基因和文化的成分,虽然他依然在践行古老的智慧,可是他的生活已经不是父辈们的模样,虽然他们同样深谙自然环境的复杂性和生态的关联不是技术社会能够掌握的因果关系,但是面对已经发生变化的事实,他们只能陷入个体精神的漩涡:"冬天,他住在县城里。但是,一到夏天,他还是愿意回到草原上。"(《牧人·羊·畜群和日子》)

  虽然生态意识是工业革命催生的结果,但是人类对于人与自然关系的思考自古有之,客观世界要求我们对待的是非人类世界,而我们已经有一些自然世界运行的科学知识,比如在"适者生存"

观念的影响下，自然似乎成为一个竞技的杀戮场，但事实上这个观念是合作、互惠以及生物补位的，自然界内部生物有机体之间的依存模式比人类已知更为复杂，在青藏高原这片恶劣的生存环境中，藏族人不是靠杀戮来生存的，而是通过自然本身的过程和变化来繁衍后代的，藏族人在自然中的形象是对所有生命形式的同情和设身处地的保护。比如古岳先生写道草原上突然多出来的毛毛虫，藏民们会自发去公路边收集这些毛毛虫放生，泉眼干涸之后当地人会修建佛塔以便恢复局部生态，使得得到保护的泉眼又开始出水……这些举措和变化都像是大自然流动的自我，自然的自我是空间的也是时间的，会促使人类从观察到的地形、景观在自己多次经历的片段中回顾构想文化文明史。值得玩味的是，文扎、扎多这一代人重视生态问题的初衷是——回到儿时的草原——传统的浪漫主义。

  一直以来生命科学和达尔文进化论从认识层面改变和影响着我们与自然的关系，让我们与其他生命连在一起，让其他生命作为人类存在的证明。如果换一种逻辑，文扎、扎多这些关心草原变化、冰川变化的人不就是这些变化本身活的证物吗？从一个长远的目标来看，我们需要意识到自然和我们都是生态系统的成员才是目的。当然对于古岳先生而言，写作、生活、工作与自然世界是一种共生关系，关于自然的记录中也记录了自己近三十年间行走于冻土地带景观变化带来的错位感和文化冲击感，地貌的变化像一种可读的象形文字，在他每次走向这片土地的时候重构新的景观。值得注意的是，虽然草原上到处都是现代文化的痕迹，现代文化对传统的游牧文化产生了强烈的冲击，但是古岳并没有表现出对现代文化的排斥、抗拒和批判。这是什么原因呢？在浪漫主义时代的文学作品中，自然给我们的印象是简单的甜美的温情的完整的，而当下的自然给我们的印象是被割裂的被营造的甚至是混乱得残破的，现代社会的一个悲剧就是在提升和强调个体的时候，与其他人类或非人类的存在造成了存在的分离，这就注定古岳关于自然的书写不是浪漫的不是抒情的，而是现实的。而记者身份历练了他对一切可能性的敏锐意识，让他作为一个现实主义者去观察去审视他走过的土地。正因如此，他对冻土地带多年以来生态的变化持有的态度是反思性的，而不是生态保护及生态写作中的浪漫主义倾向。不仅反思本身取代了对他现代文化的排斥与抗拒，而且他的文字并不是展示人类活动的恶果，而是呈现一种正在发生的变化以及变化的部分原因。

冻土在藏语中被称为"འཁྱགས་ས།"，冰川被称为"འཁྱགས་རོམ།"，藏文中"土"和"川"被共同的词"འཁྱགས།"形容，这两个地理学的名词高度浓缩了我们周围环境的本质问题——冻土是一个事实，我们正在生活的地方是我们在当代生活中发现自我的一种方式，我们正在关注的问题是我们在当代生活中自我问题的一部分。正因如此，古岳先生《冻土笔记》一书中的冻土已经不单单是一个被描写和陈述的事实，也不仅仅是一种地理意识，作为一种影响的焦虑，"冻土"这个词会以纯粹的外在表象成为我们的常识，它将是我们对现代社会和知识体系的一种反思。作为作者的古岳则是冻土上怀抱爱和美好回归自然的行走者，如果城市中的生活是终极战争，那么行走在冻土地带则是一个现实主义者贴近大地的修身养性，我猜想，雪线以上，也是一个引人入胜的世界模型。

祁发慧，1988年生于青海，文学博士，副教授，硕士研究生导师。出版专著《地方、族裔与话语》《诠释高原语义》。现为中国文艺评论家协会会员，青海省文艺评论家协会副秘书长，青海省特约文艺评论员，青海省文化名家暨"四个一批"文艺优秀人才，鲁迅文学院青年作家班学员。

文学篇

曹谁的聪慧与悖谬

郭守先

  《圣经》研究者认为神的心意是让人们"遍满地面"传播他的名,而悖逆的人类却要弃绝神的庇佑造城群聚以自保,造塔以传播自己的名。于是耶和华降临变乱了天下人的口音和言语,使众人"分散全地"。据考证造塔的地方就在人类文明的发源地巴比伦,那个因耶和华的变乱而半途而废的塔,因此被称为巴别塔(又称通天塔),素有重建"通天塔"志向的曹谁以该典为基点展开精神世界的构筑,于是就有了楔入人类文明史源头的深度。
  令人感佩的是,曹谁鸟瞰世界地图时发现新疆、西藏是亚欧大陆的中心地带,一个是巨大的沙漠,一个是隆起的高原,一阴一阳构成了一个天然的太极图,昆仑山则是这轮阴阳鱼的分界线。巴别塔所在地两河流域美索不达米亚平原就在昆仑山脉西段,世界七大文明曾经从这里向东延伸到波斯、印度、中国,向西延伸到犹太、埃及、希腊,这一史地大发现又使曹谁的精神疆域在地理上横跨欧亚大陆,在历史上直接融通古今,有了比其他"80后"

作家更宏阔的视野籍凭。另外，曹谁有写日记的良好习惯、会用英汉两条腿走路，不仅手不释卷、笔不辍耕，而且能为文学理想挣脱单位羁绊"去职远游"、精修不止，所以笔者认为能敏锐把握和自觉跟进文学发展趋势的曹谁，即使不炮轰、诗战伊沙，即使不角逐、捧回五个国际诗歌奖，也会"横空出世"。

代际作家研究者洪治纲先生认为"80后"作家的作品里很少读到大历史、大社会，也很少看到他们对人类群体性存在的普遍问题进行深度追问，他们的视野完全立足于绝对的个体，他们崇尚的是"感官享受"而不是"形而上"的沉思，他们的写作雄心更多的在于征服文化消费市场而不是获得艺术的经典价值，更不要说像"50后""60后"作家一样推崇精英艺术、担当启蒙使命。"80后"许多学者也有类似的认识。但曹谁就是不信这个邪，就是要环大西部行走，就是要倡导大诗主义，就是要用大诗、史诗、五部曲（笔者称为"大小说"）的大意向、大视野、大题材、大构架反其道而行；就是要以笔为剑，重建文学的通天塔或者说世界文学共和国，似乎在有意抗辩批评家对"80后"作家没有"大我"、只有"小我"，没有"大社会"、只有"小生活"的定位，于是曹谁便成了以"大"取胜的例外，这是曹谁的聪慧之处。

但令笔者遗憾的是，笔者在研读曹谁《巴别塔尖》《时间地轴》《亚欧大陆地史诗》《帝国之花》《大诗学》等作品时，却发现曹谁"大诗学"与"大小说"有目标迷茫、立场错乱的问题，其所谓"大诗主义"三原则（后发展为六原则），只有方法论的提炼，没有价值观的张扬，所谓"大诗学"，没有对"大宇宙精神"及其融入大诗的"理想"，做出具体阐释，只有隐喻式的境界描述，这对于在诗文中一贯非常在意"方向"和"路线"的曹谁来说，应该是一个骨折型的硬伤。尽管"大小说"《时间地轴》据说被著名作家杨志军和首届华语传媒大奖新人奖获得者盛可以鼎力推荐，但仍然难掩其昏聩；虽然在意大利出版的诗选集《帝国之花》荣获多个国际诗歌奖，而且有32位国内外大咖为其站台点赞，甚至有国外诗人称其为"领导新世界的年轻一代"的代表诗人，但笔者还是要直言不讳地指出其悖谬之处。

如果说上海批评家铁舞在《曹谁国际诗歌的审美歧途》(《文学自由谈》2022年第3期)中指出了曹谁国际诗歌的审美局限，那么本文则试图说一说其作品的审美悖谬。因为其处女作《巴别塔尖》弘扬的价值观与"大小说"《时间地轴》彰显的价值取向有明显背离的问题，它集中体现在《巴别塔尖》高扬的"现代精神"与《时间地轴》追逐的"地宫权杖"的南辕北辙；荣获多个国际诗歌奖的诗选集《帝国之花》也存否定中心、砸碎王冠的理性与走向中心、成为巨龙的梦幻。这种背离与悖谬，笔者以为不能简单地用曹谁双子星座的双重人格来做注解，也不能用心理学自卑者的心理补偿需要来做诠释，更不能因为荣获五个国际诗歌奖而被我们视而不见，曹谁的背离与悖谬表明教育的某种失败，曹谁的背离与悖谬说明所谓"希望用文学照亮黑暗""写出东方文明在现代转型中的奇异形态"云云只是理智地说辞，而非创作的实践。

《巴别塔尖》以大学生活为素材，象牙塔的纪实和理想成分占比较重，故事性和艺术性虽然不如《时间地轴》，修改后纳入"大小说"《昆仑秘史》系列称为前传也很牵强，但是它跳动的是时代的脉搏，其价值取向切合"建设富强、民主、文明、和谐现代化国家"的时代发展方向，灌注的是作家批判现实、力图改革时政的知识分子情怀。然而反观其《时间地轴》，却使笔者大失所望，《时间地轴》虽然以"去职远游"为基础，反映了一些新疆和西藏表层的民俗风情、展览了一些卦爻、地支、星座等东西方文化元素，但它出于商业考量，更多的则是对凶杀和极权的魔幻关照，其流布的是残存极权文化的个人无意识，与《巴别塔尖》理性教育得来的现代价值观如同冰炭，只是被"逃亡"的曹谁，为了求"大"的需要而强行粘连。

　　曹谁认为诗歌是他的本我，散文是他的自我，小说是他的超我。《时间地轴》主人公超我龙昊九死一生追寻的原来是权杖、皇冠和传国玉玺，憧憬的原来是亚历山大和成吉思汗建立的专制国家，而非民主共和国。昆仑地宫核心——黄帝宫、宙斯宫、陀罗宫、腾格里宫等世界文化象征围拢的"权杖"成了时间地轴的"地轴"。他所表述的东西方文明在地球背后的拥抱，也只停留在古代文化的汇合，而非现代文明的交融。曹谁在《昆仑秘史》之《玛雅通天塔》最后一节中写道："在光明会十二长老和摩尼教十二明尊的注视下，龙昊走向祭坛。洞窟又开始摇晃，奥菲利亚说整个世界怕都开始地震，龙昊拿着上古六器走上祭坛中间的圆圈，从中间的孔插进去，顿时发出巨大的光芒，整个梅塔特隆立方体旋转起来，大地渐渐恢复平静。龙昊在光柱中看到《大史书》中所描述的整个历史，他穿越星云看到宇宙深处的一个未开发的美丽星球，他想着在这那里建立一个宇宙国"。笔者认为"宇宙国"摩尼教主、光明会长龙昊的政教合一的独裁统治一定比"巴别国"集权统治更糟，甚至还有可能出现中世纪的黑暗。虽然这只是小说家言，只是乌托邦幻想，但笔者阅读的时候经常想起供着"上帝"牌位，布教要建立太平天国，自称天王，最终却迷失在皇宫裙裾之间的洪秀全。

　　有批评家认为，"80后"的魔幻悬疑从小说的艺术性上进行判断可能不具有很高的价值，但他们又宽容地认为对文化记忆、历史知识以及现代生活的模态的大量探索和整合，隐含了极为丰富的文化信息，其中揭示的一些生存镜像，是异常复杂和十分重要的。然而，笔者发现，从曹谁《昆仑秘史》反映的镜像和透露的文化信息来看，是十分可怕和危险的，他暴露了曹谁及其超我龙昊（即飞龙在天）割舍不掉的帝王情结："龙昊在下午抵达登封，这次他首先去岳庙，从中华门直抵中岳殿，他感觉这里像皇宫一样，他很喜欢这种感觉"；"晚上龙昊和曼妲一起去逛街，在街上他们听到人们议论纷纷，这里一个人中了一千万的彩票，一夜之间就移民到美国去了。曼妲问龙昊，假如突然拥有很多钱他会干什么，龙昊说会仿照紫禁城建一座宫殿一样的房子，分钱给自己的亲人，让他们高兴"。这种情结与曹谁诗歌中的"父王""琳妃""雪妃""潜龙""沉默的王"等意象所呈现的帝王意识一脉相承。这种情结也表现在诗选集《帝国之花》中，曹谁一方面惊恐于让我们"晕头转向""头发花白""灰飞烟灭"的高速旋转的"帝国之花"，立志要将隐藏在深处的"王冠"砸碎，一方面又迫不及待地想建立由他领导的新的中心，即横跨欧亚非的、统一的以巴别塔为中心的文学共和国。在"紫禁城交泰殿"等待幽会"蓝贵妃"的他，不仅渴望"帕米尔大帝"为"大龙子""大缪斯"主婚，还时刻准备着"巡游天下"，他所谓的通天塔计划与超我龙昊建立的"宇宙国"异曲同工，他要建立的世界文学共和国，就是要用模仿、表现、拼贴、抒情、叙事、戏剧、翻译建起"梅塔特隆"圣殿（梅塔特隆是仅次于神的大天使，是曹谁大诗学极其自我的隐喻）；就是要"住在塔顶接待农人/安排他们在世界的田野中种植新的粮食"；就是要让"四方的人都飞卷舌头跟读"大诗学和大文学。这些创作实践与其说展示的是"东方文明在现代转型中的奇异形态"，还不如说展示的是曹谁在现代转型中的狂悖臆幻。

以"曹伊之争"胜利者自居的曹谁，捧回五个国际诗歌奖的曹谁，有些得意忘形，在新版的《大诗学》自序中，以隐喻的名义赤裸裸展示了自己的"四重奏"（又称"四境界"）：挥舞镰刀，收割天下；凡我碰触，必将枯萎；无中生有，翻覆世界；飞卷舌头，通天塔顶。读之让人不禁毛骨悚然。掩卷思之，曹谁象征大诗主义运动的"梅塔特隆立方体"，如果有朝一日真的像"帝国之花"一样在天空中旋转起来，"严丝合缝扎扎压过"，这不仅仅是"非三种诗体及两种诗现象"的问题，我们同样逃脱不了"晕头转向""头发花白""灰飞烟灭"的命运，因此面对曹谁自负的"世界精神秩序"设计，我更青睐循序演进的自发秩序。

曹谁在《时间地轴》序言中曾表白过从小的那种模糊追求："一种完全由我控制的秩序，那种类似于王的统治的感觉"及"当一个男人不能用刀征服世界，就会选择笔"的理想，在"大小说"《昆仑秘史》三部曲中通过魔幻主义的写作手法得到了"实现"，他彻底摧毁了"巴别塔尖"上高高飘扬的现代性旗帜，在诗选集《帝国之花》中只不过以隐喻为名想象为"大龙子"，摇身一变成为等待"丽达御临紫禁城"的巨龙而已。马尔库塞认为艺术是"大拒绝"，即通过对现实的拒绝和抗议，来展示心中真实的理想和独特思索。而曹谁面对"惯势"，却走向了"拒绝"和"抗议"的反面。笔者不赞同任何形式的整体化一的"大同世界"或"文学共和国"，盲目地接受通天塔主的计划和安排，这也有悖于曹谁"文学的最大法则自然"之说。尽管全球化是人类休戚与共的实在，但多元化也是人类五彩缤纷、互通有无的需要，相比较集权的"理想国"，我更推崇制衡的"思想国"。因为多元意味着丰富、自由和平等，它体现了人类主体意识的自觉和创造能力的延伸。而曹谁一再证明的东西方文化同源，要重建具有统一秩序的文学共和国，同样有悖百花齐放、百家争鸣的文艺思想，这和超我龙昊要建立的政教合一的"宇宙国"一样可怕。

青海师范大学文学院刘晓林教授读曹谁《时间地轴》时，也曾发现其精神血统中潜伏的霸权和强制基因："在想象的狂欢中履践自己的梦想是文学写作者理应受到尊重的权利，曹谁正怀揣着理想的激情构筑着理想王国，然而在他志存高远的文化设想中，过分地强调秩序和统一性，是否也会出现一份偏执，如果秩序的内里存在着霸权和强制的意味，统一性中带有消弭多样化的意图，这无疑是需要警惕的。"笔者以为，当下承蒙自媒体的发展，文学正处在一个自由"无名"的时代，我们可以允许曹谁倡导大诗主义，但我们绝对不赞同曹谁用大文学、大诗学"共名"和"秩序"文坛。海子在《太阳·你是父亲的好儿女》中将十二支箭赠给了欧亚大陆的十二个大帝国的国王的心脏，将一支没有来得及射出的箭和箭壶及弯弓一起放在了自己稀烂的尸骸旁，笔者希望以海子"大诗"继承者自命的曹谁能弯弓射出这支箭，通过箭镞向内的自我革命，彻底射杀和清除自己精神血统中看似"正大"实则"偏狭"的悖谬。

（原载《文学自由谈》2022年第4期）

郭守先，60后，供职于海东市税务局，著有诗集《天堂之外》、文集《税旅人文》、评论集《士人脉象》、随笔集《鲁院日记》、文论专著《剑胆诗魂》等。作品曾获第三届全国专家博客笔会优秀奖，第四届青海青年文学奖，第二届青海文艺评论奖，首届海东市河湟文艺奖文学类银奖等。现为中国文艺评论家协会会员，青海省文艺评论家协会理事，海东市文艺评论家协会主席，青海省作家协会委员。

新世纪以来土族文学发展轨迹

毕艳君

土族作为青海省五个世居少数民族之一,也是我国西北人口较少民族之一,主要分布在青海省互助土族自治县、民和回族土族自治县,大通回族土族自治县以及黄南藏族自治州的同仁市部分地区,甘肃省的天祝、永登、卓尼等地。作为祖国大家庭中的一员,土族人民在长期的历史发展进程中与和睦相邻的兄弟民族一起携手并进,共同开发了祖国的大西北,创造出了引以自豪的物质财富和精神财富,形成了本民族优秀独特的传统文化。丰富多彩的土族文学,就是这一民族整个文化财富中珍贵的一部分。

众所周知,少数民族文学真正意义上的发展,自党的十一届三中全会之后开始,也就是改革开放以后。特别是1980年7月召开的全国少数民族文学创作会会议,对各少数民族文学的发展有了一定的倡导和指导意义。在新的时代背景下一批土族文学创作队伍开始成长与壮大,一批反映本民族社会生活的各类文学作品相继问世。除辛存文和董思源两位新中国成立初期的作家继续耕耘在文学田地外，鲍义志、李占忠、桑吉仁谦、张英俊、解生才、祁进诚、祁建青、阿朝阳等一批中青年作家成长起来，出现了一批艺术风格多样、思想内容丰富的优秀作品。

进入新世纪之后，青海老一代土族作家的创作渐渐沉寂下来，而祁建青从诗歌转向散文，张英俊从散文转向小说。阿霞和师延智则以清新明快的诗歌和土族诗人的民族身份在青海诗坛备受瞩目。加之一批新生力量的出现，土族文学也随着整个当代文学的繁荣发展有了欣欣向荣之势。

诗人阿霞 2000 年出版诗集《我的河流》，填补了土族文学创作中没有诗集的空白。阿霞的诗歌以女性特有的委婉细腻，表达了对故土、对民族的审美认识和审美评价，也表现出奔涌在诗人心底的诗情和她敏锐的艺术才情。她的诗《吐谷浑故园》《丹阳城写意》《哭嫁：遗失的泪水》《索卜滩的安昭》《白牡丹令》等，不仅在想象的虚拟空间中对民族历史进行诗意的缅怀，还从家乡的古城遗迹、游览名胜中追寻着民族历史的遗留，触摸着民族信仰的脉搏，使自己的诗具有了很强的意蕴美和艺术感染力。

师延智 2006 年出版了诗歌、散文集《玫瑰·家园》。和大多数中国当代知识分子一样，诗人师延智有着难以消解的赤诚情怀和人文精神，也有着坚定执着的诗歌观。土族家乡淳朴的民风和勤劳的人民在他脑海刻下了不可剔除的烙印，因而在他的笔下，他更多的是将自己作为一个民族诗人，将自己深深了解的那片土地与人民进行深情讴歌。在他赋注民族情感的想象中，我们看到了吐谷浑民族最初的崛起与鼎盛至而衰落，也看到了他作为现世的土族，对今日铺满彩虹的家园的眷恋与热爱。

这一时期诗人祁建青转向散文创作，并以自己独特的风格在散文创作中取得了骄人的成绩，2006 年出版的散文集《玉树临风》

获得了全国少数民族文学骏马奖。之后相隔十年，又出版了散文集《瓦蓝青稞》。如祁建青本人所言，"创作的持续伴随对故土的眷守"，"既出于一种乡土钟情，更出于一种文学自信。"

祁建青的散文，最初更多地以他几十年的军旅生涯为主突出了西北高原尤其是青海高原这个特殊地域上的大美。以极地之美的渲染来展现个体生命的感悟并对种种亲历进行充溢哲理的个性叙述，使读者在大而绵延的无限空间里强烈感受个体生命带来的人生感悟。《生土建筑的风景》《黑黑的夜光杯》《敦煌》《极地玉树》《我所认识的两条河流和一条哈达》，等等，都是其极地高原的亲历生活所萌发的心灵感动促成了他激情四溢、生命意志昂扬的一系列以高原之美为内容的理性散文的问世。祁建青对生命的感动与感悟，独特的生命体验与思考，使他的散文创作不仅对人类生存的高度有了自己独树一帜而又恰如其分的表述，并且使这种表述在其壮美的语言叙述中有了准确的生命意义的传导。近几年来，他积极倡导"青稞"书写，围绕这一高原独有的物象连续创作了多篇散文，并在努力争取"青稞流派"形成的诸种尝试。

衣郎出版有诗集《夜晚是我最后的家园》和《蓝调的刀锋》。他的诗植根于本民族文化根系与传承，把地域文化、民族文化与中国传统文化很好地融合起来，形成了开阔、厚重与极具个性的诗歌特征。衣郎书写故土的长诗成色十足而稳定，他仿佛在用长长的摘果竿择取精纯而高高在上的"往事"之果，书写故土上人类对生命繁衍的历史记忆。评论界认为，其诗歌对生存状态和自然风物表现得形神俱备，他的诗歌语言生动，意向鲜明动人，情感的强度与思想的深度有机结合，呈现出令人欣喜的艺术才华。

让人欣喜的是，进入2010年以后，之前已有一定创作积累的一些作家和一批80后、90后的新生力量共同活跃在土族文学的创作舞台，以全新的时代面貌和多样化的创作形式大大丰富了土族文学的发展。王发茂、向墨、那朝庆、李元录、祁进德、秦生春、张伟、李卓玛、鲁玉梅、陈慧遐、绿木、郭旭升等相继发表和出版了一些在省内有影响的作品。

小说创作中有之前一直从事散文创作的老作家张英俊和60后作家东永学、80后女作家李卓玛。张英俊发表了小说《万家灯火》《日子》等，其小说主要以乡土叙述为主，但它与那些"被想象的乡土小说"不一样——作家置身乡土生活现场，以真实的体验、诚实的态度和客观的叙述，塑造了形象比较饱满的人物。在其叙事伦理的客观呈现中，读者可以清晰感受到传统家庭结构与道德伦理、亲情观念与价值判断逐渐瓦解、扭曲和丧失的基本过程。东永学在进入新世纪尤其是2010年以后，成果丰硕。他用自己的笔触描述土族人的世俗生活和精神世界，着力用小说、散文、诗歌等文学形式描写土族生活，反映土族人的内心情感。先后创作完成了三部介绍土族传统文化的随笔集，并于2017年出版了儿童文学（小说）集《天边的彩虹》。80后李卓玛的长篇小说创作在这一时期引起了较为广泛的社会关注。在短短几年间，她先后出版有历史小说《吐谷浑王国》《瓦蓝青稞》《拉仁布与吉门索》等，在谈到《吐谷浑王国》的创作动机时她说："我想借这部小说为土族漫长的历史'正名'，让世人了解这个民族曾经辉煌的过去和文化。"这部小说以其叙事之恢宏，史料之翔实，想象之丰富，填补了土族文学中长篇历史题材创作的空白。小说将王国的艰难崛起、日渐衰落与个体存在的铮铮铁骨、命运无常融合起来，为读者呈现出了一幅粗粝而久远的土族史诗画卷。也有评论者认为这本书的出现，可以说是土族文化史上的一件大事。因为它以小说的形式给广大的土族人民铺展了一条清晰的历史祖源记忆的线索，将草原王国吐谷浑征战马背的几百年历史温情再现，以便于更多的人从这种历史故事的回望中认知自己的民族，书中既有巨大的历史信息也有爱恨交织的悲欢离合。《拉仁布与吉门索》是一部以土族叙事长诗为启发的土族"梁祝"，穿插了民歌、花儿、俗语等大量土族民间的语言形式，相对于前两部格调轻松，体现了作者更强的语言操控能力。

自进入新世纪以来，在中国多民族文学的版图之内，少数民族诗歌的多元化发展趋势不言而喻，作为一种能集中表现丰富的社会生活和抒发人类情感的文学样式，诗歌在青海这片多民族聚居和多元文化交融的土地上也迅速成长。

王发茂的散文诗主要表现家乡变化及民族风情，语言质朴浅易。女诗人向墨出版诗集《骨头里的焰火》，她的诗歌情感丰富、语言质朴、注重细微的刻画与灵活多样的手法，对身边的事物有着敏锐和独特的体验。李元录作为行走在高原上的土族人，立足本土意象，诗歌中用"膜拜"道出了对酩馏酒、湟鱼洄游、雨水等独特的情怀。秦生春的作品植根于乡土，且以乡情作为主要题材，以独特的视角，勾勒了自己的诗歌图谱，风格朴实，语言明快，情感饱满，洋溢着催人奋进的力量和激情。陈慧遐著有诗集《蓝色玛格丽特》《一湾清流》。她的青春活力的奔涌，创作激情的炽热，融化在字里行间，"她的诗歌率真、洒脱、自由、随性，言语中透着洞察人生百态的智慧。"绿木曾获"第二届全国乡土诗歌大奖赛"新秀奖，著有诗集《小鸟之唱》《我在青海湖边等你》。绿木的诗歌理想丰富，追求一种语言和诗意的统一。他的诗歌作品擅长在日常琐碎中发现身边的诗意，在生活体悟中寻找存在的意义，以现代汉语言构建碎片化物质生活中的精神信仰，进而救赎日渐沉沦的灵魂。郭旭升的颂体诗用宏观的视角，将诗人某一瞬间的感动或者对生命、世界的认知，用排比式这种较大的句型，以"大的主题"呈现"深的思考"和"强烈的抒情"，在年轻诗人中具有一定的辨识度。

　　除此以外，阿朝阳、祁进德、那朝庆、张伟、鲁玉梅等的散文也是土族文学中值得关注的一部分。当下中国特色社会主义进入新时代，少数民族文学迎来了崭新而宽阔的发展空间。在我们的身边，新的英雄业绩正在展开，民族生活中改天换地的重大历史变革正在发生，因此，作家们对于社会的参与度明显增强，一些散文紧跟着时代步伐描写着最新和最快的变化。阿朝阳和祁进德正是在这一时代背景下，书写了驻村日记，通过自己在精准扶贫工作期间的所见所闻和所感所想，以日记体的形式和叙述为主要表达方式，真实准确地反映贫困户致贫的主要原因和精准脱贫的全过程，以及党和政府实施精准脱贫政策以后贫困户在"两不愁三保障"方面发生的巨大变化。从而使读者如身临其境般了解了脱贫工作的艰辛与伟大。那朝庆《村庄的记忆》《山那边》《奔丧》等多篇作品以农村生活为题材，着重反映西部农村劳动群众的生产和生活，以此揭示在艰难的生活环境中人们不懈地努力与抗争，热情讴歌农民群众对生活的热爱和对美好生活的向往，抒写了对农民群众顽强不屈的生活态度的赞美之情。张伟创作了《行走笔记》等散文多篇，张伟比较诗意地对自己身边的人和事进行叙述，文字优美，语言流畅，一些作品意象丰富、情感细腻，阅读体验上有很强的古典美。鲁玉梅也从自己的真情实感出发，创作了《花开乡村》《姐姐的新家》等散文，她的散文多以家乡的人和事为主，通过描述不一样的人和物呈现不一样的审美价值。

　　长期以来，土族作家植根于本民族生活的土壤，通过对民族心理细微而准确的感受和把握，以土族特有的民风习俗和厚重的文化积淀为底色，创作了大量的诗歌、小说和散文等优秀文学作品。土族文学经历了整个当代文学发展史中的各个阶段直至今天的中国特色社会主义新时代。我们看到，土族作家不再专注和局限于传统民族文化的抒情写作，而是积极容纳不同族群的交往经验与日常生活，对当下社会、新生活的变化进行全新的思考，并且对于全球化和现代性语境下民族乡村社会的变迁予以深情而冷峻的关注。可见，土族文学与新中国发展伟业同进步、共发展，已形成多向度、多样性和开放式的书写模式，土族作家担负起了推动中国社会特色主义文学繁荣发展，建设中华民族共有精神家园的文学使命。

（原载《文艺报》2021.11.5）

毕艳君，女，青海省社会科学院文史研究所研究员。先后在省内外报刊发表成果百余项，合著有《古道驿传》《文成公主与唐蕃古道》等8部。成果曾获第五届中国文联文艺评论奖、青海省哲学社会科学奖、青海省首届文艺评论奖、第四届青海青年文学奖等奖项。2014年获得青海省"三八"红旗手荣誉称号。现为中国文艺评论家协会会员，青海省作协委员。

青藏高原藏族文学地理书写的价值研究

孔占芳

就普遍意义而言,一位作家的诞生,意味着他们的胞衣之地以文学的方式进入了公众的视野,中长篇小说作家的创作尤其如此。

比如,有了鲁迅就有了文学地理上的江南鲁镇,有了莫言就有了文学化的山东高密乡。同样,当代藏族作家的汉语文学创作开辟了本地作家文学书写青藏高原藏域家园的历史。

在这之前,涉藏地区的汉语文学表述来自"他者"。或是羁旅游历者、或是内地的工作、学习者。经过"他者"的眼光观察、审视的藏域,在自然景观的书写上以游人或羁旅者的心态,观赏青藏高原的风景,能做到客观呈现。但对具有深厚的藏传佛教的人文景观的书写总是隔了文化层面,或无力呈现,或不予关注,大多没有留下贴近藏域生活的文学表述,更不能完全反映藏族信众的民族心理和民族文化。

例如,《唐宋文学编年地图》显示:唐宋时期,在整个青藏高原藏域,留下文学作品的诗人3人,留诗8首。分别是:唐

670年，35岁的骆宾王在青海省海南州共和县留诗3首(《西行别东台详正学士》《从军行》《早秋出塞寄东台详正学士》)[①]；754年，54岁的高适，在贵德县留诗1首(《同吕判官从哥舒大夫破洪济城回登积石军多福七级浮图》)[②]；甘南有4首，都是34岁的岑参于751-754年间，在临洮往返停留间所作。(《临洮客舍留别祁连四》《临洮龙兴寺玄上人院同咏青木香丛》《发临洮将赴北庭留别》《临洮泛舟赵仙舟自北庭罢使还京》)[③]。

在他们的作品里，青藏高原苦寒："云沙万里地，孤负一书生。""闻说轮台路，连年见雪飞。春风曾不到，汉使亦应稀。"；交通不便，音信不通、人烟稀少："三年绝乡信，六月未春衣。客舍洮水聒，孤城胡雁飞。"归乡成为最浓的情怀："醉眠乡梦罢，东望羡归程。""私向梦中归。"显然这些诗篇以"他者"的眼光客观地描绘了青藏高原真实的地理环境状况，以"比较者"心理描摹了真实的心理感受。

青藏高原涉藏地域被自己的作家用汉语所书写，是当代之事。新中国诞生，国家大力推进青藏高原经济文化建设，教育文化蒸蒸日上，用汉语写作的藏族作家的诞生，是文化教育结出的硕果，尤其是汉藏双语创作作家的培养，使高原被藏族作家所书写，并被汉语世界所瞩目，这个成就，经过了四代藏族汉语作家的努力。第一代藏族汉语作家以饶介巴桑、降边嘉措、伊丹才让、益西单增、益西卓玛等具有全国影响力的诗人和小说家为代表；第二代则以1985年左右出现的扎西达娃、色波等为代表；第三代以阿来、梅卓、央珍、白玛娜珍等为代表。21世纪以来，又出现了一批新

---

① 陈熙晋.骆临海集笺注（卷4）[M].上海：上海古籍出版社，1985：114-112-115.
② 周勋初.高适年谱[M].上海：上海古籍出版社，1980：62.
③ 陈铁民，候忠义.岑参集校注[M]// 唐宋文学编年地图.126-127-170-172.

面孔:万玛才旦、次仁罗布、康若文琴、泽仁达娃、等等,被研究者认为是第四代藏族汉语作家。以少数民族文学创作"骏马奖"而言,从第一届到第十二届共有42人次获此奖项,虽然获奖人数、作品呈现由多到少的趋势,(10、6、7、6、3、3、1、0、0、3、2、2)但创作势头并没有减弱,尤其近年来"第四代"创作者的人数和作品都在增加,作品内容趋于自我个性表达,在内容上有一定的开拓性。

在这些作家的作品中,我们看到了青藏高原雄浑辽阔之自然壮美,也体会到青藏高原地理文化哺育下民众勤劳坚韧、追求幸福的人性光辉,更看到了人与自然和谐相处、天人合一的境界之美。能以审美的眼光打量、慎思这片人类生命的禁区,也只有胞衣之恩的情感才能流泻下发自内心地歌唱。

一、青藏高原地理名词、物名、人名的文学书写价值

一个地区的作家就是在书写那个地域人类活动和精神风貌,形成了文学地理的人文景观,为外界所认知,在中国文学史乃至世界文学史上留下了经过文学审美、文学想象的地理名词。文学创作的丰富性正是地域空间多样性和区域文化多元性的具体体现。当代藏族作家的汉语书写正是提供了这样的地理空间,显示了区域文化的多元性特质。有助于我们理解地理环境空间对一个民族性格、民族心理和民族文化的影响。

首先,在中国文学乃至世界文学史上留下了经过文学审美、文学想象的地理名词,丰富了文学版图。藏族作家的汉语书写具有鲜明的地标符码,这充分反映于作品名称上。梅卓的旅游散文集《吉祥玉树》、文化散文集《走马安多》,龙仁青的地理散文集《马背上的青海》,才旦的长篇小说集《安多秘史》,康若文琴的诗集《马

尔康》，洛嘉才让的诗集《倒淌河上的风》，江洋才让的长篇小说《康巴方式》等直接以地名为书名加以标识。安多、康巴、青海、玉树、马尔康、倒淌河等地理名词随着文学作品、作者被认知，正如沈从文之于湖南边城，老舍之于北平……皆因作家的文学书写，地理名词被读者熟知，呈现出鲜明的文学地理的特质。同样当代藏族作家的文学书写，将青藏高原纳入了中国文学地理版图，如央珍、次仁罗布等笔下的拉萨地区，阿来、达真等笔下的康巴藏域，梅卓、龙仁青等笔下的安多地区，等等，将地名或与气候、或与草原、或与草原上的马、或与生活方式相连，呈现出浓郁的地域特色，具有重要的地域书写价值。

其次，青藏高原人名、物名也进入中国文学的表述序列，丰富了汉语词汇。万玛才旦的短篇小说集《嘛呢石，静静地敲》《塔洛》，江洋才让的长篇小说《马背上的经幡》《牦牛漫步》，泽仁达娃的长篇小说《雪山的话语》等，以藏域特有的人名、物名间接地作为文化标识，比如，嘛呢石、经幡、佛堂、白塔、雪山、牦牛、草原、塔洛等具有鲜明的民族文化特色。康若文琴的《马尔康马尔康》几乎就是一部青藏高原人名、物名汇集，碉楼、统万城、黑虎羌寨、莫斯都岩画、大藏寺、毗卢遮那大师、梭磨女土司、阿坝高原、草原、神山、圣湖、青稞、风、绿寺庙、宫寨、神山、圣水、箭台、经幡、风马、佛珠、酥油、沙画、碗、火镰、花头帕、麦垛、连枷、花腰带、牦牛皮藏靴都经过了诗人独特的审美，连火塘边正对大门的座位"卡普"都入了诗歌的世界。

这些文学书写都鲜明地昭示了藏民族的生存环境、宗教、语言，不仅记录下这样的生存方式，也丰富了汉语词汇，丰富了文学表达的地域空间领域。

二、青藏高原地理风物的文学书写价值

藏族作家以各自生存的青藏高原地理空间与地域风貌为书写对象，对本地的风土人情、风俗节庆、文化娱乐、社会变迁、民族来源、神话传说，等等，做了主观的审美和文化意蕴的发掘。比如，班果的诗集《雪域》中，《拉萨河的沐浴节》《天葬》《藏戏》《婚典》等诗篇对藏域风俗进行了审美观照。康若文琴的《马尔康》将那些逢年过节的风俗也进入诗歌的圣殿，比如，擦查、藏历年、燃灯节、若木纽节、松岗的清明节，等等。诗人作家们自觉书写家乡故土，一方面，这些是他们熟悉的地理环境，留存着作家的记忆、情感、喜怒哀乐，另一方面，用写作回馈这个地域的养育之恩，藏族作家大部分都怀着感恩的心理来书写故土。对家乡的怀念、礼赞与感恩，书写民族史诗的责任担当，都使民族作家的书写带有鲜明的地域特色。我们发现在"他者"眼里几乎不适于人居的青藏高原在本地作家笔下却是"人间天堂"，产生天壤之别的根源正是文学家对胞衣之地的情感，而情感是文学得以产生的根脉。所以，文学的地理是经过审美的地域，是文学想象的空间，正是如此，地域上的风物，浸染了浓烈民族风格和气息，凸显了地域性和民族性。

地球第三级的青藏高原，以高山大川、深谷湍流为基本地理状貌，兼以千里牧场、百里良田，形成农、牧、狩猎为主的生活状态，这样的地理环境形成卫藏、康巴、安多不同的区域，在此地域培育出的藏族作家的文学创作就具有了同质异趣的地理书写，由此展现出青藏高原高大陆地理特色，又因为作家思想的不同而呈现出不同的情感特色，形成高原特有的意象。比如，太阳、草原、蓝天、白云、风、山谷、河流……下面仅举几例加以阐明。

（一）阳光意象

在藏族作家作品中，"阳光"是提及最多，也极富生命力的一个意象，与之相关的太阳、光线等也是作品中反复出现的意象。例如，安多作家梅卓就以《太阳部落》为长篇小说的名字；龙仁青的小说中阳光构成了系列意象，他不仅描写了早晨、中午、傍晚的太阳，还拟人化地描写了青年、中年、晚年的太阳，充满意趣灵性和地域文化特色，以落日为例：

"蓝天就像是一个无微不至的女佣，满天的红霞披在了太阳的身上，就好似把一袭硕大的绛红色袈裟披在了太阳的身上，太阳裹挟着红霞的袈裟，感到了几分暖意，它依旧蹲坐在西山顶上，有着持重老成的高僧大德一般的庄重和平静，它心里感念着蓝天的好，太阳微闭着眼睛，慢慢地消耗着自己最后的光亮，正在经历着一次涅槃。"（《巴桑寺的C大调》）[1]

红霞像绛红色的袈裟，太阳像持重老成的高僧大德般庄重和平静，这种比喻，只有生活在青藏高原的藏民族才有深切的体会和感悟，比喻的灵感来自作家生活的地域文化的濡染，带上了浓郁的地域特色。

阿来对太阳也不胜礼赞："现在，诗人帝王一般／巫师一般穿过草原／阳光的流苏飘拂／头戴太阳的紫金冠／风是众多的嫔妃，有／流水的腰肢，小丘的胸脯"（《三十周岁时漫游若尔盖大草原》）将太阳喻为"紫金冠"，将阳光喻为"流苏"，不仅形象生动，

---

[1] 龙仁青. 咖啡与酸奶[M]. 广州：花城出版社，2016：35.

而且将太阳尊为王者，给予太阳至高无上的地位。"诗人"正是在阳光灿烂的草原上漫游，感受到体内勃发出雄心壮志。

太阳于草原民族而言不亚于第二次生命的照拂，青藏高原的作家诗人对太阳的礼赞从不吝啬，是喜爱、描摹、礼敬、盛赞的，而这种赞誉因为带上了浓烈的情感，也就显示出青藏高原的地域特色。

相对而言，写到月亮，并将月亮加以意象化的倾向在藏族作家中的作品中较少出现。这与高原天气寒冷，人类的生存活动大多在阳光温暖的白天进行，夜晚很少外出有关。与农耕文化的江南写月频繁的情形恰好形成对比，说明地域的气候条件对人类的行为、思维习惯乃至文学作品形成影响。

（二）草原意象

草原是青藏高原的重要地貌形式，是养育生命的摇篮，自然成为藏族作家文学作品的表现的重头戏。作家们不仅盛赞草原的美，也赋予它生命的意义。阿来的长诗《三十周岁时漫游若尔盖大草原》是他第一次出版短篇小说集《旧年的血迹》后为"求证我能不能真正书写这块土地，书写这块土地上的人。"[①] 而漫游了两个月的结果，也确定了阿来将写作作为一生的事业。故而阿来笔下的草原，具有阴阳契合孕育生命的特征，有如"紫金冠"的太阳，有"流苏飘拂"般的阳光，有"众多嫔妃"似的风，有柔软的"腰肢"一样地流水，有女性胸脯一样小丘。可见，草原在藏族作家笔下并不是"物"的存在，而是有情感、有意志的意象的存在，也不是孤立的存在，而是整体存在，在"他物"的反衬

---

① 徐春萍.作家阿来访谈录：重要的是信念不可缺[J].文学报，2007年.

下才显出草原的特质。

同样，在泽仁达娃笔下："一路小走的骏马敲响了泛着绿意的草原，敲响了放牧着绸缎一样云霞的天空。"① "泛着绿意的草原"上马蹄轻奏，生机顿现，是写实，作者通过拈连的手法顺势让"天空放牧云霞"却是神来之笔，将草原生活的方式搬上天空的想象，生存空间同质化，则是生活的赠予，也反映了藏族独特的思维方式。

康若文琴的《我的阿坝草原》："藏羚羊走过的地方／笑容溅得酥油草一地／花朵熙来攘往／拉伊嚼咬得草原晃晃悠悠"。② 藏羚羊、酥油草、繁花、嘹亮的拉伊，这些特有的物种、特有的民歌，鲜明地标示了地域符码：这是一片藏民族生存的草原，是一个充满生机、快乐、自在自足的精神世界，令人神往。

这种发自内心的情感，是生活、成长于斯的藏族作家具有的感恩于胞衣之地的情感，它是真挚的、醇厚的、由衷的，具有强烈的感染力和浸透力，融合成独特的草原意象，这也是藏族作家对地域文学的贡献。

（三）青稞意象

青稞作为青藏高原养育民众的特有的物种，不断被诗人、作家审美、歌咏，形成藏域特有的青稞意象。旦文毛感悟："忠于高原的青稞／在风中走出海的姿态一波又一波成熟的香甜四溢"（《行走的男人》）③ "忠于"一词虽出自主观意愿，却客观地表现了青稞在青藏高原生长的特征与茂盛的情形。康若文琴将

---

① 泽仁达娃. 雪山的话语 [M]. 西宁：青海人民出版社，2014：11.
② 康若文琴. 康若文琴的诗 [M]. 成都：四川文艺出版社，2014：83-21-173.
③ 旦文毛. 足底生花 [M]. 北京：作家出版社，2016：104.

青稞作为藏族的主食糌粑的香味描述得诗意浪漫:"獒在风中狂吠/炊烟驮着糌粑的清香迤逦而来"。(《阿吾的目光》)①

藏族作家笔下的这些意象,独具青藏高原地理风物特质,充满世居藏族对这些风物的钟情、喜爱、礼赞和感恩。正是这些藏族作家的书写让读者看到世人噤若寒蝉、不易人居世界第三极地理空间,生命不仅欣欣向荣,而且自在、快乐、纯净、适然。

三、青藏高原地理环境空间中藏族文化根脉自然呈现的价值

一种文化在文学作品中的呈现,是民族根性的自然表达。在汉语的语境中浸透着藏族思维、藏文化,是当代藏族作家汉语创作的又一重要价值。藏传佛教与青藏高原的融合既是历史的机缘,也是人类与苦寒的地理生存空间相依相存的契合,佛教中众生平等的观念,与自然环境和谐相处、保护生态环境的教义,乐善好施、积善成德的日常规诫,为众生祈福的六字真言,等等,莫不潜移默化中将一个信仰藏传佛教的民族精神世界展现在眼前。

旦文毛的诗集里氤氲着浓郁的藏传佛教文化,比如:"你我谁是前世念珠间遗落的/那颗檀珠/下一世砾石间蒙尘静候/只一眼,便认出彼此"(《经过我风声》);"只一眼洁净的一瞥,你便成我净水碗中的供养"(《俱喜》)。用因果轮回解释爱恋的缘起,时空的久远瞬间认出的惊喜与亲昵,描写出与众不同的旷世奇缘,遗落的檀珠、蒙尘静候、念珠、前世、下一世、净水碗、供养等词语,将浸透藏传佛教的藏民族精神和文化自然呈现出来,如话家常,却美得让人心悸。每一个早晨也在佛教的仪轨里盛开:"合

---

① 康若文琴.康若文琴的诗[M].成都:四川文艺出版社,2014:21.

/双手供一个即将盛开的早晨"(《在康巴,片羽飞逝的瞬间》)。"合双手""供奉"是藏族礼佛习惯动作,把宗教仪式的动态行为专用词,扩大到日常行为领域,将虔诚期待开始美好一天的喜悦心情表达得淋漓尽致,不乏虔诚的态度与精神,这两个词因此有了新的生命力。《春天里》:"牧白云,太阳做守护,牧星星,月亮做守护"①。动词"牧"字词义完全来自于草原牧民生活中牧羊、牧牛等生活习惯中的惯性思维,将"牧"的意义从"牧"有意识的动物的动词迁移到无意识的物象上,让物象具有了意识,变成有意识行为的意象和叙事主体,产生一个有情感的世界。这既是藏族诗人在文学上的独特创造,也是藏民族思维的体现。

通过比喻、拈连等手法将青藏高原的地理空间与生活在期间的藏民族日常生活紧密相连,形成具有鲜明地域特色的文学表达。

只见积雪覆盖的群山之中有一个深邃的小山谷,山谷底部正是渴盼已久的圣湖。那湖水像密宗法器的人头盖骨中盛着一泓碧蓝的清水,发出亮幽幽的蓝光。从高远望去,那是一种神秘的蓝光,它蓝得那么纯净又那么凝重,使人不由得合十双手,顶礼膜拜。

央吉卓玛的心中涌起一股超然而盲目的敬畏。②

央珍将山谷比喻为藏族宗教法器:"密宗法器的人头盖骨中盛着一泓碧蓝的清水",这样的句子只能出现在藏族作家笔下,因为这是藏族日常生活中经常看见、使用的物品和场景,被作者创作思维焕发出来,成为带有藏族思维特征的比喻,蕴含着浓厚

---

① 旦文毛. 足底生花[M]. 北京:作家出版社,2016:104.
② 央珍. 无性别的神[M]. 北京:中国青年出版社,1994:232.

的藏民族心理。"合十双手，顶礼膜拜"同样是藏族的宗教活动常规动作，这些都促成了具有青藏高原藏民族心理的书写。

这样的文学书写，在藏族作家汉语写作中比比皆是，不胜枚举。他们的辛勤劳作为世界文学流泻出藏族独特文化品质和精神世界，书写出青藏高原文学地理景观，贡献给世界别样的文学世界。

四、结语

"我是嘉绒的女儿／大山便是至柔的母亲／和夜拥抱／梭磨河哼唱一支摇篮曲／峡谷间流淌梦的香甜"（《星光下的脚步》）。①

"诗缘情"，不仅诗歌，各种文学题材写作的动力源也是情感的激发，其中，对胞衣之地的情感是最普遍、最纯正、最深沉的，无论是深情的讴歌，还是"哀其不幸，怒其不争"的愤懑、批判，都是情感最深处"爱"之喷涌。正源于此，本地本民族作家的诞生，是此地域文化被内视角书写的标志，民族文化隐性的特质因挖掘而显现，呈现出鲜明的地域特色，形成文学地理的特有风景，藏族作家对家园的倾情书写，无意中建构了青藏高原文学地理的大厦，青藏高原特有的地理名词，生活的人，存在的物，独特的生命，以及对生命的关照方式都成为这块地域上的文学存在，成为独特的藏族文化呈现的地域空间。

中国文学自古以来以书写农耕文明为重，擅长表现儒家文化为中心事项与景观，平原、丘陵、大河、小桥、流水、月夜、蝉鸣是其特色。当代藏族作家的文学创作丰富了中国文学表现的地域与文明板块，表现的是雄浑壮阔的青藏高原，书写的是藏传佛教文明。它丰富了中国文学表现的地域与文明板块，对补充和丰

---

① 康若文琴.康若文琴的诗[M].成都：四川文艺出版社，2014：173.

富中华文学史料有重要价值。

(原载 2022 年 4 月《西藏当代文学研究》第 5 辑)

孔占芳,1971 生于青海,青海师范大学教授。在省内外期刊发表文学评论 40 多篇,出版专著《当代藏族作家汉族创作价值研究》,编写出版教材两部,主持完成国家社科项目和省级项目各一项。系中国少数民族文学学会第八届理事、青海文艺评论家协会第二届理事、青海省作家协会会员。

论回族文学的爱国主义传统

马豪杰　权绘锦

中华民族共同体意识是中华民族历经几千年历史形成的精神核心，是中华民族饱经沧桑但依然能够延续发展的无比坚韧的精神源泉，是中华民族在新的历史时期走向辉煌进而实现伟大复兴的精神动力之一，更是中华民族构建人类命运共同体宏伟使命的精神前提之一。作为一种思想意识、观念体系和价值立场，中华民族共同体意识内涵充实，且有着丰富多样的表现形态。文学作为人类特殊精神活动的产物，既是发挥其独特作用参与创建中华民族共同体意识的重要机制和形式，也是其独特的审美表现形式。中华民族共同体意识是中国五十六个民族共同参与创造的精神财富。回族是在中国土地上哺育成长起来的。作为中华民族大家庭的重要成员，回族曾经在历史和现实中为铸牢中华民族共同体意识发挥其应有作用，未来也将继续做出自己的贡献。当然，回族文学也曾经还必将在这一伟大的历史事实与宏伟事业中做出自己的贡献。

爱国主义是现代进步文学的基本主题，也是中国所有民族共有的精神传统，更是中华民族共同体意识的根本内涵。19世纪中期以来，随着现代社会思潮的输入和中华民族命运遭际的剧烈变迁，中国文学中爱国主义传统的精神内涵与外在表现形态都发生了转型与嬗变，突破了以往较为狭隘的"夷夏之辨""建功立业""忠君报国"局限，具有了全新的民族独立、社会革命与文化认同内涵。与中国文学传统的整体转型相一致，近代以来的回族文学不仅在爱国主义等主题内涵上出现了现代自觉，也在审美表达上保有自身个性，体现出不断发展的文化风采。这一历史动向，不仅推进了回族文学自身的现代转型，也使其参与铸牢中华民族共同体意识的能力更为增强，作用更加突出，并在中国多民族文学体系中具有示范和典型意义，因而有着系统研究的重要价值。

以民族独立自强为核心的反帝与启蒙变奏

中华民族共同体意识是在中华民族遭遇亡国灭种的生死危机和救亡图存的民族斗争之历史语境中生成和强化的，这一历史语境和形成过程，决定了中华民族共同体意识独特的历史内涵与文化特征，即以反帝反封建为内核，以各具民族个性的丰富多样的表现形态，将现代中国的生存作为各民族生存发展的前提，因而使中国所有民族血肉相连，生死与共，同呼吸，共命运。在这一民族共同体意识形成过程中，回族近现代知识分子主动作为，积极参与、奋发努力、自强不息，做出了自己独特的贡献。

首先，反帝是爱国主义的时代强音。鸦片战争伊始，西方列强肆意瓜分中国，使中华民族陷入亡国灭种的险境，抵御西方列强成为中华各族儿女共同心声。马克思说"鸦片战争时期燃起的仇英火焰,在中国爆发成了愤怒的烈火"①,"愤怒的烈火"在文学中表现为作家的反侵略创作成为近代最强烈的声响。爱国主义贯穿于马元章(1853—1920)的诗、赋文、楹联中。当年,日俄侵占东三省,他作长诗《闻倭俄瓜分东三省》,总结历朝历代教训,不仅提出了肯定人为第一因素的"强弱在人非在天"的积极观点,而且发出了"报仇雪耻致中兴""万里中华何惧敌"的时代呐喊,表达对侵略者的无比憎恨和收复失地的强烈决心。②"克勤克俭以立功立业,任劳任怨以为国为民"等楹联流溢浓郁爱国思想和深厚民族情结。1900年6月,八国联军入侵北京。以马福祥(1876—1932)兄弟为首的回族爱国官兵积极参战抵抗,和其他部队共同挫败了列强的阴谋,助长了中国人的士气,将中国人民的反帝爱国运动推向了新高潮。长诗《廊坊之战》详细描写了枪林弹雨的真实场面,不仅写出了将士们视死如归的英雄气概,而且形象描绘了敌人不可一世的惨败景象。具有启蒙思想的著名学者、古文家、诗人蒋湘南(1795—1854),在诗歌和散文中表现出对国家时局的深切关注和挽救社会危机的睿智之思。被时人称为"绝妙之文"的《书刘天保》一文,通过对传奇人物刘天保在鸦片战争中抵御英夷事迹的刻写,寄托着作者强烈的爱国情怀。

为了启发回族民众的爱国自觉,回族近代知识分子还积极利用报纸等大众传媒,通过政论文激发民众的爱国热情,起到了启蒙作用。"文章充满了对回族民众的热爱和对民族进步的期盼,充满了强烈的爱国、爱教情怀,启迪了回族人民的思想,坚定了

---

① 中共中央马克思、恩格斯、列宁、斯大林著作编译局评.恩格斯全集(第12卷),北京:人民出版社,1962:178.
② 何兆国.西北伊斯兰教教派资料汇编[M]//赵慧、拜学英、王继霞主编.中国回族文学通史 (近现代卷).银川:阳光出版社,2014:65.

回族人民的信仰，鼓舞了回族人民爱国、爱教的热情。"①丁宝臣（1875—1914）、黄镇磐（1873—1942）等人创办了回族史上最早的《正宗爱国报》《醒回篇》等报刊，刊发《请废鸦片旧约》《中国新政之进步》等充满爱国思想的文章。刘孟扬（1877—1943）在担任《大公报》主笔期间，编撰的白话专版《敝帚千金》成为爱国主义理论和实践的探索园地，成功实现了对国人爱国思想的启蒙教育。在《爱国论》中他指出："爱国这件事，是国民里头人人应该当有的责任，国家要强盛，必须开民智，开民智首要是合群，只有合群才能得到真正长久的利益，从这个意义上说，凡是一个人，若是愿意长久真正自私自利，非居心诚实，做事公道，利益均沾不可，这就是合群的真道理，也是爱国的真根基。"②

其次，反封建是爱国主义的有力表现。面对列强的长驱直入，昏庸无能的清廷不仅不积极抵御外敌，而且步步相让，割地求和，使国家陷入四分五裂的境地，生灵惨遭涂炭。回族作家在揭露和批判清廷的腐朽中饱含强烈的爱国情怀。马元章在诗中对朝廷"割地请和免青衣，日益孱弱继重昏"的昏庸表现，发出了"地广民众无豪杰，四百兆人尽柯南"的哀叹。③结合反帝反封建的现实之需，他善于从中国传统文化中汲取思想养分，在赋文中提出了"国家可数十年无才智之士，不可一日无气节之臣"，"夫国

---

① 赵慧，拜学英，王继霞.中国回族文学通史（近现代卷）[M].银川：阳光出版社，2014：14.
② 赵慧，拜学英，王继霞.中国回族文学通史（近现代卷）[M].银川：阳光出版社，2014：135.
③ 赵慧，拜学英，王继霞.中国回族文学通史（近现代卷）[M].银川：阳光出版社，2014：66.

之治乱存亡,在乎天命人心"①等观点。短文《民国宜整顿者二十件》通过具体的整顿改革,提出治国理政方针,显示作者心系国家安亡兴盛,盼望早日走出困境的爱国之情。被章士钊称为"东方拿破仑"的马骏(1882—1945)写下的《京津条约》《东北割地》等诗是揭露清廷腐败无能的力作,"京津条约定,割地更赔款。主权从此失,租界外人管"②中显示对朝廷的极大愤恨。蒋湘南常以散文抨击朝政腐败,譬如深得春秋笔法的纪实散文《辛丑河决大梁守城书事》中,作者对事件褒贬分明的叙述中,吏治之腐败、朝廷之昏庸、百姓之疾苦跃然纸上。《商城县知县周仲甫先生墓志铭》以周仲甫的为官清廉、亲民爱民反喻朝政的腐败废弛,指出官吏"视民为草,讼数月不理,理或数年不结"③的昏庸现象。用鸦片麻痹国人精神,即使中国成为鸦片重要供需地,又使朝政内部陷入腐败糜烂的境地,以达到不攻自破的殖民侵略之效,这是西方列强不惜因鸦片发动战争的重要目的。《与黄书斋鸿胪论鸦片烟书》中,蒋湘南分析指出了朝廷上下文武官吏普遍吸食鸦片成为难以彻底禁烟的重要原因,提出了"盗以为不禁鸦片,固非为政之体,而严禁鸦片,亦有难挽之势"④的忠告,彰显政治上的见识与胆魄。

再次,文化交融互鉴中的爱国精神呈现。伊斯兰文化与中国

---

① 何兆国.西北伊斯兰教教派资料汇编[M]// 赵慧、拜学英、王继霞.中国回族文学通史 (近现代卷).银川:阳光出版社,2014:69—70.
② 赵慧,拜学英,王继霞.中国回族文学通史 (近现代卷)[M].银川:阳光出版社,2014:144.
③ 赵慧,拜学英,王继霞.中国回族文学通史 (近现代卷)[M].银川:阳光出版社,2014:49.
④ 赵慧,拜学英,王继霞.中国回族文学通史 (近现代卷)[M].银川:阳光出版社,2014:48—49.

文化的交往源远流长，形式多样，内容广泛，影响深远。"这两种文化经过千年的接触、碰撞，最终在他们的相通之处找到了结合点。"①回族是伊斯兰文化与中国文化共同哺育下形成的民族，"回族在形成之际，就将热爱中华的爱国主义精神作为本民族的立身之本，逐渐形成回族的爱国主义思想体系"②。善于从文化交融互鉴的视角汲取思想养分，竭力培育爱国的精神胚胎，是回族文学弘扬爱国主义的重要途径，主要表现之一是在伊汉文化的结合点上生发创作灵感。马元章古体诗思想内涵和哲理思辨融为一体的特征是吸收中国传统文化和伊斯兰文化的结晶。他的诗启示穆斯林做一个对社会、对国家有用的虔诚爱国之人。在创作中始终闪烁着具有伊汉双重文化特质的"和为贵"思想。马介泉（1876—1933）的《晚晴室家书》和马福祥（1876—1932）的《马氏家训》等，是汲取中国传统家训文化和伊斯兰伦理规范要求的典范之作，从修身持家到涉世报国，提出了既符合中国传统文化又不失伊斯兰教教义的规范要求，在对后辈的谆谆教诲和殷切希望中彰显爱国爱教之情怀。二是从翻译文学的视角为爱国主义注入新血液。回族翻译文学滥觞于明末清初的"以儒释经"活动，被视为"四大经学家"的王岱舆（1584—1670）、马注（1640—1711）、刘智（1655—1745）、马德新（1794—1874），在特定历史条件下，开创了伊斯兰教教义与中国传统文化相结合的一代文宗。马安礼（1820—1899）仿效《诗经》和《三字经》的体例，创作出《天房诗经》和《续天房三字经》，成为回族民众启蒙爱国的重要教材。这种创作有浓郁的启蒙色彩，但根本上仍为反帝反封建的宏阔主

---

① 杨怀中. 回族史论稿[M]. 银川：宁夏人民出版社，1991：43.
② 高占福. 回族的形成发展与铸牢中华民族共同体意识的实践，铸牢中华民族共同体意识——新时代民族工作理论与实践研讨会论文集. 内部资料，2019：63.

旨服务，在爱国主义的内涵上赋予民族独立自强为核心的时代新意。正如以鲁迅为代表的现代启蒙主义知识分子所认识到的，要使中国实现独立富强，"首在立人""人立而后凡事举"。近代回族知识分子同样认为，如果每一位穆斯林都成为热爱祖国、道德高尚、行为正直和具有文化修养的现代人，中国自然有救，中华民族自然有希望，中华民族共有家园自然走上辉煌复兴之路，中华文化自然能够在与人类进步文化交流互鉴中更加丰富伟大。这一自觉认识使近代回族知识分子将文化普及和文化阐释视为中心工作，通过这一独特方式，实现中国知识分子共有的理想和使命，同时，体现回族知识分子和回族文学文化的独特个性。也就是在这一过程中，回族文化不仅逐渐走向了现代化，还在与启蒙主义文化思潮的同频共振中，为中华民族共同体意识的构建发挥了重要作用。

以社会革命与抗日战争为核心的激越表达

"五四"之后，中国社会过渡到以自由民主、民族解放、阶级斗争、政治独立等为丰富内涵的社会革命与以抗日战争为主的现代时期。当救亡与图存成为现代历史的鲜明主题时，革命与战争视域中的现代文学在爱国主义的表达上更显激越。回族文学在"五四"启蒙思想的照耀下、在革命与战争的时代召唤下，不仅接续了近代文学的爱国主义传统，而且在多维表达中得以拓展丰富，主要表现为以下几方面。

第一，社会革命中的救国振族思想。抗战以前，新民主主义革命显得艰难的背景之一是军阀统治，然而任何人都无法阻挡社会发展、民族进步的革命浪潮。这一时期，回族作家的爱国思想体现在以下几方面。其一，对军阀统治的揭露批判。哈锐（1862—

1932）的诗《己巳早春感言》、马骏的散文《中华民国之前途改内战为建设始可存在》等，对军阀统治及混战下民不聊生的黑暗现实予以强烈鞭挞。其二，兴办教育成为救国振族之重举。龚选廉（1874—1947）、马骏等人兴办新式教育，既是求民族进步发展的重要举措，亦是爱国情怀的生动诠释。刘曼卿（1906—1942）毕生倾心于西南边疆的民族教育，她所著的《边疆教育》被誉为"中国民族教育学的发轫之始"，作者不拘泥于回族自身，从中华民族的高度阐释了民族教育的重要性："一个国家的教育是否巩固，要看这个国家国防教育的实施成就如何以为断；国防教育实施的成效，更必须要从全民族教育的发展观察来看。边疆教育，是中华民族教育重要的一部，其重要性不仅与边疆问题的本身有着重大的关系，更无疑的，对于国家的安危，是有着更大影响的。"[①] 其三，回族作家通过创办实业谱写爱国华章，如哈锐晚年创办火柴厂、龚选廉办酒厂、马骏发展交通与矿业等。

第二，战争环境中的激越表达。抗日战争和解放战争极大地激发了中华民族的爱国主义热情，成为历史上爱国主义的高涨期，包括回族作家在内的现代作家在特定的历史语境中，通过激越表达把爱国主义推向极致。抗战爆发后，龚选廉创作《敌机再袭泸城》《忧愤》等诗表达忧国忧民的情怀，表现出诗人"匹夫亦有兴亡责"的勇敢担当。马骏《送李愚如赴法》昭示出诗人誓死捍卫共产党誓言、甘愿以身殉国的精神品质。一代画师马骀（1886—1938）创作《古今人物画谱》时题写的题画诗，在对悠久传统的借鉴弘扬中抒写爱国情志。素有"陇上诗妖"之称的薛文波（1909—

[①] 赵慧，拜学英，王继霞.中国回族文学通史（近现代卷）[M].银川：阳光出版社，2014：160.

1984),在国难危难时刻,高举"爱国属于信德"的思想大旗,把满腔的爱国主义情感融渗在诗词创作中,写出了《中国回族抗战歌》等既具民族性,又蕴含强烈号召力、时代感的广为流传的作品。年轻诗人们的创作使爱国主义进一步丰富深化。当意气风发的沙蕾(1912—1986)目睹日寇的侵华行为,创作《别再在暗处饮泣》,奋起号召全国同胞共同抗战救亡;面对1938年日本首相的狂妄讲话,立即以《瞧着吧,到底谁使谁屈服》给予尖锐回击;《控诉者和凶手》等诗,一方面强烈批判了国民党的专制独裁统治,一方面表达对自由民主、和平美好的新中国的向往。木斧(1931—2020)的代表诗篇《血,不能白流》强烈谴责国民党残酷镇压学生运动。马瑞麟(1929—)的《我们要去犯罪》对国民党屠杀民主人士的卑劣行径进行强烈鞭挞。马骏的《誓言》《战马,我比你更焦急》等诗,表现诗人年少时的坚定抗日意志和爱国忧民情怀。"九一八"事变后,日本在武力侵略的同时,妄图分化国内各民族。当别有用心之人冒充回族教徒在国内和中东一些国家进行分裂活动时,经政府批准,薛文波等人组成使团访问中东国家。散文集《中国回教近东访问团日记》,以形象活泼的语言、洗练动人的笔法、爱国爱教的激情记述了访问的全过程。马宗融(1892—1949)多方奔走努力,邀约老舍、宋之的合写了轰动一时的话剧《国家之上》,强化了回汉民族团结,为全民一致抗战发挥了积极作用,正如巴金所说的"我看见中国知识分子的正气在他的身上闪闪发光"[1]。回族小说在现代阶段虽处于摸索探究的发轫起步阶段,但在民族危亡、国家沦陷的特定时代中,积极肩负起抗日救亡的时代使命。沙陆墟(1914—1993)善于向

---

[1] 巴金. 随想录[M]. 北京:作家出版社,2005:314.

历史取材,古为今用,创作通俗小说《岳传新编》等,歌颂爱国主义和社会正义。白平阶(1915—1995)的《跨过横渡山脉》《驿运》等系列小说,反映了西南各族人民抢筑"中国抗战生命线"滇缅公路的壮丽史实,闪耀着强烈的爱国主义光芒,可视为抗战时期少数民族作家的代表性作品。

第三,文化融通中的升华表征与报刊世界中的多维呈现。现代回族作家接续近代作家在文化交融互鉴中表达爱国主义的传统,并在文化的进一步融通中丰富升华了这一传统。《祭——献给抗战阵亡的将士们!》等诗,体现出沙蕾从伊斯兰宗教文化中汲取鼓舞抗战的精神资源。翻译文学不仅丰富推动了回族文学,而且也显示出作家们求民族进步、国家新生的爱国热情。马宗融说:"我并不否认中国自有其文学上伟大的遗产,只是遵循先人给我们劈下的路已是不够现代的需要了,开创广大辽远的文学前途绝少不了攻错的他山。"[①] 马宗融、马坚(1906—1978)、王静斋(1871—1949)、纳忠(1909—2008)等结合时代要求,努力进行中外文学的互译活动,不但对《古兰经》《圣训》等伊斯兰教典籍进行译注,而且翻译了《红与黑》《巴黎圣母院》等世界名著。同时,积极把《孔子》《孟子》及鲁迅、朱自清、巴金、毛泽东等人的现代作品译介到阿拉伯世界。他们在文学的交流互鉴中为民族解放、抗日救国输送精神养液。现代回族报刊文学由近代单一的政论文嬗变为纯文学与政论文兼存的格局,在爱国思想上有新的开掘。如《勇士日记》等战争题材的小说;《给西北的回教同胞》等反映源自伊斯兰教的战争观和历史记忆直接成为回族抵抗外敌,抗战救国的精神资源的诗歌。穆青(1921—2003)的《雁

---

① 李存光,李树江编选.马宗融专集[M].银川:宁夏人民出版社,1992:63.

翎队》、薛文波的《回教救国》、丁世旺的《爱教不忘爱国》等作品集鼓动性、宣传性、民族性、艺术性于一体,是表达爱国精神政论散文的重要实绩。

现代时期尤其是抗日阶段,回族文学在更激越的表达中拓展升华了爱国主义传统,把爱国主义推向极致,从中体现出现代回族作家对中华民族共同体意识的高度认同和筑牢实践,使现代回族文学成为彰显爱国主义情怀最为耀眼华丽的篇章。诚如论者所言:"抗日战争爆发后,尤其是全面抗战开始后,拯救中华民族于危亡的危机意识成为回族精英表达中华民族认同,建构中华民族共同体最集中、最重要、最活跃、最有效的主题。"①

以文化更新与融合为核心的弘扬与反思

新中国的诞生使文学的主题由救亡与图存嬗变为以文化更新与融合为核心的弘扬与反思(再启蒙)。文学主题的嬗变不仅表征着中华民族共同体意识之时代背景的更迭,也从艺术视角映照了铸牢中华民族共同体意识的历史新进程以及其内涵的丰富发展。当代回族文学,尤其是小说创作取得了卓越成就,爱国主义传统在其中得以丰富升华。

歌颂新中国、歌颂人民当家作主是"十七年"文学的突出特征。这既是当代作家对来之不易的新中国、新生活激情赞颂的情感使然,更是进一步强化铸牢中华民族共同体意识的重要文化举措。回族作家的创作是"十七年"期间社会主义文学的重要组成部分,在与主流文学歌颂主题的同频共振中,表达强烈爱国情怀。

---

① 哈正利,张福强.抗战时期回族精英的中华民族共同体意识——以《中国回教救国协会会刊》为中心的分析[J].北方民族大学学报(哲学社会科学版),2018(6).

胡奇（1918—1998）的代表作《五彩路》通过特定的形象（儿童）、特定的地域（西藏），形象表达出对新中国、新生活、新政权的热烈歌颂与盛情赞美，字里行间流露出作家深厚的爱国情怀。韩统良（1927—2000）是党培育成长的第一代工人作家，是"十七年"东北工业题材小说作家队伍中的先锋一员。他带着工人阶级的自豪感和对新生活的无限向往的真挚感情，热情歌颂工厂的沸腾生活和工人阶级当家作主的喜悦心情。成名作《家》描写了以集体为家的普通妇女形象，揭示了社会主义的新型人际关系和道德观念。沙蕾的《太阳礼赞》《人民雄鹰》等诗歌，从不同视角讴歌新生活，赞美祖国山河，赞叹人民群众无穷的创造力和蒸蒸日上的国家建设。《献给五月的歌》《爱我们的祖国》是木斧以明快欢乐的方式表达强烈爱国情感的长诗。赵志洵（1934—2009）以组诗《情歌会即景：灯火·酒·羞》讴歌新中国诞生后激情澎湃的生活情景。穆青被称为"中国新闻界的脊梁和良心，中国20世纪新闻史的写照"，通过《县委书记的榜样——焦裕禄》等报告文学名篇，塑造出一个个身处逆境、心怀集体的劳模形象，这些人物饱含着浓烈的爱国主义情感，成为作家宣扬爱国主义精神的艺术载体。此一阶段的回族文学在接续和弘扬爱国主义传统上具有承上启下的重要作用，虽然在某种程度上因为过于强烈的功利色彩削减了审美维度，但这种创作情势为新时期回族文学的兴盛做了铺垫。

少数民族作家的"汉语创作既扩充了汉语的少数民族文化内涵，也促进了民族之间的交往交流交融，强化了少数民族对中华民族共同体的进一步认同，为铸牢中华民族共同体意识做出了一定贡献。"① 少数民族作家的汉语创作蕴含文化更新与融合的内涵与爱国主义精神向度，不仅反映出汉语强大的包容性、丰富性与表现力，也彰显出浓烈的爱国精神和强烈的中华民族共同体意识。回族因其特定的历史成因，汉语成为母语是特殊历史演进的必然结果，回族作家对汉语的礼赞运用中熔铸对祖国及其文化的热爱之情。张承志（1948—）在《美文的沙漠》中写道："我记得我曾经惊奇：惊奇汉语那变幻无穷的表现力和包容力，惊奇在写作劳动中自己得到的净化与改造。也可能，我只是在些微地感到了它——感到了美文的诱惑之后，才正式滋生了一种祖国意识，才开始有了一种大人气些的对中华民族及其文明的热爱和自豪。"② 张承志在对汉语的"些微"掌握中已滋生祖国意识，并惊喜于中华文化的博大精深，在骄傲与自豪中彰显浓浓的爱国情怀。回族作家对汉语的掌握和运用纵深挺进，不仅有助于揭示中华文化的深邃，也必将强化回族对中华民族共同体的情感认同。

　　乡土叙述是当代回族文学的主体，作家们以宏阔的现代性视野下的社会转型为背景，抒写回族普通民众通过努力走向小康生活的图景，体现出新时代回族作家的爱国情怀。在脱贫攻坚和奔向小康的路上，不能让一个人掉队。"两个一百年"的奋斗目标，特别是实现中华民族伟大复兴，是所有中国人的共同理想，也是新时代背景下中华民族共同体意识的崭新内涵。回族作家的乡土叙述，从根本上体现出普通回族民众在这一方面的积极进取精神和美好情愫。查舜（1950—）的《穆斯林的儿女们》在民族历史的追述中负载着作家对中国农民、农业、农村的深切忧虑、独立

---

① 杨彬.扩充汉语的少数民族文化内涵——当代少数民族汉语小说的语言策略[J].中南民族大学学报（人文社会科学版）.2021（5）.
② 张承志.清洁的精神[M].北京：中信出版社，2008：33.

思考和殷切希望，爱国主义情感油然而生。白练（1929—2008）以《悠悠伊犁河》为代表的具有史诗品格的系列小说追忆伊犁河畔回族儿女们的生活变迁史和精神史，表达了作为一名边疆知识分子对国家与民族的赤子之情。借助对百岁老人的形象刻画，在对民族变迁史与荣辱史的见证中完成对民族历史的追述和中华民族共同体的认同，是当代回族作家采用的叙事策略之一，马知遥（1937—）的《亚瑟爷和他的家族》与李进祥（1968—2019）的《孤独成双》堪称典范。新世纪回族作家在日常化叙述审美范式中完成对民族与国家的情感表达与价值诉求。石舒清（1969—）、李进祥、马金莲（1982—）的《迁徙》《换水》《搬迁点的女人》等小说，正是对中国社会转型现实下回族儿女们日常生活的审美化书写中，不仅反映出现代化道路的历史趋势，也阐释了现代性语境中文明转型带给人民的心灵痛苦和精神焦虑。秦晓说："'当代中国问题'可以表述为中国的社会转型,即从一个前现代性（传统）社会转变为一个现代性社会。这一转型自晚晴始已经历了100多年的历程……到今天它依然是一个'未完成的方案'。重新提出这一问题，有序地推进这一进程，关乎中华民族的前途和命运，是对政治家、社会精英和民众社会历史责任感的呼唤。"[①] 从这个意义而言，新世纪以来回族作家对现代性的艺术审视的反思性创作，昭示出作家们强烈的民族使命感和历史责任感，从中映射出对爱国主义传统的赓续弘扬与丰富升华。

结语

鸦片战争以来的中国历史，就是中华民族通过艰苦奋斗构建

[①] 秦晓. 当代中国问题研究：使命、宗旨和方法论[J]. 科学决策，2008（5）.

和实现"中国的现代文明秩序"[①]的历史,也就是铸牢中华民族共同体意识的历史。包括回族在内的中华各民族文学,以总体相近但又各具特性的方式参与了这一伟大历史进程。回族文学不仅在其中发挥了重要作用,自身也经历了熔金淬火般的提升与改造,不仅在主题形态上完成了从传统到现代的变迁,也实现了审美表达上从古典到现代的转型。回族文学的爱国主义有其历史功绩,也还在更新发展。我们有理由坚信,回族文学在这一优秀传统的指引下,不仅将迎来更加繁荣的前景,也必将继续为铸牢中华民族共同体意识发挥更大的作用。

(原载于《民族文学研究》2021年第5期,2021年9月15日发行)

马豪杰,回族,青海民和人,文学博士,九三学社社员,青海师范大学文学院中国现当代文学教研室主任,副教授,在国内期刊发表学术论文近二十篇,文学作品散见于省内外期刊,获《中国汉诗》年度优秀奖等奖项。现为中国当代文学研究会会员,中国少数民族文学学会会员,青海省评论家协会会员,青海省作家协会会员。

权绘锦,男,汉族,甘肃宕昌人,现为兰州大学文学院教授,硕士生导师。出版学术专著《〈文心雕龙〉与现代文学批评》《转型与嬗变——中国现代历史小说研究》两部,发表学术论文60余篇。

---

① 金耀基.中国现代化的终极愿景[M].上海:上海人民出版社,2013:91.

人生短暂　珍惜拥有
——读贾平凹长篇小说《暂坐》

王晓峰

利用一周时间，读完了贾平凹的最新长篇小说《暂坐》。掩卷深思，心里久久不能平静。贾平凹不愧是大师级人物，在只有21万字的篇幅里，竟把西京风物、世事人情刻画得如此栩栩如生。

《暂坐》是一部反映当代都市生活的风情画卷。全书以俄罗斯女孩伊娃重返西京为主线，运用白描手法，描述了20多天时间里，一群现代都市女性，从最初光鲜照人的生活到后来灰头土脸作鸟兽散的生活画卷，反映了都市女性在追求经济独立、个性解放、精神自由过程中的苦苦挣扎。

《暂坐》没有跌宕起伏的故事，有的只是还原真实的生活。有人从中看到的是香艳，有人从中看到的是忧伤，有人从中看到的是人情冷暖……小说开头："杭州有个山寺，挂着一副对联：南来北往，有多少人忙忙；爬高走低，何不停下坐坐。坐下做甚？

喝茶呀。天下便到处都有了茶庄。西京城里也开着一家,名字叫'暂坐'。"这样的开头,读来让人回味无穷。

小说以"暂坐"茶庄女老板海若为中心,汇聚了十个各有特色的女子,被大作家羿光称为"西京十块玉",加上俄罗斯女孩伊娃和后来加入的辛起,共有十二个女性。这十二个女性,有一个共同点:或离异,或单身,但个个潇洒率性,时尚漂亮,经济独立,且不失文艺范儿,在生意场上也混得风生水起。

在这群女性中,海若是名副其实的大姐大,她大气、优雅、知性、热心,姐妹中不论谁遇到困难,第一个想到的总会是她。她确实也不负众望,特别是在处理夏自花的后事上,她安排精当,颇有王熙凤之风。但就是这样一个女人,最后竟陷入复杂的关系无法自拔,最终害了自己。

一帮女人,因为一个叫"暂坐"的茶庄,走到了一起,一来二去,就有了瓜葛,有了情谊,但是在她们各自的心中,也都有自己的小九九。这十二个女人中,最富有的是应丽后,坐拥23套商铺,仅靠租金就能过上普通人一生都达不到的富足生活,但她依然不满足,最后因放高利贷,掉进他人设置的陷阱,血本无归。为了讨回自己的钱,应丽后最后不惜借助讨债公司,不仅没能讨回自己的钱,还被无赖缠上。

"十二玉"中,夏自花出场就躺在医院的病床上,一直到最后离世。冯迎是唯一没有直接露面的,开头就说她出国考察了,乘坐的是马航的航班。

辛起是最后加入"十二玉"的女子,她从农村来到城市后,开始在汽车售卖店打工,因长得漂亮,嫁了个城里人丈夫,可惜遇人不淑,经常被家暴。后来,她凭借自己的美貌被一个香港老板包养,后被遗弃。辛起这样的女人,在我们身边也不乏其人。

小说除写了一群女人外，还写了很多男人，翌光无疑是男一号。读完《暂坐》，我固执地认为，男一号翌光应该是作家本人的原型，或者有作家自传的成分。

《暂坐》中人物众多，除写了"西京十二玉"和翌光外，还塑造了人间众生相，有名有姓的人物多达近百个。尤其是对范伯生的塑造，极有代表性。关于依附翌光，范伯生曾有个生动的比喻：《动物世界》里，那些大象犀牛甚至鳄鱼等大动物身上，都有小鸟在啄吃虫子，权当我就是那小鸟。他不仅游走于"西京十二玉"和翌光这个文化人之间，给翌光拉生意，还游走于官场、生意场边缘，谁需要翌光的字，都是他给牵线。

《暂坐》是一部再现当代都市生活的百科全书，传承了中国古典传统小说的精髓，从中可以看到《金瓶梅》《红楼梦》的影子。如伊娃重返西京后，来到茶庄那一章节，从茶庄的外围，到茶庄的内部、茶庄里的各色人等，事无巨细，描摹得使人犹如身临其境。在叙述方面，作者大量采用对话，而对话所言，又多是鸡毛蒜皮的琐事。也正是通过这些看似琐碎的人物对白，作家试图通过对一个茶庄兴衰的解读，揭示人生无常。

《暂坐》的叙述和故事发展是缓慢的，也是这种松散型的故事结构为其带来另一番魅力。小说中还有许多关于市井生活的描写，如在阅江楼上，应丽后与严念初等谈话时，望向窗外，城墙上的骑车人、护城河边的钓鱼人、八角亭里唱秦腔的人等，与故事中主要人物遥相呼应，形成对比。

小说名为《暂坐》，"暂坐"又是一个茶庄，书中讲到的茶文化非常多。如国内各地各种茶的由来、制作手法、茶香特点等，举不胜举。如一次，海若拿出一个纸包上写着"云南七子"的茶饼招待众姐妹，剔开了要泡，陆以可嘴撇得像豌豆角，说："不就是七子茶吗？"海若说："这是大白菜，知道不？"虞本温说："大白菜！蔬菜叶子呀？"海若一脸的不屑，说懒驴懒马不知道好鞍子，就给陆以可和虞本温普及起了茶的知识。云南七子为什么叫七子，是一提七饼，一饼七两。它们一般以古茶树的产地为名，比如产在班章的就叫班章茶，产在蛮砖的就叫蛮砖茶。而十多年前的老茶又以包纸的图案颜色来命名，紫色的称紫大益，红色的称红大益，绿色的称绿大益。年代最久，公认味道最佳，市面价最高的是包纸上印有大白菜图案的，称为大白菜。

《暂坐》隐含着极深的禅理。小说从伊娃重返西京，到最后离开，再结合茶馆的名字，隐含着人来到这个世上，其实就是一次暂坐，不论务农、做工、做官、做生意，都是暂坐。人的一辈子，就如同一列火车，每到一站，总是有人上车有人下车，有的人会陪你坐得长一些，有的人会陪你坐得短一点，没有一个人会陪你走到最后。坐茶馆是暂坐，坐主席台是暂坐，就连做夫妻、做情人、做父母、做子女，何尝不是暂坐。

（原载《中国煤炭报》2021年9月2日第8版）

王晓峰，中国作协会员，中国散文学会会员，青海省文艺评论家协会会员。从事业余文学写作20余年，在国内数十家报刊发表小说、散文、评论100余万字，有数十篇作品被转载和入选多种年度选本，曾获工信部第一届、二届中国工业文学大赛中篇小说推荐作品奖和网络最佳人气奖等。

美术篇 MeiShu Pian

致广大而尽精微

——吾要的版画造型艺术

马　钧

一

凡是第一眼看到吾要版画的人，都会被他新颖、奇异、怪诞、魔幻的视觉造型，深深地吸引住。随着好奇、惊讶、迷惑、兴奋、着迷等一连串感觉的奇妙递增，我们就会进入到一种深度体验里，我将这种深度体验，用中国文化语境里一个表示极度陶醉或迷惑的词语，称之为"迷魂"。

这种"迷魂"状态，会久久地盘绕在我们的脑海里。造成这一结果的一个重要原因，就是他的版画造型。他所追求和意欲表达的全部内涵，不是观赏者能够轻而易举地解读出来的，更不是我们能够一目了然的。法国印象派大师雷诺阿说过："一览无余则不成艺术"。如果从社会学的角度来审视，我们还必须把这种不能一眼穷尽的观赏体验，和我们正在身处其间的复杂社会联系起来。

德国学者勃莱纳对此有一项观察："比起不太复杂的社会来，复杂社会产生较多的复杂艺术。也比较喜欢复杂艺术。复杂社会一般是以各范畴内有较多的信息内容为特征的，而这一点又能产生较高的审美起点。有些魅力十分复杂，它们足以能在新的审美起点上进一步提高活化潜力。"①引文中他所提出的"活化潜力"这个心理学理论，主要意思就是指一件艺术作品激发、活跃、兴奋读者的能力，它的要素有新颖、复杂、惊奇、出人意料等。勃莱纳关于复杂艺术的表述，其核心要素就是复杂性，这一点也正是吾要版画造型的一个本质性特征。

跟我们以往观画的体验截然不同：寻常我们看到的画作，多数情形下，我们能够相对轻松地用已有的知识和经验解读出画作的意义，甚至还能看出点名堂。因为它们属于我们日常经验世界里、知识结构里熟悉的东西。而在观看吾要的画作时，大多数观赏者经验的井绳，已经够不着他视觉造型所蕴含的意义深长。他作品的"活化潜力"太大，有些还可能属于我们视野和认知的盲区。他呈现出的造型世界，很多情形下离我们一般性的经验世界、世俗生活距离太远，远至宇宙天地的幽深之处，远至广漠澎湃的意识深层。可以说，他把自己的造型语言提升到了一个更高的维度。它既罕见又新奇，既让人们受到吸引也受到阻碍，受到崭新维度的重重挑战。或许正是这个亦迎亦拒的挑逗，恰恰激发起我们对其艺术作品欣赏上的穷追不舍。这种情形，也再次验证了意大利

---

① 参见拉尔夫·郎格纳编著. 文学心理学——理论·方法·成果[M]. 郑州：黄河文艺出版社，1990：181.

古典批评家卡斯特维特罗说过的这句话实属不刊之论:"我们欣赏艺术,就是欣赏困难的克服。"

二

让作品具有难度和复杂性,这不是作为画家的吾要的故弄玄虚或故作高深,也不是他非要在画纸上硬要来一番骛奇之旅。导致这一结果的根本原因,来自他早已内化于心的艺术理念。简单来说,他在版画创作中,始终都在体现同辈画家中少有的"造型哲学",把审美提升到形而上学的高度。他的审美哲学,简而言之,就是把万物相互照应的原理,血液般融进了他的视觉构成,融进了每一道画笔和铜版蚀刻留下的痕迹当中。从它的文化基因来溯源,这跟藏族人与生俱来的一种被称作"丹智"的哲学理念密不可分。"丹"意为"支持、基础","智"意为"依靠、条件性",合起来的意思意味着一切事物都彼此联系、彼此依赖[①]这是吾要隐藏在造型背后的一个重要的暗思想。跟它暗相勾连的,或者隐秘互动的,还有另外一个深刻影响其造型的理念。这个理念,同样隐伏在他造型的背后。在这里,我想借用日本平面设计大师杉浦康平表达过的"生命记忆"这个概念,来加以映照和旁通:

它不仅仅停留在个人的人生体验上,而是与更久远的、父母给予的东西乃至与上古祖先的力紧密相连。而且,每一个细胞以及隐含其中的 DNA 排列上也分明地刻印着这绵延几十亿年生命的历史记载。

即,直至细胞及细胞核的层面,丰赡无比的过去这个时间襞形成了我们的全部存在和感知、理性的纤细震颤。这就叫作"生命记忆"。

---

① 扎雅·罗丹西饶.藏族文化中的佛教象征符号[M].北京:中国藏学出版社,2008.

杉浦康平关于记忆的这个貌似玄奥的表述，把我们意识的触角，陡然延伸到了神经学、生物学意义上大脑对久远事物的记忆，甚至是细胞和细胞核存储下来的信息。这些信息的属性，也正是荣格的精神分析学所揭示的集体无意识。只不过艺术家、诗人、作家采用的是他们的个性化表述。在这里，我还联想到18世纪的德国浪漫主义诗人诺瓦利斯，他曾经用一种诗意的疑问口吻，表达过与杉浦康平遥相冥契的一种思考："每个人都是从一棵古老帝王树上萌生而出的，但是，仍然具有这一出身来源印记的人又有多少呢？"

这种表述，从我们习以为常的、眼见为实式的经验模式，从冷静的客观性去审视的时候，似乎涂满了浓郁的神秘主义的奇幻色彩。长期以来，我们带着偏见极力屏蔽着神秘主义，就像把一件见不得人的东西，诡秘地藏在某个隐蔽的角落，或者就像把一只皮球使劲按在水下。但实际的情况是，神秘主义作为一种精神现象，一直待在我们大脑皮层的某个褶皱里。在我们有限的阅读里，对神秘主义发表过公允、透辟之见的，无过于学者钱锺书。他在20世纪30年代（二十来岁），在评论新诗时牵引出一个有关神秘主义的诗学话题。他说："神秘主义当然与伟大的自我主义十分相近；但是伟大的自我主义吞并宇宙，而神秘主义想吸收宇宙——或者说，让宇宙吸收了去，因为结果是一般的；自我主义消灭宇宙以圆成自我，反客为主，而神秘主义消灭自我以圆成宇宙，反主为客。"可见，神秘主义通向的是超越自我的高维空间。

在这里，我要特别对杉浦康平所表述的"丰赡无比的过去这个时间襞"这句话，做一点旁注。在观察吾要版画造型的时候，我有一个发现：他画面上呈现的无论是人物还是动物，在空间位置的朝向上，很多情况下，他都是把人和动物的朝向，安排在画面的左边。这除了是基于视觉习惯或者视觉运动的一般性规律之外，还应该具有藏族文化所赋予的某种蕴涵。比如说藏族人转山，是按照顺时针方向自右向左绕山而转，而苯教徒则是按照逆时针方向自左向右绕山而转。我特意请教他这一问题之后，吾要向我给出了一个我根本想不到的答案。他说左边意味着过去。这个过去时态的时间指向，是对现在和未来之前的事物的一种象征，是起始或源头，类似于佛学里所说的"前生因"——在时间之前的生起因，结果即在时间之后生起。杉浦康平所说的"过去这个时间襞"，可以看成是对吾要造型取向的一个简明的解释。

正是以上这些潜在的理念（虽然不是全部，但一定是他最主要的理念），构成了吾要的视觉之道。为此，他的版画，才会完全打破传统版画和现代版画在题旨表达、题材、风格类型上的狭隘性和单一性，突破中外藏书票版画惯有的小品风格，以及唯美主义的个人情调。在当代美术的语境里，吾要把他的版画造型世界，在视觉造型的呈现形态上，破天荒地编织出崇高博大的宇宙意境和浩瀚幽微的"无色界"奇观。

"无色界"是佛学里的一个术语，指的是非物质性的世界，也就是佛学语境里由受、想、行、识四者组成的精神世界。这个在藏族文化里充满佛学宇宙论色彩的思维取向，既是吾要艺术世界的审美基石，也是其版画造型语言的根本属性。换一个更为简洁的表述，他的造型艺术，无论从创作机制还是风格特征上来说，就是"境由心生"。2022年4月9日，他在青海省西宁市朱成林艺术陈列馆/惠和斋画廊举行的首次版画展览，展名就用了"境由心生"这个名称，可见他本人对这一理念的高度认可。

三

现在回过头去看,吾要即便在最初的油画创作上,就没有亦步亦趋地走在具象写实主义的路线上。他一上手,画面上的人物造型、色彩,全都是经过他的主观情绪改造、强化和变形处理的,都是经过他的象征化、抒情化手段组合出来的,都是他超验主义创作理念统领下的产物。西画中的表现主义、立体主义、象征主义、抽象表现主义、超现实主义等流派的技法理念,只要能让他产生他乡遇故知一般的艺术默契的,只要能一下子唤醒他的艺术直觉的,他就会把它们很快融化到自己的造型世界里,一个类似罗洛·梅所说的"形式的激情"里。

从20世纪90年代到21世纪初的这个时间段,吾要的创作状态显得异常活跃,活跃到几乎在同一时段,他可以多管齐下地同时展开不同造型风格的一系列探索和实验,用不同的材质来造型。在这个创造力极其旺盛的阶段,他用综合材料创作了一大批风格迥异的作品。这些作品中,既有《坛城》系列这样带有构成主义意味的作品,也有他采用波洛克式的"滴色画"技法,表现出的藏式抽象表现主义作品,像《身语意》《灵境》《灵光》《精芒》《中般涅》《悦》《形瑜伽》《咒瑜伽》之类的作品。他对那种非预设而自然生发出来的油彩痕迹,对千变万化的随意、自动的效果,充满了乐此不疲的实验兴趣。与其说这是艺术创造对不确定性因素的极度痴迷,不如说这是造化之秘、潜意识暗流对艺术家的永恒诱惑。吾要正是在这种乐趣里,保有了他发现的快乐,一种持续保持新鲜感的创作状态。这就像过去的中国水墨画家所极力追求着的水墨效果,一部分在画家自己的掌控和预期里,一部分则在材料的物质性里。这种物质性,跟陶瓷艺术一样,工匠可以设计器型、上釉甚至控制窑里的炉温,但入窑一色、出窑万彩的烧瓷神韵,窑变的非预设性和随机性仍旧是他们最焦虑和最迷醉的焦点。一种奇异的物我相遇与交融,每一次都绝不雷同,绝不重复,在这个过程里,画家的能动性和画家不能完全洞悉的物性的自组织性,处在无限微妙的呈现与启示之中。

在 90 年代后期,吾要还创作了一种色彩上鲜艳狂放、造型上夸张变形、稚拙活泼的一种画风——《寓言》《童谣》系列。面对这个系列,一方面,观者仅凭直觉就能一眼感受到藏族文化、藏族生活里的色彩韵味,另一方面,观者又会把它们跟米罗后期的东方主义画风、和卡雷尔·阿佩尔之类的画风联系起来。和荷兰画家阿佩尔极为相似的一点是,吾要也是从原始艺术和儿童画那里,获得无数灵感和启示。那种无拘无束、恣意变形的野性和孩童般质朴的表现力,再加上毕加索式的立体主义构图技法,让他在这一系列的作品中,结结实实地积累下随意赋形、得心应手的一整套造型经验。与《寓言》系列(共 5 件,时间跨度为 1998-2000)、《童谣》系列)共 4 件,《无色界》画册只收录了 3 件,时间跨度为 1998-1999),在风格上前后高度呼应的作品还有:《祥云》(1996)、《缘》(1996)、《孕》(1996)、《彼岸》(1997)、《慧》(1997)、《净水》(1998)、《灵》(1998)、《幻化》(1998)、《祈祷》(1998)、《升》(2002)、《临界》(2002)、《天音》(2002)、《舞》(2000-2001)……这些作品的造型样式,在新世纪之后,源源不断地成为他在版画、藏书票创作上百变弥新的视觉语言"胚胎"和"酵母菌"。

四

吾要迄今为止创作数量堪称蔚为大观的美术类型就是他的版画和藏书票。欲先善其事,必先利其器,正是借助一台由朋友赞助的版画机，吾要在新世纪开启了他的版画造型模式。

思考吾要的版画、藏书票，有多种方式、多种角度。考虑到其版画类型和题材的多样性和实验性，我侧重选择他的《梦瑜伽》系列来展开讨论。

《梦瑜伽》系列，作为吾要版画创作的一个特别突出且具代表性、原创性的类型，在表现内容上，他是把异域的梦境或者幻想的内容，还有隶属神秘主义畛域的内省修炼，创造性地结合在了一起。在这个崭新开辟的造型系统中，他的造型语言，既没有伸向特定的历史或人物，也没有触及当代生活中的社会层面、现实场景。他把目光投向了美术领域还不被美术家们热衷关注的精神角落——尤其是潜意识世界。毫无疑问在中国当代版画界，这还是一个鲜有人涉足的领域。吾要不仅一头扎进了这块精神深层造型表现的处女地，而且处处打上了心理主义的烙印。这一类型，与心理学、神话学、宗教学、民俗学、美学、人类诗学，甚至与现代心理治疗、新心智科学、神经学等学科，盘根错节、暗相勾连，给观者的欣赏和阐释，埋下了无尽的话题。

中国传统的梦论，在宋代的《太平御览》卷 397 里，就有一段表述："梦者象也，精气动也；魂魄离身，神来往也；……魂出游而身独在，心所思念而忘身也。"在古代占卜家那里，梦也叫作"魂行"。而从现代心理学的角度讲，"梦典型地属于象征和神话的领域"，象征的原始的和根本的意义，就是"聚集在一起"①。前面我们已经说过，吾要的造型哲学，强烈地透射出万物相互映照的理念，也处处映照着藏族人的"丹智"思维。在不大的画面上，他把星空、大地、山峦、河流、生灵万物，星散在画面的时空里，

---

① 罗洛·梅. 创造的勇气 [M]. 北京：中国人民大学出版社，2008：114.

把奇异玄幻的梦境，神游似的幻想，用他精细优美、繁复到极致的线描，精密地编织起来，臻达于致广大而尽精微的艺术境界。

吾要的梦境造型，最能体现他恣肆澎湃、别开生面的想象力。在具象写实主义造型几乎一统画坛，碌碌众伍俯就于摹写模拟现实物象地从众态势下，吾要的这种选择和创造，既是对当代美术主导风潮的自觉偏离，又是对中国传统写意造像精神的强力张扬，或许还是对造型初心的一次激活。可以说，他把中国造型艺术传统中最为推崇的神与物游式的精神性，把我们民族骨血里最硬核、最烂漫、最奇诡的想象力，把属于本能的那样一种久违的灵性，在当代美术的语境中，来了一次气场强大、充满爆发力的原创表达。这也让他的画风从一开始便具有了极高的辨识度。体现在造型上，他的线条从来都不会机械地按照实物原有的模样来依样比划出来，他的造型非但不是实物的影子，反倒脱胎换骨，变成新的形象，生成为心灵造就的造型世界。一切经验世界里既有的秩序和比例，一切写实的技术，在他的笔下被转型升级。有时候我甚至觉得，他版画、藏书票里绝大多数的形象和意境，都属于梦境造型。观者千万不可拘泥地认为只有在《梦瑜伽》系列里，才会出现梦境造型。事实上，梦境造型不单单是他的一个重要的视觉类型，本质上来讲，梦境造型已经成为他的艺术思维，他看世界的一只梦眼。

在这里，有必要特别揭示一下吾要在梦境造型上所遵循的幻想逻辑或者艺术原则。我想就此借用陀思妥耶夫斯基在短篇小说《一个荒唐人的梦》里对梦境逻辑的一个精辟表述：

……人超越了空间和时间，跳过了生存的规律和理智的规律，只在你内心所想之处停下来。①

这个表述,把梦幻造型的艺术逻辑(或者艺术原则)说得十分简洁明了。既然一切由想象力来塑造,那么,由想象力呈现出来的形象和画面,就一定会超越时空限制,跳过现实的规律和理智的规律,"只在画家的内心所想之处停下来"。如此一来,画面上的造型,无一例外都会体现出反常的、不可思议的视觉性质。这一特点,很像禅宗里所说的"格外谈",也就是人们在语言上表现出来的那些出人意料的意象,比如像《五灯会元》里的这类表述:"鸟巢沧海底,鱼跃石山头","山上有鲤鱼,海底有蓬尘","腊月莲花","昼入祇陀之苑,皓月当天;夜登灵鹫之峰,太阳耀目。乌鸦似雪,孤雁成群。"……吾要的版画造型语言,比埃舍尔的球镜映照出来的世界,还要奇形百出,它们非但不是现实的倒影,更是一次次匪夷所思的心灵冰山一角的魔幻投射。

像藏书票《青草》这件作品,如果把它看作是几匹马在湖畔吃草,就显得太过于平常。从画面上方像蛇床子、马樱子花一样星布的无数光斑上,画家就已营造出了梦境的氛围。再看那些由水滴变成的一串串软体,多么像慢速摄像里缓缓游动的一尾尾蝌蚪或者鱼苗。晴空照射下的草地上湿漉漉的倒影,更是别具梦幻意味。画家独具匠心,让骏马投射在草地的倒影如诗如画,像塔尔科夫斯基偏嗜的水迹倒影镜头。马匹因为受到水滴流体造型的影响,其拉长且下垂的脖颈,颀长的、仿佛在光波中微微颤动的马腿,以及垂拂而下的秀丽马尾,也都呼应着流体形态那湿漉漉

---

① 巴赫金著.陀思妥耶夫斯基诗学问题[M].白春仁,顾亚玲译,北京:生活·读书·新知三联出版社,1988:210.

的气息,清甜潮湿的韵味。掉在草地上的水滴颤动出的沦漪,像翩然打开的水翅膀在款款而舞(它柔软的样子,像达利超现实主义画面上柔软的、没有指针的钟表)。这不正是梦境里才会具有的氤氲吗?

接下来,我们再来看看《梦瑜伽——授》这件作品。

画面由三个空间组成:处在最下面的连绵起伏的山脉,山脉的最高处是雪巅,雪巅之上,则是一轮发出无数道光芒的、亘古不变的太阳(太阳不是简单的一个圆圈,而是有着五道光环散射的发光体)。中间部分,由三组叠加在一起的男人和女人的面孔组成。面孔之上留出一溜天空——它们因为与左右两边的空白处连成一片,使属于天空的这一部分不但不显得逼仄,反而特别具有景深感。这幅作品奇异的地方,就是六个面孔像面具一样凌空悬置在半空里。具有性别属性的六个面孔,实则是三男三女。三个女人秀美的半边面孔上,都有一只静思、冥想的眼睛(眼神一律是往下飘的,按照神经生理学专家的解释,这种情形一般只会发生在聆听音乐或是聆听到什么的时候)。女人的嘴边或脸庞上各自旁逸出两三朵花朵。男人敦实方正的半边脸庞,只有起首的那位绘上了眼睛,其他两位,都用细密的斜线处理成阴影模式(好像荣格阴影理论里那些受到压抑的象征,那些藏在意识侧面的脸孔)。在悬空的这一排面孔之下,是象征触觉的丝带、象征听觉的海螺、象征世界元素的气纹、水纹和火纹。注意那些鱿鱼触须似的纹饰,蠕动着的意态,就像时刻在触摸着一切。这一切都在暗示着人的感觉、知觉如何产生的微妙缘由和晦明参半的条件。

吾要的精神积淀,他的充满灵性的溯源能力,使他比一般的画家,更注重那些在时间和生命中沉淀、结晶下来的物象。这些来自天地间生灵万物之中的物象,内蕴着丰富的文化、情感信息。

只不过它们仿佛一直静静地待在历史与现实的一角,随时等待着焕发生机,再度吐绿,再度绽放。比如他在版画《邦达卡》里,在画面的天空部分,使用了古老的星象符号——月亮兔和太阳鸟的汉文象形字,还用元代的印章体八思巴文,竖着钤印上自己的姓名。他还在为自己设计的藏书票《冈底斯之光》(2021)里,不但再次在冈底斯山脉的左右两边画上了万字符组成的星象,还在三对牦牛的最下方的位置上,设计了一对憨态可掬、昂首向天的小狗,而这正是吾要的藏文名字翻译成汉语的意思。

细心的观赏者会从他的版画造型里,不费周折就能发现一个被他反复表现的主题——飞翔。飞翔、长生、预知未来,是世界各个角落的文化里,最普遍得到表现的人类的永恒梦想。具体到造型艺术,吾要对飞翔的表达异想纷呈,无不浸染上自己民族文化的特异性色彩。

与《梦瑜伽——授》的梦游造型相关联的一个主题,就是吾要对飞翔主题的频繁表达。如果用鸟来象征飞翔是一种极为惯常习见的思维和造型,那么,吾要在版画里仍旧带着他的反常思维,来表现飞翔这个突破界限、进入遥远空间的主题。实际上,这件作品里的那三对男女面孔,在视觉上就是悬浮在空中的形象。这种奇异、反常的想象力,在唐朝人书写下的《酉阳杂俎》里,就出现过人头飞翔于夜空的记载。鲁迅的小说《铸剑》里,眉间尺的人头也是在烧热的大鼎里上浮下沉,还会在鼎底里跳圆圈舞,就像鱼翔游在水底。

特别具有说服力的一件作品,是《故乡的云》这件蚀刻铜版作品里。画面上飞翔的意象,不是鸟,而是原本在水里游动的一条条大鱼。它们鱼贯而翔,比库斯图里卡导演的电影《亚利桑那之梦》这部影片中出现的那条在空中穿梭飞升的鱼,还要有阵势和奇异感。库斯图里卡的奇幻镜头,恰恰是片中人物阿克塞的一个梦境。有意思的是,吾要画面上飞翔的鱼,能让我们感到奇异的魅力,但一点也不给人诡异的感觉。好像在他的造型语境里,水里的鱼就隐藏着这种凌空飞翔的物性。

吾要对飞翔主题不厌其烦地表达,应该和藏民族对苯教文化的记忆和体认关系密切。可以说,他从苯教奇幻灵异的思维中,获得了一种天马行空似的奇幻想象力。灵异的飞翔,在汉族文化典籍中,我们只会在《庄子》《楚辞》《山海经》以及志怪小说里遇见,只有这些怪异奇幻的记载,才有可能激活我们幽闭已久或很少启用的那一部分奇思异想。吾要的高明之处在于,他没有简单地移植这些来自苯教或者被佛教后来化用的造型和符号,他只保留下它们的一些富有特征的元素——主要是保留下它们所具有的灵力和生命力这个基本信息。之后,他便大跨度地对其进行系统性的改造和变形。这样做的目的,就是把曾经属于信仰场域的形象,自然而然地过渡到他自创的造型天地里,把曾经信仰的功能,转换到审美的功能上。了解了他的这个半隐半显的心理结构和文化背景,我们才不至于在他的版画造型面前,陷入完全的迷惑。

在他的版画中,最常见的一个表现,就是一只只张开大翅凌空飞翔的鸟。原本在藏文化里有一种叫作金翅鸟的神鸟,在藏语里称作"穹庆"。它的形象通常是人面、鸟嘴、牛角,腰以上为人身,腰以下是鸟体。但吾要没有简单沿用这一传统的造型,这主要是基于他的审美语境,他要与那个宗教的、神话的原初语境区分开来。这个时候,他画面上出现的这只飞鸟,我们仍旧没法给予它一个名称。它高频率地出现在他的版画里,形象充满了细微的变化,多数情况下,它被处理成具有尖喙、翅膀向下轻柔扇动的相对简单的造型——它们两只或三只并排有序飞行的模样。它们披垂着巨大的翅羽，翅羽上或者布满蚀刻留下的密集小点，或者画出一道道斜向飘垂的线条，就像古代的旌旗上梳齿一般的条带装饰物。刻画复杂一些的造型时，这只鸟的头部会画出头羽，睁着眼睛，背部有时候背负着闪烁太阳纹的珠宝，展开的羽翅，形同凤凰一般。它们整个身体的一部分轮廓，像鱼鳞那样，密密排列着羽毛的纹理。

从人类学诗学的角度讲，飞行"并不是一种狭隘舒适的诗学，反倒是一种令人不安、包罗万象、英勇豪迈的诗学。""飞行是一种天使般的超越性形而上学，是对兴奋、狂喜和天人合一的情感表达。在力量的现象学中，飞行赞颂童年萌生的翅膀，引领我们超越世界。"[①] 或许，这个频繁得到表现的飞翔造型，与吾要早期的记忆和经历，与他童年听闻的传奇故事，与飞临其家乡邦达卡上空的飞鸟，隐秘地关联着。

正因如此，吾要的版画造型即便不是出自《梦瑜伽》系列的，他也仍然在造型上极力去表现那些匪夷所思的、不可能的事物、极为稀有罕见的事物。在这一点上，吾要个性里最强烈的兴致，完全跟荷兰版画家M.C.埃舍尔所说的一段话在精神气质上气息相通："我画中的作品，通常是顽皮灵动的。我实在抑制不住要嘲弄一切所谓不可动摇的确定性，比如故意将二维和三维、平面和空间混淆，或者拿重力来开个玩笑，这都是非常有趣的。"所不同的是，埃舍尔醉心于思维和智性的奇特，醉心于数理逻辑上的魔幻，而吾要则在他异样的造型里，灌注进他那诗意滂沛的迷思，神秘莫测的好奇体验，幽秘的心灵光芒。吾要灵动顽皮的心性，体现在他那破天荒地创造出的那些崭新的视觉元素上。加西

---

① 伊万·布莱迪. 人类学诗学[M]. 北京：中国人民大学出版，2010：91-92.

亚·马尔克斯的《百年孤独》一开头就写到马孔多镇洪荒时代的情形:"世界新生伊始,许多事物还没有名字,提到的时候尚需要用手指指点点。"与此相类似的一点是,吾要开创出的崭新的造型世界,他的那些视觉意象或者形象,居然也处在尚未命名的无名状态。即便是画家自己,他能够赋予它们形象,用线条赋予它们形状和模样,但他还没法给它们一一冠以名称。有时候,即便暂时安顿给它们一个名字,可是一旦它们出现在新的画面里,它们的意义又随境而生,简直就像是在模拟"名可名非常名"的玄虚意味。这也成为我们评说的巨大障碍,有时候连那些词语都无法描述他的造型,似乎他在捍卫着视觉造型的主体性似的,他偶尔会拒绝词语的介入和翻译,那种转换机制无异于是一种戴上胶皮手套去触摸的触觉。如果做一个参照,我们会看到,即便是《山海经》这样的奇书奇图,至少里面的奇灵怪兽都享有自己的定名,我们可以叫出肥遗、诸怀、窫窳、长乘等一连串奇怪的名字。即便早期的神话动物,我们照旧可以叫出长生鸟、麒麟、半人斑马怪、斯芬克斯等奇异的名字,抑或诗人钟鸣笔下的那些怪兽,也都可以叫出细鸟、驺牙、率然、谢豹之类的名字。唯独吾要偏要给我们的视觉造出一些有实无名的存在。他创造的这些生物体,完全是反生物学的,因为我们没法把它们归入生物学上的什么界门纲目科属种,它们纯属异界的不名之物,它们的寓意,充满了不确定性和复杂性,观者只能通过一次次的观赏,随境赋予它们某个暂时的意义。或许,在这里我们有必要把它和佛学里的"自性""性空"之说联系起来,才能慢慢有所悟入。

五

用画笔和刻刀摹写脑海中簇生的美妙图景,致使吾要根本不会理会关于造型的哪怕一个陈词滥调。他信赖的是卡夫卡所说的"我的小说是一条关闭自己眼睛的道路"的这类艺术经验,他更倾心于现代美术的先行者发出的这一重要启示:"毕加索的绘画已经从基于视网膜上的形象变成了一种头脑中的形象。"[①] 吾要用梦境思维编织他的造型,这一简单的陈述,导向我记忆的远端。四五年前,我从吾要来西宁时给几位朋友赠送的《觉噶交响音乐会》(珍藏版)CD 的说明书里,头一次知道作为音乐术语的"织体"这个概念。现在,我把它借用到吾要版画造型的语境里,我认为以他的版画造型的结构特点,是再妥帖不过了。无论从什么角度来欣赏他的版画,观赏者最直观的感受,就是画面上那些细密线条的精美织体。

  吾要的版画织体,还有一个容易被人们忽视的内容,这就是在他的造型里有着同等重要意义的虚线,那些由无数的沙粒般构成的细密小点。西方版画家诸如像肯特、埃舍尔之辈,在表现天空、大地这些宏阔的空间时,总喜欢用整饬的、形式化的一道道横线,来表现空间的层次和纵深感(这当然受到木刻、石版等材质的影响),吾要则是采用类似埃舍尔石版画上那种用来表现星空和海浪效果的密集颗粒状小点,来表现虚渺、空灵、浩瀚的空间。他的这些疏松有致、密密麻麻的小点,有一个极为迷人的特点,那就是这些小点,从来都不是随意、凌乱、无序地填塞在造型空间里,它们都被画家精心而考究地设计过。

  藏书票《影子》的画面就是一实一虚两只神鸟,它们展翅飞翔于天地之间,明处的神鸟与处于阴影部分的神鸟颉颃上下,比

[①] 杰内达·勒布德·本恩顿,娄贝特·笛·亚尼. 全球人文艺术通史(上下卷)[M]. 山东:山东画报出版社,2010:481.

翼齐飞。鸟的身体部分，尤其是翅羽的表现，不是按照实有的结构来处理，而是以一种夸张的、装饰性极强的五六根飘带状的图形来表现。画家在细节的处理上，极为细致和富于变化，右侧的翅膀采用有序的短斜线和虚线来表现翅膀的肌理，左侧的翅膀则在虚线和一些较长的曲线之间，又编织进花团状的图形。翅膀的尖端，处理成鳞次排列的涡卷式优美曲线。身体的尾部羽毛，曲线柔美，让人联系起来的不再是羽毛，而是由粗变细的一条条蓬松的羊绒。两只鸟头前端的轮廓，一个处理成有如篦齿细密排列的曲线，一个则处理成阴影。整幅作品不管是天空中密布的虚线，还是投射到大地上的不规则阴影，都在强化着一种主观透视里的宏大深远的空间感。天空和大地，完全是用极为考究的、断断续续连接起来的无数小点组成。它们被画家极度精致地设计成流线体和涡流状的虚线。这些虚线（包括阴影）呈现出的灵动感和流动感，让整个画面的山峦有了起伏，大地有了生命的律动。更为精妙的是，画家让原本无形的气流有了形状和神态，让微观中的氤氲有了可视性，仿佛我们佩戴上了VR头显设备，不但看到了逼真的飞鸟和山岳，甚至还看到了透明的空气里浮动的微粒，看到了万物隐动的呼吸。这般创造，在中外版画中还是从未出现过的视觉造型。

吾要在版画上首创的这个表现力超强的虚线，真是太美妙，太诱人了，它们只要出现在画面上，就会隐隐沿着若隐若现的曲线轨迹，呈现出天地运化的庄严与浑穆之境。在他的藏书票《元素－地》这件作品里，在佛头和如意树叠印造型的左右两面，以及上面的部分，呈现出既妙不可言又变化莫测的气旋纹。这些气旋纹——呈现为气态的有机体，不单单暗含着自然界充满生气且流动不止的状态，还会微妙地与人类手指上具有生命密码性质的斗形、弓形和箕形指纹相映照与彩陶上的螺纹相映照。这样奇妙无比的、富有全息性、动态感的形式美感，我们在两千年前的湖南马王堆棺板漆画上，在汉代的陶顶盖上绘制的气旋纹上，已经有过通达灵犀的体验。作家、文化学者阿城从图像造型学的角度说过：中国的线，在先秦时代就是成熟了的造型语言。而且，中国人会给无象的气造型，和西方的康定斯基、蒙德里安这些20世纪开山的抽象画家相比，他们的那套抽象系统属于二重抽象，中国已在两千年前就是三重抽象：无形的气一重，无形的意识一重，有形却抽象的线一重。这也就是说，我们在造型的维度上，要高于西方的造型。吾要宛如神授的虚线造型，把中国线描的生动气韵，在当代美术语境里，提升到了新的高度，新的境界。

和吾要有一次交流，他说起自己在孩提时代的一个深刻记忆：凝视房间里在光线照射下冉冉悬浮的微尘。他无法解释自己何以会痴迷于这么一个瞬间，我说你的这个状态，完全和两千年前的《庄子·逍遥游》里描写的情形遥相冥契。庄子说："野马也，尘埃也，生物之以息相吹也。""野马"，被学者解释为空中的游气，"尘埃"，解释为空中的游尘，说的正是你小时候看到的这种情形。在这个瞬间，吾要开启了类似于庄周和古罗马哲学家卢克莱修那样的迷思，那个时刻的野马尘埃，"生物以息相吹"的时刻，正是万物的起点，是物性生成的微缩景观，是美国当代哲学家马修斯在《哲学与幼童》一书里阐明的一种观点：天真烂漫的幼童对宇宙、人生、周围一切事物所萌发的种种困惑、疑问、匪夷所思的想法，都含有探索真理的意味，符合深奥的哲学原理。

这些细砂似的点，如果我们不是仅仅拘泥于它的物质属性的话，或许我们可以将它在藏族文化仪轨里所具有的神奇之力联系起来：芥子和砂粒都是用来驱魔的东西。

六

　　像所有成熟的艺术家一样，吾要也有着自己标签般的艺术风格。即便不是专业的美术研究者，他也会在看过他的若干幅线描作品之后，在偶然碰到的一本书籍插图里，不看署名，也会马上识别出这是吾要的作品。实际上，很多人多半是从插图里认识吾要的——书籍比他的版画原作传播面更广更快。

　　那么，这个容易被读者识别，或者在他们脑海里隐约留下的吾要的版画风格，究竟体现出什么样的特征呢？

　　最直观的特征，当然就是他本人特别醉心于用线条手段来构图，线条是他在版画这一种类里使用的第一语言。虽然在灰与白两色之外，他还经常尝试用黄、蓝、绿，或者褐色这些色彩语言来丰富他的版画造型效果，比如他用不同的色彩来印制同一幅画面的《香水》。但他在骨子里，更愿意用最为质朴、单纯的两种颜色，相互反衬着来表达事物和形象，正像孔子所言的"素以为绚"。

　　素朴和绚丽这两种完全不同的风格，在吾要健全的造型才情里，完全是相互兼容的，许多画家在造型模式上只能偏于一端，在吾要这里却可以自如切换。从他的造型体系来看，早期他在油画创作上，把色彩语法放到了一个很高的位置，以至于响亮鲜艳的色彩，成为他绘画里先声夺人的元素。转入版画创作之后，他则把线描上的禀赋，发挥到了极致。也许是出于一种形式上均衡的考虑，或者受到蚀刻铜版技艺的制约，色彩的力量在版画里居于线条的力量之下。

　　吾要对线条所具有的天性禀赋，恐怕也受到内行人的点醒。他曾讲过：他的一位美术老师很早就发现他在线条造型上有着异乎寻常的禀赋。线条的主要种类——像直线、斜线、螺旋线、曲线以及虚点，全都在他的版画里出现过。通过进一步的观察，我们可以看出，构成吾要风格的线条，主要体现为曲线、螺旋线和点。除了在描绘建筑物或者像书籍这样的东西时，必须用到直线以外，他的版画造型世界，就很少出现直线或者棱角。如此说来，我们可以说，曲线是他造型的筋脉和肌肉，是他气脉贯通的气韵，当他的手画出一根根线条的时候，它们就好像回到了一个个活着的组织里，它们就会让看见的和看不见的事物逐一显形，就像鲁迅笔下的女娲，手里只要将一根从山上长到天边的紫藤，往地上拖泥带水地一滚，那泥点就会暴雨似的从藤身上飞溅开来，在空中便成了哇哇地啼哭着的一个个小生命，爬来爬去，撒得满地都是。吾要在版画造型里，对曲线的运用，确实到了这般出神入化的地步。

　　吾要版画造型元素的细微之处，就是这样与万物相互映照，隐秘关联。他画面上频繁出现的那个水滴造型，既是生命之源——水（河流）的象征，也是人类表达喜怒哀乐时眼泪的象征，它还象征着孕育生命的精子。2003年，他把一件用综合材料创作的作品，命名为《精芒》。在汉文化语境中，这个词汇的意思是光芒、精锐的意思，他则在其中给这个蝌蚪状的精子造型，赋予了生殖、生命力的象征蕴含。事实上，这种隐性的关联，已经成为我们的一种经验，一种常识，一种知识结构。这也就难怪杉浦康平在他的图像宇宙论里，把人的瞳孔和虹膜的形状，与太阳及其光芒联系在一起，把充溢在天地间的气流，被人呼入体内的气流，与七万条像树枝一样布满人体的瑜伽脉联系在一起，像闪电时左旋、右旋的两个漩涡，与编织的绳结联系在一起，将物体的阴阳两极，与对称产生的深层次交叠和融合联系在一起。现在，我们还可以把螺旋曲线，与DNA（脱氧核糖核酸）的分子结构联系在一起。所有的曲线都隐含着生命的气息——它们都来自有机物。

从科学的角度，德国海德堡大学设计理论博士克里斯托弗·威廉斯，从自然造物和人类造物中，寻索到某些设计的法则：葡萄糖晶体是从一个点开始呈辐射状向外构建，形态棱角分明；矿物的形态也是有棱有角，有平滑的表面，也有尖锐的边缘；有机体的形态中极少出现尖锐的边角；木头和骨头经过多年的风吹日晒之后，它们坚硬和柔软的部位，就呈现出带有波纹和螺旋状的纹理；有角动物的犄角是以等角螺线的方式弯曲生长的；植物的茎和枝条以及云杉球果一类的植物，都呈现出螺旋状图样，这是所有植物典型的生长模式①。18世纪的英国画家荷加斯，从他作为画家的创作经验中，专门探索过造型上的形式美感。他颇具影响力的一项研究结果就是：蛇形线、波纹线是绘画中最具吸引力的"美的线条"："从迂回曲折的林间小径、曲折蜿蜒的河流和下面我们将会看到的所有主要是由我称之为波状线和蛇形线构成其形状的对象上，眼睛也会得到同样的满足。我把形体的复杂性确定为构成形体的线条的这样一种特色：它迫使眼睛以一种爱动的天性去追逐它们；这个过程给予意识的满足使这种形式堪称为美。"②"美的线条"之所以让人们欣赏时感到愉悦，就在于这样的线条具有复杂性和多样性，体现出生命律动的无穷奥秘。

　　了解了有关曲线的这些奥妙，我们才能体验到吾要版画造型何以会以曲线来构建的一些原理或审美法则。从风格上来说，曲线总是给人带来一种阴柔的、灵动的、优美的慢性愉悦。而吾要所赋予它的那种精致感，体现出美学家康德所说的"精密入微的精神或精妙的精神"。他所擅长的曲线，从荣格心理学的角度讲，

---

① 克里斯托弗·威廉斯. 形式的起源 [M]. 浙江：浙江教育出版社，2021：102.
② 威廉·荷加斯. 美的分析 [M]. 上海：上海人民美术出版社，2019：67.

它又折射出男性艺术家对女性之妩媚、优雅、神秘、含蓄等美质的极度迷醉，折射出男性艺术家身上的阿尼玛这种心理倾向。这也再次印证了吾要是一位带着"出身来源印记"的造型艺术家。

需要补充的一点是，就曲线与直线的形式美感来说，曲线因为自身的曲折、迂回，给人舒缓、放松的心理体验，而直线则给人明晰和速度的体验。法国政治和经济学学者、长期担任密特朗总统的特别顾问雅克·阿达利说过：从文艺复兴时代起，迷宫就消逝了，直线成了真实的标准，透明成了伦理的要求；"从伊拉斯谟、弥尔顿和洛克起，哲学家们甚至开始将那种拐弯抹角、重重复复、穷尽逻辑演示却毫无进展的言辞贬义地称作'迷宫式的思维'，指责它是一种'亚里士多德式的思维'。在所有的欧洲语言中，迷宫一词成了复杂诡谲、晦涩无味、迂回曲折的系统、无法穿越的森林的同义语。'明确'成了逻辑的同义词。"[①]。阿达利在书中提到了埃舍尔、波洛克、德尔沃、康定斯基、克利等画家，甚至引用了克利对原始艺术就是迷宫艺术的定论，做出这般再明确不过的描绘："初始时是什么呢？可以说事物是完全自由移动的，既不按直线，也不循曲线。它们想必被设计为本质上是活动的，想到哪儿就到哪儿，漫无目的、不受意愿或号令的驱使，这是移动的自然明显的表达，是原始运动状态的表达。"[②] 书中收录了各种各样的迷宫图式，人的拇指纹路，鹅卵石铺就的迷宫，人体迷宫，建筑迷宫，还有荣格绘就的曼荼罗迷宫……在这种知识视野的掩映下，我们自然也能毫不牵强地把吾要的造型世界，看作是视觉艺术的迷宫，他编织的那些优美的曲线，正在招引我们走入现代

---

① 雅克·阿达利.智慧之路：论迷宫[M].北京：商务印书馆，1999：61.
② 雅克·阿达利.智慧之路：论迷宫[M].北京：商务印书馆，1999：152.

艺术家心灵的迷宫当中，在其间听见此刻自己的心跳，和先祖先贤们的心跳是那么默契，那么协调，就像众人在打夯歌中踏响的登登协律……

吾要在版画造型里还经常使用如意树这一主题，尤其是当他把如意树和佛陀的身体叠印在一起的时候，我们难道不会觉得这也是一种肉身的迷宫，遍布人体的血管、神经，简直就像树枝或者叶脉一样。耐人寻味的是，现代神经科学之父、诺贝尔生理学和医学奖得主圣地亚哥·拉蒙·卡哈尔，当他绘制出神经系统结构图谱的时候，人类大脑皮层神经元、交感神经节的神经元等的图形，就是一种网状的或者类似植物根系的树状分布。这种生命形式的相似性，隐含着混沌分形理论的因子，是一种生命全息律的映射。在这个层面上，我们在这里可以将前面引用过的杉浦康平的那段关于"生命记忆"的精彩言论，转接到神经科学的语境里。第一部首页的引言里，特意引用了文学评论家和小说家乔治·斯坦纳在《蓝胡子的城堡》里的一段话说：

> 支配我们的那个过去，可能不是生物学意义上保存下来的真实的过去，而是我们对过去的映像。这些映像常常如神话一般，具有严密的结构并经过了择取。过去的映像及象征性构建几乎如遗传信息一样，刻印在我们的骨子里。每一个新的历史时期都是通过自身过去的图像和鲜活的神话来影射本身。①

这段话完全可以被视作是对吾要版画造型语言的一个精彩脚注。

---

① 埃里克·坎德尔. 追寻记忆的痕迹 [M]. 北京：中国友谊出版公司，2019：138.

七

要想进一步认识吾要的造型价值和意义,确立他在某些方面的独创性和开拓性,就得把他放到藏族当代美术这个参照系里来考量。

相对于中国当代美术这一更为庞大的视野,这个从民族类别来审视的视野,尽管缩小了许多,但它最大的好处就是"可以在复杂和难以处理的事实面前只集中关注有限的一些特征"(詹姆斯·C.斯科特语)。藏族当代绘画作为相对独特的文化单元,有着与中国当代美术既相互联系又别具一格的一些特点。

在藏族当代美术的美学体系里,有一个很重要的美术参照系,这就是在20世纪80年代诞生于西藏的"甜茶馆画派"。其中的代表画家阿里、阿伊布、昂青、贡嘎嘉措、诺次、贡嘎顿珠、巴欧、昂桑等,当年在受到韩书力、于小东、裴庄欣等汉族画家的影响下,以藏汉和西画交融的理念,创作了一大批具有探索性、实验性和民族性的作品,为中国当代艺术带来了一股奇异新颖的风貌。

在传统美术史当中,所有有名头的画家在人们的认知里,都呈现出脉络清晰的美术谱系。当代画家,无论是国画家还是油画家,只要有些名声,都被评论家们给他们别上了风格、流派的胸针,画出了他们新老迭代的谱系。而作为藏族画家的吾要,到目前为止,还没有标上一眼可识的耀眼标签。按理来说,在当代中国美术界,从他出道至今,已届四十载,他也在国内先后搞过不少规格不低的画展,获得过不少国家级的荣誉。但他至今所享有的声誉,远远不及20世纪80年代西藏的"甜茶馆画派"。从时间上来说,他是与"甜茶馆画派"同时步入画坛的。所不同的是,他不具备西藏"甜茶馆画派"那样的区位优势——拉萨是一个国际化的城市，名家云集，文化交流广泛。吾要所身处的玉树与作为省会中心的西宁相比，显得十分边远和闭塞。即便那时候他已小有名气，他也多半在中心城市人们的视力范围之外。

在青海画坛，他也只在20世纪80年代中期至90年代初期的这段时间里，短暂地闪耀过一段时间。之后，他分别研修于上海戏剧学院和中央民族学院，最后客居于北京。他的这般地理位移，既造成了他在青海美术界的淡出，也促成了他在北京艺术圈的淡入。

淡出淡入，成为他艺术存在的一个特点。决定他的这一存在状态的，是他一以贯之的低调和独立作风。他不喜欢扎堆，更不喜欢人为地进行过度炒作，一直到现在，他也没有把他的造型艺术与艺术市场风风火火地焊接在一起。他一直坚守着纯粹至极的艺术操守，从来不去功利化地观望当代艺术的各种风向，他拒绝沾染上"市场、舆论以及今日与明日之间的一切过眼烟云的气息"。（尼采语）从艺术的名利场这个角度来看，吾要更多的时候，就像是处在艺术界热闹场合外围的一个画家。独来独往，默然精进，与美术界保持一种若即若离的关系，成了他行事的准则。

需要特别强调的是，按理来说，吾要所接受的几段艺术教育，使他完全称得上是一位科班出身的艺术家。可是当我一次又一次观摩他的作品，反复进行思考，我却越来越强烈地把他认同为一位"自学的艺术家"。因为在他那里，没有沾染上丝毫的学院气，也没有被学院化的一整套套路，框定住自己创造的天性。我的这一判断或认知，来自美术家兼哲学家德西迪里厄斯·奥班恩，他在一本小薄书里，洞察到了这个几乎被当代艺术家们遗忘了的教育现象：

今天自学的概念含有初学无知的意思。在我们那时，它意味着：你不再采用院校教育提供的并阻碍创造性世界发现的所有规定和原则，而是通过你自己的努力逐步进入这个世界；你必须通过自己的体验、错误、痛苦、内心成功的微弱希望、绝望的挣扎来发现这个新的世界；你必须经受所有这一切或更多，直到成熟的思想从隐藏在下意识中的混杂的情感中建成创造的永久堡垒。①

我之所以强调吾要的强大的"自学"能力，就在于他从来没有被院校教育的各种条条框框、方法、经验束缚住自己的画笔和造型。他毫不犹豫地拒绝佩戴有着各种唬人来头的艺术紧箍咒，他只遵从他内心的审美律令，遵从自己自然而然澎湃涌荡的激情，遵从那些宛如神授的奇思妙想，那些有时候连他自己也一时不能捋清道明的来自阿赖耶识的灵光照耀。还有极为重要的一点，他遵从他一直保有的孩童般的好奇、顽皮和智乐无穷的游戏精神，一旦沉迷于创作之中，他整个的状态就如同尼采的这般描述："时间感和空间感改变了：天涯海角一览无遗，简直像头一次得以尽收眼底；眼光伸展，投向更纷繁更辽远的事物；器官变而精微，可以明察秋毫，明察瞬息；未卜先知，领悟力直达于蛛丝马迹，一种'智力的'敏感；强健，犹如肌肉中的一种支配感，犹如运动的敏捷和快乐，犹如舞蹈，犹如轻松和快板；强健，犹如强健得以证明之际的快乐，犹如绝技、冒险、无畏、置生死于度外……"② 创作中源源不断的沉醉感，即是他精神不断放电的过程，也是他不断蓄能的过程，他本人

---

① 德西迪里厄斯.奥班恩, 艺术的涵义[M]. 上海: 学林出版社, 1985: 65.
② 尼采. 悲剧的诞生: 尼采美学文选[M]. 周国平译, 北京: 生活·读书·新知三联书店, 1986: 350.

就怡然悠游于其间，收纳着自我无限敞开之后，所有奇妙能量给予他的加持和馈赠。

在这里，有必要通过比较的视野，对西藏美术界的两位画家做一点简析，以便更加清晰地显示出吾要的造型个性和特点。

第一位就是当年"甜茶馆画派"的代表人物贡嘎嘉措。他是历史上第一位入选威尼斯双年展主题展的藏族艺术家，2000毕业于切尔西艺术与设计学院，还是牛津大学皮特里斯博物馆的常驻艺术家。贡嘎嘉措的作品，特别注重把流行文化、街头艺术和佛教与西藏的文化符号相互嵌入在一起。他目前最突出的造型特点，就是通过拼贴，将藏族文化中的佛像变成美丽的轮廓，通过贴纸、杂志和报纸剪贴以及汉字和藏文，来处理他作品中的多样性主题。在他的拼贴里，我们很容易见到他通过流行于世界的那些家喻户晓的卡通形象，像米老鼠、蜘蛛侠、蓝精灵、史莱克、哆啦A梦、蜡笔小新、铁臂阿童木、小熊维尼、皮卡丘、凯特猫、流氓兔之类。他把这些现代世界里流行的动漫形象，经过套嵌结构设计，来显现出佛陀的轮廓。这种艺术的魅力与其说来自造型，不如说来自观念，一个把古老信仰与现代文化消费联系起来观照的观念艺术。

另一位画家叫巴玛扎西，他比吾要大两岁，虽然不是美术科班出身，但他通过自学，在版画、布面重彩等绘画种类上多有探索。他的重彩画，完全是一种与汉族的水墨画谱系不同的造型，他利用众多的藏文化元素，碎片化地构建出一种视觉元素密集的画面。虽然艺术界将他视为"西藏的巴斯奎特"，但他的画作，除了具有涂鸦艺术的那种率性而为、自发性和草根性之外，并没有巴斯奎特那样的视觉暴力感、对抗性和极度粗野的艺术效力，巴玛扎西反倒是把一种充满原始性的神秘、高贵、真诚的民族风情和个人经历，带入了重彩世界。同时带入的，还有一些西方抽象主义的元素,复杂的画面空间分割。我们只要看一看他的《布谷》《故乡》《卓玛拉》《黄昏的牧场》《梦回八廓街的瞬间之一》这些代表作,就会越发感受到他的画风:巴玛扎西倾向于表达个人成长与民族风情的玄秘色彩,通过众多具象元素和抽象图形的复杂组合,呈现他梦幻般的心灵景观。他是一位带着乡愁抒情的视觉诗人。他的画如果用音乐来比喻,他属于慢摇滚。

吾要与他们相比,最大的共同点乃是他们都对自身悠久的藏民族文化传统,有着更深的亲缘性,有着深度的观照。所不同的是,他们在造型技法和造型观念上判然有别,有着各自不同的、现代造型理念熏陶下别具一格的造型路径。

吾要在展示他的梦幻般的心灵景观时,既不像贡嘎嘉措那样注重当代社会与多元文化的相互碰撞,也不像巴玛扎西那样致力于对心灵记忆和民族记忆的悠长的反刍。如果要说他的艺术才能尚存在一个弱点,那就是当下生活中的众多方面,没能直接进入他的艺术视野。他的兴趣、志向和审美上的兴奋点,都在朝着现实一侧的背面,朝着更深的心理空间孑然掘进。

从审美机制上来说,心理空间的造型,没有可供模仿、参照的"模板",心无定向,所有的一切,都得依赖心灵去辐射、去捕捉、去化育成形。其创造难度受制于画家本人是否具有持久、活跃、灵敏的心性和想象力,是否具有把感受、体悟转化为崭新造型的能力,是否具有原创力。

在经过反复观察之后,我们会发现吾要的版画造型,在某一方面来说是既简约又单纯。就像舞台上的道具一样,飞鸟、水滴、花朵、云气、火焰、如意树、曼荼罗、莲花这样一些意象或纹饰,会反复出现在他的作品里。他在这里如同借用了与万花筒相类似的原理:随着三角镜中镜子角度的变化,影像的数目也随之变化。

影像重叠后形成各种不同的图案，不停地转动万花筒，就可以看到不断变化了的图案。只不过那是物质性的光反射原理，在吾要这里，心灵的万花筒效用，要比光学玩具的万花筒更其变幻莫测，因为它的原理是随意赋形。而且，那些反复出现的纹饰或造型主题，看上去这一幅与那一幅有些许的类似，但要细致观察的时候，他都会让那些造型"道具"，发生程度不等的变化。也就是说，他的造型元素具有生发性和延续性，但它们绝不是简单地粘贴复制，它们在每一幅画面上发生的那种变化，就跟一枚绿叶、一朵花瓣在不同时间里发生的改变一样。

从他的造型系统来看，他有一条清晰的脉络：那些象征性的造型元素，在不断组合中发展出更加复杂的组合。基本的一些造型元素单独看上去，实际上是十分简单的，但是在不断地重复、叠加之后，画面就异常繁复起来。那种创作机制，就像二维码一样，利用某种特定的几何图形，按一定规律在平面（二维方向上）分布黑白相间的图形。这些图形乍看上去大同小异，实则每一次生成的二维码绝不雷同。吾要的版画图式要比二维码的代码编制，还要显得繁复和巧妙。

在这里，我还想特别强调吾要版画造型所具有的另一种艺术思维原则，这个原则就是共时性原则。

在心理学上，"荣格把共时性描述为'两种或两种以上事件的意味深长的巧合，其中包含着某种并非意外的或然性东西。'事件之间的联系不是因果律的结果，而是另一种荣格称之为非因果性联系的原则。决定性因素是意义，是来自个人的主观经验：各种事件以意味深长的方式联系起来，即内心世界与外部世界的活动之间、无形与有形之间、精神世界与物质世界之间的联系。这种结合只有在没有自我意识介入的时刻才能发生。它不是在精神的无意识中孕育，而似乎是由精神本身秘密设计。"①

换成人类学诗学的眼光来看，"由精神本身秘密设计"的共时性，更为清晰地体现出艺术家造艺的原理，或者体现出他们艺术思维的某种机制。如同詹姆斯·J.普莱斯顿所说："共时性是一种同时想象并置若干意象的能力。……当艺术家们将主题、感觉和意象并置在一起，以帮助观察者超越对世界的通常认知和感情反馈，伟大的艺术成就在这种受控的同时性之中诞生。""对于神秘主义者来说，同时性能够把明显毫不相关的经历连接组成一个更大的宇宙整体，以此产生'同时看见整个世界'的强大视觉。"②

吾要的版画造型，具有"同时看见整个世界的强大视觉"的功能，而且他的造型世界，就是依照这种强大的视觉如此这般地建构起来。观赏者没法采用通常的那种一目了然式的快捷方式，来快速解读或者快速进入他的作品。他已经编织起线条的迷宫，心灵的迷宫，体验的迷宫。他的艺术魔力，会大大地拨慢我们过快的时针。他的线条，他的微粒般的小点，永在画面上复沓、迂回、缭绕，在不断的重复中，显现意象的涟漪，深化视觉的空间，直到它们跃入一种异界空间，直抵物我虚渺、万有混沌之境。

八

吾要的版画在形式构成上，把套嵌的造型方法，可以说运用到了极致。所谓嵌套，就是在画面上把两个或两个以上的内容，不同的画面叠合地印在一起，如同电影中通过动态的叠印镜头，常常把回忆、幻想时的画面，同时重叠显现在银幕上，构

---

① 拉·莫阿卡宁：荣格心理学与西藏佛教[M].北京：商务印书馆，1994：61-62.
② 伊万·布莱迪.人类学诗学[M].北京：中国人民大学出版社，2010：87-88.

成并列形象，使观众产生丰富的联想。换一种表述，增殖图形是将同一物形或其中的某一部分，进行重复运用并使之组合为一个整体形象。在静态的造型艺术中，这种方法早就在民间剪纸、木版年画、皮影等艺术形式中，得到普遍地使用。比如我们熟悉的太极图，就是一个圆形与阴阳双鱼的套嵌与重合。桃花坞木刻年画里的代表作《一团和气》，还有他的《寿字图》《福字图》，都是套嵌造型的典范。具体来说，《寿字图》就是在略带行书意味的楷体"寿"字里，在粗大的笔画留下的空间里，嵌入福禄寿三星、八仙、王母、寿石、寿桃、不老松、鹿、鹤等代表长寿的神仙和物事。在北京的白云观，收藏有一幅反映道教修炼的木刻，画面以模拟出的人体侧身图形，与山脉、人体经络相叠印，形象地反映了"一身呼吸吐纳即天地盈虚消息"的养生之道，直观呈现了人体任督二脉"周天功"的气机运行图式。如果以上形式是流行于汉文化圈里的样式的话，在藏传佛教文化里，我们也能见到最为人所习见熟知的、著名的六道轮回图。它是藏族文化中采用套嵌造型的一个典例。画面上的阎魔死主青面獠牙、三目圆睁、狰狞凶恶，两臂抱着六趣轮——代表着阿修罗道、人道、天道、地狱道、饿鬼道、畜生道。在六道轮的中心，最内圈又画着代表贪嗔痴的鸡蛇猪三个动物，第二圈画着象征众生轮回六道的中间环节——中阴身和业果法则，最外圈画有十二缘起。20世纪90年代在拉萨罗布林卡发现了两张唐卡，其中一幅是清初的唐卡《西藏镇魔图》，该图将仰卧着的罗刹女，与西藏和涉藏地区的舆地山川融合在一起，细密的线条和丰富的色彩，既描绘了高山、河流、谷地，还有在其身躯上修建的12个寺院，又让魔女的身躯、五官也得到清晰地呈现。我们仅从汉藏民族造型的嵌套形式来比对，藏族艺术里的嵌套形式，似乎更强调繁复的画面构图，强调造型元素的密度。吾要无疑从这些民间造型中得到了某些启示。他创作于2010年的蚀刻铜版《和睦四瑞》，既沿用了传统图式，又在细节上做了一些添加和改动。根据藏族学者的研究，记录在佛经《毗奈耶根本律》中的《和睦四瑞》，既是著名的藏族吉祥图式，也是历来备受藏族人民喜欢的寓言故事。其图式经常画在寺院的门上，或者装饰在床上、桌子上、容器上、盖子上和货币上①。

《和睦四瑞》的传统图式，按照金字塔结构来安排大象、猴子、山兔、羊角鸡的空间位置，羊角鸡在最顶端，它下面是猴子托举着山兔坐在大象背上。吾要借用了20世纪80年代格桑益西、洛桑向秋创作的藏族风情宣传画（唐卡）的造型元素，只是在大象的身体上，装饰了曼陀罗花和象征大气的图案。考虑到铜板蚀刻的技艺特性，大象、山兔和羊角鸡，以简洁的线条，勾勒出身体的轮廓、膝盖、耳朵的褶皱和羽翼的纹理，而猴子则以细碎的小点，突出了毛发毛茸茸的质感。这是传统的《和睦四瑞》图。吾要的这幅作品，其创意是把传统图式，嵌套进了佛陀趺跏而坐的身体姿态里。在保留佛陀整体形状的基础上，在身体的空白处，又与如意树这一传统图式和主题相嵌套，使其成为意态纷呈的"三合一"造型。目前，吾要的嵌套形式，多数出现在表现佛陀的主题上。这一点与贡嘎嘉措有着异曲同工之处。有人在评价贡嘎嘉措的佛陀主题时说：这并非关乎宗教信仰，而是关乎藏族文化符号，关乎他本人对自身文化认同的表达。吾要与此如出一辙。所不同的是，贡

---

① 扎雅·罗丹西饶.藏族文化中的佛教象征符号[M].北京：中国藏学出版社，2008：98.

嘎嘉措让传统和现代世界发生了联系，而吾要则是在传统内部，积极扩展着意义，增值着意义。这一点让我联想起他在 1994 年创作的水粉画《新十相自在》。传统的《十相自在》（藏语发音为南久旺丹），是由七个兰札体梵文字母和三个附加符号经艺术处理而构成。这幅画作，迥异于常见的造型样式，它所产生的新的特点，乃是他把一个平面图式转换成了一个立体图式，新的图式使画面展现出罕见的空间深度和广度。我们很少会在当代美术里见到融合了平视、远视、俯视三种视角而臻达如此纵深感的画面：广阔的草原，连绵起伏的山峦，经年不化的雪峰，比大地还要辽远的苍穹。须知，在本质上来讲，吾要的这种博大的空间透视，既不是出于社会学（包括民族风情）审美的考量，也不是出于单纯的视觉经验的考量，他是已经将他的视觉审美，转型到了宗教哲学、心理学、美学相兼容的最新层级上。而这一点，除了宗教绘画以外，在中国当代美术里，在现代美术的观照里，把视觉审美从习得性的社会学经验和习得性的美术造型程式，陡然提升到哲理境界和精神心理的高度，或者说把哲理境界和精神心理的高度这一稀有的元素，移植、渗透到中国当代美术（尤其是在油画、版画）当中，吾要无可置疑是画界的一位先行者和翘楚。而且，这一强悍的艺术禀赋和超拔的视觉语境，在吾要的视觉艺术里，既不是偶然的灵光乍现，更不是一时的心血来潮，而是他积力日久的艺术思维之辐射，是他在所有绘画中不断得到呈现、得到加强的视觉基调，是他所有成熟作品的基本标识和美学标配。

九

行文到最后，我想提醒一下我们在欣赏其版画的过程中，容易忽略的一个细节。吾要在每张版画作品用来标记版式代号、印数、签名的空白处,在画面下方的正中间位置,都会用凸印印刷工艺,压制出六字真言里的起始字——"嗡"。这个被称作"种子字"的藏文字形,是诸多心咒的起始音,在涉藏地区随处可见。它是公元七世纪的吞弥·桑布扎创造的,代表着诸佛菩萨的智慧、殊胜的祝福。美国心理学家拉·莫阿卡宁说过:"咒语是一些神圣的声音,一些听觉符号。它们没有具体的含义,但是像音乐和诗歌的声调和韵律一样,能唤起内心深沉的情感和超越思想及日常语言的意识状态。对于入门者来说,以一种非常直接、坦诚的方式背诵真言,就能够唤起内心中潜在的力量……咒语的声音不仅仅是物质的,它首先是精神的。"[①] 吾要就是这样,醉心于将他的造型世界,变成一种万物相互映照的超然气场。在那里,我们的思维360°转接,开启了深呼吸模式。

(本文以极简版刊载于2022年4月8日《青海日报》第8版《副刊》)

马钧,60年代生人,中国作协会员,青海省作家协会副主席,青海省文艺评论家协会主席。自20世纪80年代中期开始从事诗歌、散文、随笔、评论的写作。曾在《名作欣赏》《武陵学刊》《贵阳学报》《小说评论》《青春》《美文》《延河》《天涯》《西部》《钱钟书研究》《钱钟书研究采辑》等刊物发表论文和作品。曾获首届青海省青年文学奖、青海湖文学奖、青海省首届文艺评论一等奖等省级奖项。与人合著《中国古代民族文论概述》《西部审美文化寻踪》,和杨廷成主编诗集《高大陆上的吟唱》,与人合著报告文学《天路之魂》(获陕西省第十二届"五个一工程奖"),主编《江河源文存》(六卷本)。出版有散文、随笔、评论集《越界的蝴蝶》,评论集《文学的郊野》,专著《时间的雕像:昌耀诗学对话》等。

---

① 拉·莫阿卡宁:荣格心理学与西藏佛教[M].北京:商务印书馆,1994:61-62.

师古而发展为新

——从吴昌硕写意花鸟画到齐白石画风"北传"引发对当代写意画创新的思考

李积霖

近代中国绘画风起云涌,中国传统绘画随时代之沉浮动荡,又在西方文化之冲击影响下,迸发出前所未有的生命活力,尤其是大写意花鸟画,以一种雄强刚健的风格呼应着时代之巨变,大师巨匠应运而生,名家亦复辈出,其中海派巨擘吴昌硕以其独特而充满激情的艺术创造性,赋予了文人绘画以新的生命力和变革的力量,无疑是其中引领时代风气的一代宗师。

吴昌硕生于1844年,海派代表人物。近四十岁学画,五十而有所成,在二十世纪初期以其艺术前瞻性和开拓性在近百年的大写意花鸟画的承变中显示出巨大影响力,开创了一种崭新的面貌引领画坛、冠绝当世。其融诗、书、画、印"四艺"于一体的金石写意花卉画风影响巨大,一时间大江南北继承者接踵而至。

王震、赵云壑、潘天寿、吴茀之、诸乐三自不必说,京津名家亦备受影响,诸继起中折桂者首推齐白石,其"书""画""印"无不受到吴昌硕影响,而齐白石又以天才的禀赋和非比寻常的艺术造诣最终别开生面,并取得了空前的社会认可与国际声誉。还有陈师曾、陈半丁、李苦禅、王雪涛、郭味蕖、李可染、朱屺瞻、崔子范等,或直接受教于吴昌硕,获得齐白石之亲授,虽成就各不相同,但均自具一格,卓然成家。上述这些画家均是通过不同途径在艺术创作上直接或间接地受到了吴昌硕的影响。从这个意义上讲,吴昌硕以伟大的开创性和终其一生的努力,完成了一曲文人划时代的最后绝唱,而在其身后,前面提到的继承者们各自以他们的智慧才华与不断的革新精神,共同掀开了中国画在新的历史阶段波澜壮阔的新篇章。

"今人但侈摹古昔,古昔以上谁所宗?诗文书画有真意,贵能深造求其通。刻画金石岂小道,谁得鄙薄嗤雕虫?嗟予学术百无就,古人时效他山攻,蚍蜉岂敢撼大树?要知道艺无终穷。"(吴昌硕语)"夫古人书画肆为奇逸,大要得于山川云日之助,资于游观登眺之美。非然,则一室扫除,抽毫弄墨,其发摅心意,终不足以睥睨古今,牢笼宙合。"(吴昌硕语)吴昌硕对古文化,古艺术品有很深的研究,他在艺术实践中不断追求古意、古气、古趣。对青藤、白阳、八大山人的学习不是复古,而是引古纳为己用,是创新。

他学习古人的绘画精神,师古而发展为新,最终形成了恣肆苍茫、雄浑拙朴的独特画风。吴昌硕在追求古气、古趣、古意的同时,又十分强调画家本身的独创性。他说"古人为宾我为主"。古人传统精华为我所用,借古开今,进行创造。又说"画当出己意""画之所贵贵存我",要求画家发挥自己独创性,形成自己独特的风格。他认为进行艺术创造,既要有所传承和遵循,又要敢于突破前人的桎梏框架。"出蓝敢谓胜前人,学步翻愁失故态",学习绘画要青出于蓝而胜于蓝。吴昌硕主张师造化,认为书画的奇逸与山川云日之美有着密切的关系。造化是艺术作品的本源,但艺术不能满足于"硁硁摹其形",不能停留于以笔底的"殊状"来表现客观事物的"殊相"。必须通过画家的艺术加工,艺术想象才能创造出高于造化本身的优秀艺术作品。此外,吴昌硕主张进行艺术创作必须要"行道""养气""读书",再加上"个人秉性"和"民族气节"是吴昌硕成为晚清海派绘画领袖的必备条件。

吴昌硕绘画风格倾向于传统、古典、儒雅的范式,且暗合于中和而蕴藉的传统哲学。但在儒雅的范式中,又渗入了世俗性和平民化因素,作画是为了"自娱",为了宣泄胸中不平之鸣,但"以画为寄""托物言志"的观点是文人画高雅范式的标志。但为了维持家庭生计,养家糊口,他又必须要考虑商人、市民的审美趣味。正如他画中题诗"酸寒一尉出无车,身闲乃画富贵花"。吴昌硕写"冰肌铁骨绝世姿"的梅花,"绿叶紫茎静逸可念,如北方佳人遗世独立"的兰花,写"墙头揽明月,高节欲师渠"的竹子,写"枝瘦能傲霜,孤高复无偶"的菊花,所有这些诗句都表现了吴昌硕追求格清气高的画风,在晚清社会动荡历史背景下吴昌硕作为一代文人绘画大师的铮铮铁骨。

1917年,55岁的齐白石定居北京,起初他对八大山人、石涛的花鸟画多所取法,但并不为当时北京画坛所认可,齐白石也曾在艺术上走投无路,那是因为不真实地因袭"八大山人"的情感所必然遭到的碰壁命运,实质上那也是齐白石的心态与过去的文人之间不相和谐的结局。其后也正是因为听从陈师曾之劝告,又以对吴昌硕绘画的深入研究开始了"衰年变法"的转型。(对此胡佩衡曾在《齐白石画法与欣赏》中写道:"对他影响最大的画友是陈师曾,使他最崇拜而没有见过面的画家是吴昌硕。")正是通过这位好友,齐白石与当时所崇拜的画坛领袖吴昌硕建立起了联系,虽然未曾谋面,却在艺术的探索汲取中展开了对话与交流。金石大写意花卉在吴昌硕的笔下被推向极致,这是他的风格与极其深厚的艺术修养和时代的特殊背景使然。如果没有过人的才情,学吴昌硕画风而能走出自我是非常艰难的。而齐白石以其非凡的绘画天赋与智慧继承创新了吴昌硕的绘画风格,把吴昌硕的金石之风引入自己的笔墨之内,将中国写意绘画艺术的发展推至吴昌硕之后的又一个高峰。在题材方面,齐白石变法后常作的诸如《桑香》《螺峰鸣秋》《蔬果图》《博古图》等题材,这些与日常生活息息相关的作品,吴昌硕曾画过,如《田园风物》《蔬果图》《博古图》等。两者加以对比,无论是行笔用墨,还是构图经营上,吴昌硕对齐白石的影响都显而易见,但当世人都为缶老浑厚雄强的笔风所倾倒时,齐白石却能独辟蹊径,学吴昌硕之笔墨而不从其旨趣。同是田园风光,齐白石却让丰富的墨色晕染既具有物象特征又具有无尽的意味。

在印学上,吴昌硕对齐白石最大的影响是不再拘泥于以笔追刀刻的拟古手法,彻底解放刀法,在1917年齐白石为陈师曾刻的《陈朽》一印时,我们还能看出他学习吴昌硕的痕迹,但他并未裹足不前,也并没有完全落入吴昌硕强化印风金石朴茂之气于画笔中之窠臼,而是一直尝试深化篆刻变法,最终形成章法的大起大落,疏密对比强烈,极富真挚情感的"齐派"风格。

齐白石书法工篆隶,又与吴昌硕以篆隶笔法作草书,笔势奔腾的笔法又有所不同。齐白石取法于秦汉碑版,改束毫为纵毫,行书饶古拙之趣。

绘画上泼辣鲜艳的色彩构成令人耳目一新,一反文人士大夫清幽文郁、顾影自怜式的酸儒形象,也摆脱了煮茶谈禅般隐世遁避的消极思想,作品里往往透露出积极乐观、对美好生活的向往,既不流于媚俗,也不狂妄欺世,而是选择了自己的画风,充满了自主、自信与自强的人格张力。这正是齐白石从细微处见真性情,普通的恋乡情结和童真情趣的自然流露。具体来讲,吴昌硕常将胸中郁闷不平之气挥洒于诗画和书法之中,酣畅淋漓间珠联璧合,构筑了绘画的内涵与志趣。其画,笔墨浑厚、朴茂华贵,整体布置雄强霸气,彻底改变了清末"四王"末流柔弱纤细的萎靡之气,具有画意高远的境界与卓然一世的气度。而齐白石的绘画,清新滋润、拙中藏巧、色彩浓艳明快、造型简练生动、意境淳厚朴实。所作鱼虾虫蟹,天趣横生,富有乡间生活气息。这既体现出了对吴昌硕的审美追求的充分继承与发扬,又体现了画家本人对艺术新的理念追求与创造。吴昌硕的笔下常有"微雨野花落,空山闻磬音""除却数卷书,尽载梅花影""石不在玲珑,在奇古。人笑曰:此苍石居士自写照也"等意象,他一生都以梅、石、牡丹、水仙等为题材,又尤喜"破荷",自号"破荷亭长",这种文人冷逸、朴陋的性情,体现在吴昌硕的画中是潜藏在笔墨背后的一缕淡淡的忧愁,在老辣雄健之外,骨髓里透露的却是难掩的冷寂与孤傲。

　　反观齐白石诗词,烂漫真挚有时近乎口语,齐白石刻了许多寄托怀乡之情的闲文印,如"吾家衡岳山下""客中月光亦照家山",这是齐白石直抒胸臆的第一主题。齐白石写了许多的怀乡诗,如:"登高时近倍思乡,饮酒簪花更断肠,寄语南飞天上雁,心随君侣到星塘。"又如"饱谙尘世味,夜夜梦星塘""此时正是梅开际,老屋檐前花有无",这些诗句是齐白石"夜不安眠""枕上愁余"时所写的肺腑之语。当齐白石认定自己是农夫的时候,多年储备的自然信息便源源不绝地奔赴腕底、笔端、刀锋，化作了新的艺术元素，抛弃了古人表达情感的艺术手段，创造出表达齐白石特有情怀的艺术语言和艺术形式。变法和着变意，变意和着变法，乡心伴着童心，童心也总念乡心。这种乡心、童心和农民之心的真诚流露，天真直率的状态或许就是齐白石的艺术通达气质所致。同是画荷，齐白石惯用阔笔泼墨荷叶，有时也画一个斜刺而出的莲蓬横于水面。但在其笔下，无论是荷花、荷叶还是翠鸟、鸳鸯、莲蓬、鱼虾，纸卷里却没有丝毫哀怨惆怅之气。因为齐白石是个职业画家，木匠出身、高龄"北漂"，要赚钱养家，作品被大众所喜爱，他已非常知足。齐白石从来没有入仕愿望、懒于应酬、不管闲事、与世无争，始终以一颗纯真的心，沉浸在农村生活的体验之中，沉浸在艺术故乡里。齐白石的乡心、童心和农人之心的流露和艺术中的乡土气息，根源于齐白石湘潭淳朴的农村生活，所以他在取法自然生活的物象中又复归于自然生命，在盎然生机里透露的往往是其天真烂漫的品性。

　　吴昌硕、齐白石的绘画成就和艺术成长过程很好地诠释了今天画家如何学习写意绘画的真谛。绘画创新是当代致力于中国画学习的学子所面临的首要问题，是致力于传统，寻找自我的必经之路。吴昌硕言："小技拾人者易，创造者难。欲自立成家，至少辛苦半世，拾者至多半年，可得皮毛也。"齐白石言："作画妙在似与不似之间，太似为媚俗，不似为欺世。"这既是齐白石的造型观，也是齐白石在整个艺术格调上，欲求沟通世俗和文人，民间与传统的审美意趣。尤其晚年的齐白石日趋简化的画风，是日益强化了"不似之似"的造型，也日益强化了"神"的主导地位，臻于"笔愈简而神愈全"的境界。当今，诸多画家从表面上去学习吴昌硕、齐白石大写意绘画，千人一面，似曾相识，可悲又可恨，更有甚者，画了多年的题材，竟然没有写生过，没有看见过，只是抄袭吴昌硕、齐白石的外形，然后东拼西凑，不伦不类。这种闭门造车，害人害己的作品丝毫没有吴老、齐氏写意绘画的生命力。吴昌硕言："或拟温日观，应之曰否，画当出已意，模仿堕尘垢，即使能似之，已落古人后，所以自涂抹，但逞笔如帚，世界隘大千，云梦吞八九。"我们提倡学习吴昌硕，但应该学习其绘画精神。齐白石言："学我者生，似我者死"。李可染师从齐白石、黄宾虹，潜心于民族传统绘画的研究与创作。新中国成立后，他进一步致力于中国画艺术的革新。将"可贵者胆，所要者魂""用最大的功力打进去，用最大的勇气打出来"为座右铭，使古老的山水画艺术获得了新的生命。他不仅创造性地探索出了一种新的图式，并且表现出了深厚凝重、博大沉雄的精神力量。可染先生的山水以鲜明的时代精神和艺术个性促进了民族传统绘画的嬗变与升华。因此我们应该从吴昌硕写意花鸟画到齐白石画风"北传"进行深入地思考，在研究中发现其规律与理性，逐步找到自己的绘画语言与本真自我，进入一个高的艺术境界。"行万里路，读万卷书"，一步一步扎扎实实往前走。

中国画创作重在借物抒情，对物象的感受力体现在"情"字上，而"情"字是画家创作出高格调作品的前提。在此基础上营造出客观对象富有的和画家所感悟到的精神特征的结构关系——"笔墨结构"。（张立辰先生言，"笔墨结构"成为中国画特有的艺术语言，也是"外师造化，中得心源"而来，它来源于彼此联系又运动不息的客观世界但又高于现实。）正如吴昌硕、齐白石作品一样具有丰富多彩的笔墨内涵，又具有健康、高雅的理想品格。因此学习吴昌硕、齐白石绘画绝对不能生拼硬凑地模仿外形。"画之所贵贵存我，若风遇箫鱼脱筌。"（吴昌硕语）一个有作为的画家应该"外师造化，中得心源"。使感情冲动在作品当中得以升华，在创作过程中既要做到胸有成竹，又要"迁想妙得"，又能"临见妙裁"。张立辰先生画荷花，是历代画家乐于表现的题材，因张立辰自幼生活在荷塘之畔。他对南方、北方春夏秋冬的荷花仔细揣摩研究，最后画出了超越历代前贤不同的写意荷花，富有新的中国画气象，新的笔墨意境。所以画家要到生活中领悟自然，体验人生，提高修养，提高艺术创作的格调。孔子曰："士志于道，据于德，依于仁，游于艺"。只有品德提高了，才能发现真、善、美，只有综合修养提高了，绘画境界自然就提高了。

"笔墨当随时代"这是石涛的宣言，也是我们每一位有志于中国画发展的同道努力的目标。吴昌硕、齐白石的艺术思想同样接受了石涛绘画理论的影响，但关于绘画的见解更多的是自己全面艺术修养和多年艺术实践经验的总结。尤其是吴昌硕"画气不画形""梅花性命诗精神""山是古时山，水是古时水，山水饶精神，画岂在貌似。""直从书法演画法。"齐白石"以农器谱传吾子孙""牡丹为花之王，荔枝为果之先，独不论白菜为菜之王""不是独夸根有味，须知此老是农夫""不独老萍知此味，先人三代咬其根"，都是将诗、书、画、印熔于一炉之见解。齐白石以本真、自我、变法、变意以及本质的艺术表现和"衰年变法"与吴昌硕在画风上拉开了距离，在今天对于我们有巨大的启发和教育意义。新的时代赋予我们新的使命，也对新时代的画家提出了更高的创新要求，中国画的创新历代有之。如徐渭、八大山人、石涛、吴昌硕、黄宾虹、齐白石、潘天寿、李可染等，他们都是在传统基础上冲破了桎梏，抓住了生活中切身的感受。吴昌硕率先以自己金石书法的深厚造诣，全面的文学修养把篆书、石鼓文的金石古拙之意带进了写意花卉，用雄肆朴茂的新风替代了文人画一度的柔媚纤细画风。齐白石与黄宾虹继起，一位更多地吸收了民间艺术造型和亮丽明快的自然色彩，表现农民的趣味和童真，作品刚健清新、雅俗共赏；一位则着力于融汇前人笔墨精华而寻求多变，追求笔墨意蕴，以"浑厚华滋"的山水画独领风骚，最后进入无法而法又忘我的高妙境界。潘天寿先生师从吴昌硕，但他学习吴昌硕绘画精神，在中国画不被重视的困境中重建中国画的人文图式，高扬民族精神性，并从笔墨内涵、构图经营、平中求险的画法到格调意境等综合探索中，将作品推到大气磅礴的境地，从而以摄人心魄的力量感和强烈的现代意识，在学术层面上捍卫民族传统文化，并跻身于20世纪中国画"借古开今"的四大家之列。他们都体现了"笔墨当随时代精神"，成为我们的楷模，这种精神一直激励着我们。继承与创新，一直是中国画发展的两个大问题。没有继承就没有创新，没有创新就没有发展，在继承当中求发展，在发展当中继承传统，这是永恒的课题，也是毋庸置疑的。创新是当代学子的使命，但要在前人的法理中求变求新是需要勇气的，只有踏踏实实地学习前人的精华，将画理、画论、画法、文学、书法、篆刻等艺道熔于一炉，并走向自然，走向生活，就会产生具有时代精神的新作品，艺术体现着一个时代的精神，展示着一个民族的特性。潘天寿先生说："吾国中国画，至少近四千年的悠悠历史，它的发展过程是无人可比拟的，它的崇高成就也是无人可以比拟的。这是——灿烂的极乐天国中的奇花，是我们东方民族的宝物，也是全世界人民的宝物。"因此我们要弘扬中国画精神，发展中国画，绝不能拘泥于任何一个极端的艺术家所选择的造型尺度和审美的中界点。在传统的基础上要不断地开拓创新才是我们真正的使命。

王国维在人间词话中谈到古今之成大事业大学问者必经过三种境界。"昨夜西风凋碧树。独上高楼，望尽天涯路。"此第一境界也。"衣带渐宽终不悔，为伊消得人憔悴。"此第二境界也。"众里寻他千百度,蓦然回首,那人却在,灯火阑珊处。"此第三境界也。以此作为我们致力于中国画发展的治学之道。

（原载《青海日报》2022年5月6日第八版《文化》周刊（上篇）；5月20日《文化》周刊（下篇））

李积霖，1974年生，青海师范大学美术系毕业，2011-2013年就读于教育部首届博士生课程研究生班，师从张立辰先生;2013-2014年中国艺术研究生院访问学者。美术作品及评论文章发表于全国及省市各大报刊，多次参加全国美术作品展。曾获青海省第十一届、十二届、十三届美术作品展银奖，青海省第五届"德艺双馨文艺工作者"称号。现为青海省美术家协会理事，青海省文艺评论家协会理事，海东市美术家协会常务副主席。

书法篇

ShuFa Pian

王铎及其怀素"野道"观论析

胡晋峰

作为晚明清初重要的革新派书家,王铎(1592—1602)在过去的研究中备受关注,如沙孟海先生在《近三百年来的书学》一文中就评价其云:"一生吃着二王帖,天分又高,功夫又深,结果居然能够得其正传,矫正赵孟頫、董其昌的末流之失,在于明季,可说是书学界的'中兴之主'了。"[1]沙先生之说,可谓至论。王铎出生于社会、经济、政治及哲学等各个方面均发生着巨变的晚明时代,其纵横飘忽、跌宕起伏书风的出现,实与所处时代之氛围密不可分。在文学艺术领域,晚明社会最重要的一个特征便是尚"奇",而且对"奇"的争相追逐发生在晚明社会的方方面面,这也加速了王铎等革新派书家的出现。同时,古代经典的权威性在晚明进一步式微,古代经典范本无论在内容还是形式上均得到进一步瓦解,在书法领域的重要表现,即是书法家对"临"这一

---

[1] 沙孟海.近三百年来的书学[M].上海:上海书画出版社,2010:13.

观念的宽泛化理解，如在书法作品中随意割裂取舍内容、拼凑篡改书学经典等等，这滋养了晚明书法家挑战古人、创造个人风格的能力。而作为晚明知识精英的王铎，其好古炫博的心理也体现在其书法的创作中，如作品中对"奇"字的使用，当然，并不仅仅是王铎热衷此道，黄道周、倪元璐等人亦时常参与之，此可视为晚明书法中所出现的另一道奇异风景。可见，王铎书法风格的形成与其所处的动荡时代密切相关，他那粗头乱服的运笔及跌宕连绵的章法，即是其反潮流奇崛思想的展现，又是晚明尚"奇"文艺美学的重要缩影。

王铎显然是一位热衷临古的书家，其流传至今的三百余件临作便是最好的例证，其几乎遍临古代名家，但奇怪的是，唐代狂草书风的代表张旭、怀素却是其不喜的对象，甚至贬称怀素书法为"野道"，而王铎对怀素书法的不满到底出于何种原因，让人倍感疑惑，本文即在相关文献的基础上，借助王铎在作品中所留下的题识文字以及王铎书法风格之演变，试图对王铎眼中的怀素及其书法，作一分析和讨论。

一、晚明书坛中的"怀素"

以《自叙帖》为代表的怀素狂草书法体系，一直都受到明代书法家的重视，明代早中期均有不少书法家将此视为获得笔法并不断临习的重要范本，如宋广、文徵明、文彭等人均曾临摹过《自叙帖》，且当世有不少的文人、书法家均曾获见《自叙帖》真迹，并为怀素之书艺所折服。即使没有条件观赏怀素真迹的明代书家，也可以通过刻帖之类图像资源，对怀素作品进行鉴赏。明人所汇刻的刻帖，如《东书堂集古法帖》《宝贤堂集古法帖》《懋勤殿法帖》《玉烟堂帖》等，均收录了不少的怀素作品，加上宋代刻帖《淳化阁帖》《绛帖》等所收录的怀素作品,晚明时存在数种面貌不同的怀素作品广泛流传于书家中间。

至晚明,怀素之书法史地位的确立则与董其昌有着紧密的联系。在书学理念上,董氏将怀素视为唐代狂草书风的代表,并在书法实践上亦步亦趋之,如现存的《癸卯临杂书册·怀素自叙帖》、《节临怀素自叙帖扇面》《行草书卷》等等,均可视为董氏上溯怀素风格的重要例证。在董其昌书学体系的建构中,怀素亦是其书史建构中的重要一环。检索《画禅室随笔》中所记录的文献,董其昌在其书学的早期即曾获观怀素《自叙帖》:

怀素《自叙帖》真迹……年来亦屡得怀素它草书鉴赏之,唯此为最。本朝学素书者,鲜得宗趣。徐武功、祝京兆、张南安、莫方伯各有所入。丰考功亦得一斑,然狂怪怒张,失其本矣。余谓张旭之有怀素,犹董源之有巨然,衣钵相承,无复余恨,皆以平淡天真为旨。人目之为狂,乃不狂也。久不作草,今日临文氏石本,因识之。①

董氏明确指出怀素书法在书法史上的重要位置,云:"张旭之有怀素,犹董源之有巨然。"并认为怀素在书学趣味上以"平淡天真"为旨要。董氏还提出丰坊等人所模拟之怀素书法"狂怪怒张","失其本矣"。在另两则材料中,其亦表达出对"狂怪怒张"者的反感:

---

① 董其昌著,屠友祥校注. 画禅室随笔校注,临怀素帖书尾(卷一)[M].上海:上海远东出版社,2011:53.

余素临怀素《自叙帖》，皆以大令笔意求之，时有似者。近来解大绅、丰考功狂怪怒张，绝去此血脉，遂累及素师。所谓从旁门入者，不是家珍，见过于师，方堪传授也。①

藏真书，余所见有《枯笋帖》《食鱼帖》《天姥吟冬热帖》，皆真迹，以淡古为宗。徒求之豪宕奇怪者，皆不具鲁男子见者也。颜平原云：张长史虽天姿超逸，妙绝古今，而楷法精详，特为真正。吁，此素师之衣钵。学书者，请以一瓣香供养之。②

在上述文献中，董其昌进一步提出怀素书法的表现趣味以"平淡天真""淡古"为宗，因而其认为那些"狂怪怒张"者并不能得怀素书法之本质。在笔法上，董其昌将怀素之笔法上溯至王献之，显然，在他心目中，怀素乃是二王之嫡传。在董其昌对怀素书法的品评中，其认为以二王为代表的东晋书风之重要特征亦为"古淡"，在其《题王珣真迹》中就说："余谓二王迹，世抚有存者。惟王、谢诸贤笔，尤为希觏。亦如子敬之于逸少耳。此王珣书，潇洒古淡，东晋风流宛然在眼。"③《书黄庭经后》亦云："小字难于宽展而有余，又以萧散古淡为贵"，可见"古淡"是衡量二王一路书法的重要标准，而其认为怀素书法正具有"淡古"的重要特征，显系二王嫡派。在另一则材料中，董其昌甚至直接指出：

---

① 董其昌著，屠友祥校注.画禅室随笔校注，临怀素帖书尾（卷一）[M].上海：上海远东出版社，2011：56.
② 董其昌著，屠友祥校注.画禅室随笔校注，临怀素帖书尾（卷一）[M].上海：上海远东出版社，2011：54-55.
③ 董其昌著，屠友祥校注.画禅室随笔校注，临怀素帖书尾（卷一）[M].上海：上海远东出版社，2011：80.

黄长睿云：米芾见阁帖书稍纵者，辄命之旭。旭、素故自二王得笔，一家眷属也。①

怀素还被董其昌比拟为其"南宗"山水画谱系中巨然式的人物：

素师书本画法，类僧巨然，巨然为北苑流亚，素师则张长史后一人也。高闲而下，益趋俗怪，不复存山阴规度矣。②
余谓张旭之有怀素，犹董源之有巨然。衣钵相承，无复余恨，皆以平淡天真为旨，人目之为狂，乃不狂也。③

可见，在董其昌对书法史的建构中，张旭、怀素与二王书法可谓是"衣钵相承"，二者与绘画中的董、巨一样，均以"平淡天真""淡古"为旨。显然，董其昌对怀素书法的推崇与品评，使得当时书坛重新建立起对怀素书法的认识，并在审美趣味上建立其怀素与二王书法之间的眷属关系。董氏对怀素书法的宣扬，奠定了晚明书家对"二王——张旭——怀素"这一书学传承脉络的认知，在王铎出现之前，此几乎是晚明书坛公认的书学箴言。

二、王铎对怀素书法的临仿及评价

作为比董其昌稍晚的革新派书家，王铎的出现使得董其昌时

---

① 董其昌.容台集（上）.别集（卷三）[M].邵海清点校，杭州：西泠印社出版社，2012：634.
② 董其昌著，屠友祥校注.画禅室随笔校注，临怀素帖书尾（卷一）[M].上海：上海远东出版社，2011：24.
③ 董其昌.容台集（上）.别集卷（卷三）[M].邵海青点校，杭州：西泠印社出版社，2012：628.

代所建立及流行的书学观念受到冲击，尤其在对待怀素书法的评价上，王铎与董其昌之间表现出完全不同的认知。王铎在书学实践上，与董其昌一样，亦以二王为宗，其在临摹之作中时常标举"临吾家逸少帖""临吾家献之帖"，其还曾云："余书独宗羲献，即唐宋诸家皆发源羲献，人不自察耳。""独宗羲献"或可视为王铎强调书法正脉的重要语词。事实上，王铎不仅大量临摹二王之作，书法史上许多重要书法家均是其取法的对象，如钟繇、张芝、王羲之、王献之、李邕、颜真卿、柳公权、米芾等等，真可谓广为取法，博采众长。但对于唐代狂草书家张旭、怀素，王铎临摹之作却较少，据不完全统计，王铎临摹怀素的书作仅存几件，且其曾数次表示过对怀素书法的批评与贬黜。甚至当有人指出王铎书风与怀素、张旭等人之间的联系时，王铎对时人的评价亦颇为不满，连连感慨道"不服，不服"。王铎对怀素书法的批评，展现了他与董其昌以及当世所流行的书学观念之间的分歧。

在《琼蕊庐帖》收录的王铎所临的《唐僧怀素书》后，有王铎跋云："怀素独此帖可观，他书野道也，不愿临，不欲观矣。"此帖为王铎所临摹的《淳化阁帖》收录的怀素《藏真帖》《律公帖》，从王铎的评价中可以看出，王铎肯定了怀素《藏真帖》《律公帖》二帖的价值，但却否定了怀素其他的书法，并斥责怀素"他书"为"野道"。1637年，王铎在临摹一件张芝草书卷后亦题云："余临摹张芝，或曰是怀素也，诚齐人知管仲、晏子也。丁丑春，万事纷扰，戏临一过。"王铎在此处则嘲笑了那些见识短浅的人，将其所临张芝之作误识为怀素，既是对他人误解的鄙夷，亦反映出其对怀素书法的不满。

1640年，王铎在其所作的草书《千字文》卷后，题云：

庚辰五月，用羲、献大草，张芝、张旭、柳、虞诸家意，会为一轴，为得一老亲家书于燕之东斋。恐观者谓为怀素笔魔，予实不任受。

1641年，王铎在草书《唐诗八首诗卷》末写道：

吾用伯英、柳公权、虞世南数家大草法合为一体。若谓此为怀素，则不敢受也。素野道，失二王家法耳。

1646年3月，王铎作草书《杜甫诗卷》，卷末题识：

丙戌三月初五，夜二更，带酒微醺不能醉，书于北都琅华馆，用张芝、柳、虞草法拓而为大，非怀素恶札一路，观者谛辨之，勿忽。

1646年3月15日，王铎作草书《唐人诗卷》，卷末有题识：

吾书学之四十年，颇有所从来，必有深于爱吾书者。不知者则谓为高闲、张旭、怀素野道，吾不服！不服！不服！

1646年5月，王铎在《唐人诗卷》后以小楷书题：

书未宗晋，终入野道，怀素、高闲、游酢高宗一派。必又参之篆籀、隶法，正其讹画，乃可议也。慎之慎之。丙戌五月观宋拓《淳化》，王铎又学半日，书廿筵。

1647年3月，王铎草书《杜诗卷》：

吾学献之、伯英、诚悬，恐人误以为怀素恶道，则受其谣诼矣。丁亥三月廿七日。

1647 年，《宋拓释怀素法帖》题跋：

怀素独《藏真》《律公》《贫道帖》，书家龙象也。《淳化》所载亦不能及，若《自叙》《圣母》皆入魔气，《自叙》更恶，裂矩毁绳，不足观也……

在上述王铎题识中，其明确指出书法何为"野道"——"书未宗晋，终入野道"，而怀素等人正是"未宗晋"的代表。在对怀素书法的认识上，王铎与董其昌之间在鉴赏趣味上出现明显的差异，董其昌认为怀素"古淡""平淡天真"的书风乃二王之嫡传，但王铎却将其怀素视为"笔魔""野道""入魔气""失二王家法"，除《藏真》《律公》《贫道帖》三帖外，王铎认为怀素其余诸帖皆不足观。王铎与董其昌在对待怀素书法上的分歧，更深层次的原因是二人书学观念之间的差异。因此，上述近十条文献材料，足可证明王铎对怀素的抨击并非出于偶然的感慨，而是一种有意识的策略，是其对个人书学理念的极力宣扬，进而有意与前代书坛宗师董其昌拉开距离，以此来树立个人的书学观念。

但王铎对怀素的责难，又非全盘式否定，而是有所选择。如以上引文所示，王铎肯定了怀素《藏真》《律公》《贫道帖》诸帖的艺术价值，并称赞为"书家龙象"，但却严厉苛责了《圣母帖》与《自叙帖》，甚至将《自叙帖》视为"裂矩毁绳"，大坏规矩。王铎对怀素书法选择性的评价，在笔者看来，既是对怀素书法风格的选择，又为个人趣味所左右。因此，王铎的对怀素书法的不满应从王铎的审美旨趣、书史观及怀素书法风格等诸多角度作一思考。

三、王铎怀素"野道"观原因试析

王铎贬斥怀素《自叙帖》一路风格的书作，并贬称其为"野道"，其中的原因可能是多方面。首先，需明确王铎的书学主张、审美理念以及其在书法风格上的追求。对王铎书学理念和主张的研究，有不少学者对此有过讨论，此不赘述。毋庸置疑，王铎是一位崇古的书家，除怀素等少数诸位书家外，其遍临书史名家，而其尤钟情于二王书法，对羲献所代表的二王书风竭尽全力地临仿与维护，"二王"或成为王铎眼中正统书法的代名词。王铎认为"唐宋诸家皆发源羲献"，而其对唐宋诸家的临摹是为了更好地寻找书法风格的源头。而王铎之所以不喜怀素、张旭等人的作品，用他本人的话说是："失二王家法。"那么王铎眼中的"二王家法"是什么样子的呢？要回答这个问题则须从其对怀素书法的不同评价介入，来寻找二者之间的异同。

在上节中，笔者曾引述王铎对怀素书法的评价，其认为"《藏真》《律公》《贫道帖》,书家龙象也"，但其对怀素名下的《自叙帖》《圣母帖》诸帖却大加斥责。这种对同一书家却有不同评价的观点，令人不禁思考怀素上述两类书法是否存在风格上的差异。考察《藏真》帖的书写特色，明显可以见出：篇章结构较为连绵，书法结体整体偏方，体式欹侧多姿；线条粗细对比强烈，点画凝重迟涩，有王羲之《圣教序》遗意。在《草书临帖轴》中，王铎曾强调"顿挫"为晋人书法的重要特征，其写道："梅公前十余日，骑款段相访，命仆作书。今仆书不入晋室，何敢言室之窥欤？书赎往来，未得追逐顿挫，不意其装潢之，为之腼然。"①显然，《藏真帖》中存在明显的"顿挫"，既体现与点画上的提按转折，又表现在结体章法上的变化多端。而与此不同的是，《自叙帖》在书写上则呈现出：结体平稳，线条自然流畅，粗细均匀，整体显现出平淡自然的意趣，就此帖与二王书法的联系来看，呈现出明显的创新色彩。由此，从书法风格的角度来判断，王铎显然更加推崇气势较强的《藏真帖》之类的风格，而此帖与二王书法之间的紧密联系，亦证实了王铎书学晋人的学书理念。而《自叙帖》所呈现出的用笔、结体特征，均不符合王铎沉着痛快的用笔及欹侧变化结体的书学追求，此应是王铎不喜怀素《自叙帖》等作品的原因。

在王铎与友人的讨论中，曾提到另一观点，见彭而述《读史亭文集》卷十八：

> 吾乡王尚书觉斯，书法中龙象也。尝谓我曰："彼怀素恶道也，不可学。"应之曰："怀素非恶也，乃学者恶之耳。古今甚大，书法如林，怀素能以一钵传，岂意能流毒至此？"尚书曰："是也，但学怀素无佳者，皆怀素罪人也。"②

王铎认为所有学怀素书法不佳者都是怀素的罪人，这一观点显然是针对晚明书坛以董其昌为代表的怀素书法继承而言的。王铎还曾说："近观学书者，动效时流。古难今易，古深奥奇变，今

---

① 王铎：草书临帖[M]//黄思源主编.王铎书法全集（三）.郑州：河南美术出版社，2001：852.
② 彭而述.读史亭文集(卷十八)：破门书怀素帖跋[M]//四库全书存目丛书(集部).济南：齐鲁书社，1997：201-221.

嫩弱俗稚，易学故耳。"① 王铎对当时的流行书风并不满意，因而其极力主张追摹古人。因此，在笔者看来，王铎对怀素书法的批评，并非对怀素书法的不认可，应视为是其对时风——妍美流媚的狂草书风——的一种反动与疏离。在数则文献中，王铎均提到：

淡远润滋，沉着逸宕，画之逸气取胜，冲然不用雕刻，殆庶于理矣？不得此意，浓稠与枯弱无异，其浑成穆穆之味丧矣？②
松江一派，似宋元诗文，单薄嫩弱狭小，不能博大深厚。学易舍古学今，往往堕尖纤一路。③

"浓稠"与"枯弱"均是王铎所反对的作风，而面对松江一派的"尖纤"风格，王铎认为其不能博大深厚，进而缺乏"浑成穆穆之味"，这样的书法当然也不是他所追求的目标。当世所学怀素书法者，正是王铎眼中的"嫩弱俗稚"风格的代表：书法线条单薄缠绕，全篇单调而乏味。因此，可以说王铎对怀素书法的批评，并非全盘否定，而是否定了《自叙帖》之类风格书法作品在当世的流行。

为了与当时学怀素书法的靡弱书风拉开距离，并建立个人的书法风格，王铎在书学论述中，尤为强调书写中的"转"，王铎曾指出："吾临帖善于使转，虽无它长，能转则不落野道矣。学

---

① 刘正成，高文龙编. 中国书法全集 61[M]// 王铎一. 琼蕊. 庐帖临淳化阁帖第五·古法帖. 北京：荣宝斋出版社，1993：134.
② 王铎. 拟山园选集·文集[M]// 题黄子久平远山水卷. 郑州：河南人民出版社，2013：307.
③ 王铎. 拟山园选集·文集[M]// 题韩藩画册. 郑州：河南人民出版社，2013：310.

书三十年，手画心摹，海内必有知我者耳。"① 其四十四岁时所作之《论书跋》中亦指出："书法难以转，转者体用变化，莫能凝滞，不当以形象求也。"② 王铎此处所指的"转"，既是书写中点画之间的置换，同时又可视为是通篇章法中的起承转合。"使转"最早见于孙过庭《书谱》，其云："真以点画为形质，使转为情性；草以点画为情性，使转为形质。"从书写技巧的角度来理解"使转"，笔者以为"使转"其实就是因运笔方向的改变而产生的线条形态变化，尤其表现于转折点画转换时产生的变化。但通观王铎的草书作品，不管大字立轴还是小字手卷，方势为主的行书或以圆转体式为主的连绵大草，其对"使转"的强调是用来增加线条的层次感和力量感，此正是为了克服学习怀素书法者线条过于单一、章法过于平淡而进行的创新。同时，"使转"亦是针对书法的结体和作品的篇章而言，"使转"的直接效果就是将作品营造出一种翻腾跳跃、布势连绵的书写节奏感，以此来增加作品中层次的繁复与气脉的连贯。

在王铎所流传至今的作品中，大幅巨轴行草几乎成为他所创作的主体，但此时王铎此类革新式的书风显然与传统的书写有着较大的不同。以笔者所见，在王铎之前的明代书家中，除徐渭之外，多数书家均以小字书写为长，书法形式上亦以手卷形式为主，有的书家即使偶作大字，亦以"小字之法"为之。③ 但王铎对作

---

① 黄思源主编.王铎书法全集（六一十卷）[M]// 二五论书跋斗方.郑州：河南美术出版社，2019：142.
② 手卷形式所引起的视觉变化，见巫鸿.全球景观中的中国古代艺术[M].北京：生活·读书·新知三联书店，2017：141-205.
③ 潘正炜.听帆楼续刻书画记（卷下）.王觉斯法书卷，中国书画全书（第11册）[M].917—918.

大字却有着自己的看法，其云："草书由篆，大草必如危峰之石，侧悬蘷插，变势奇突，与小草异。"此论应可视为是王铎对大字书写在结构、章法上的创新主张，亦可理解为王铎对作品中"势"的关注，其既是笔势又是章法之势。《拟山园选集》卷八十二《文丹》中所收录的两句话，又可视作时王铎对书法中"势"的重要认识：

文要一气吹去，欲飞舞捉笔不住，何也？有生气故也。无生气即雕绘，满眼木刻泥塑，着金碧加珠玑。呼之不应，扣之不雳，何用？

文不宕则痴板，既宕又须按部就班，引绳批根，纵笔态于规矩之外，操枢纽于规矩之内，如放风筝，纵之在空而扼之在手。

王铎虽未言作"书"，但借用其作"文"的态度来比拟书法，亦可见出其审美主张。王铎认为作"文"，第一是"有生气"，其二则是对"宕"的要求，具体做法便是"纵笔态于规矩之外，操枢纽于规矩之内"。将此借用至书法品评中，此处对"势"的认识，是王铎对笔势以及全章的整体取势、节奏的高度关切。从王铎对《淳化阁帖》的一系列临摹之作中，可以看出，其喜临那些笔意连绵，字形参差错落，章法上连带较多，运笔幅度较大的作品，即使对《十七帖》一律多呈单字形态、缺乏连绵之势的草书，王铎在临摹的过程中亦将其改造为符合个人审美的连绵体势。因此，从王铎书法的笔墨、结体、章法以及审美趣味来看，其均与董其昌所代表的古典派书法存在截然不同的趋向，而后者的大草之作是以怀素为宗的。王铎书法的改变则舍弃了怀素《自叙帖》所代表的那种典雅蕴藉，取而代之的是真力弥满、气势开张的创新式书风，这一转变奠定了王铎在书法史上的革新地位。

王铎在书法史上的巨大贡献即是将之前尺牍、手卷类典雅蕴藉的传统书法，转换为一种纵横郁勃、骨气深厚的大幅立轴的创新书风，在这一过程中最值得注意的便是书写形式的变化。由手卷向立轴书法的转变，既体现在形式上，亦激发了书法家在笔墨章法上的突破。从王铎一系列立轴之作中，[①]即可发现他在笔法、墨法以及章法上所作出的改变，这些改变均增加了作品的气势、作品繁复的层次以及骨力，充分凸显书法艺术的视觉性。因此，王铎对怀素及其《自叙帖》的批评，应放置在晚明书法的语境中来观察，主要出于对晚明尖刻靡弱书风的一种疏离与反动，同时又是为自己所处的革新立场辩护，而不能仅仅视作一种风格上的喜好。王铎通过宗法二王、张芝及米芾书法中，领悟到作巨轴行草的基本方法与审美意趣，此路书风亦与董其昌以来所流行的典雅蕴藉书风背道而驰。因此，王铎通过对怀素书法的非难，在某种程度上为个人所创立的新书风制造舆论导向，藉此建构其个人在书法史中的重要地位。

（原载《中国书法》2021.10）

胡晋峰，1974生于青海。现为中国书法家协会会员、青海省书法家协会副主席、西宁市书法家协会副主席、青海陶印社社长、西宁印社副社长，陕西师范大学在读博士。现任职于青海师范大学美术学院。作品多次入选由中国书法家协会、中国国家画院、西泠印社主办的展览。

---

① 王铎多件行草立轴作品，请参见黄思源主编．王铎书法全集（卷六—十）[M]．郑州：河南美术出版社，2019年．

试谈王云书法的价值与意义

谢彭臻

青海地处西北内陆，历史上是中央王权与西北少数民族政权拉锯争战的地域，靖平时代各民族杂居共生，民俗传统也呈现出各族交融的特点，在这样的文化场域中，汉文化土壤的瘠薄也是无可辩驳的事实，反映在文学艺术领域，尽管清中期改土归流政策的实施极大地加强了中央政权对少数民族地区的经略，随之而来的汉儒文化也在这片土地上生根发芽渐趋繁茂，但是，基于经济发展、人口基数、历史积淀等多方面的贫弱，自明清以降的数百年里，鲜见成就突出的作家诗人、艺术家出现，少有高妙传神的原创性文艺作品传世，相比于京津、齐鲁、江浙等经济和文化发达省份，青海文艺作品的总体规模和质量均无法与之相颉颃。这种境况在书法领域同样显著存在，边鄙之地人文的凋敝是再也正常不过的了。

20 世纪上、下半叶，分别有李德渊、王云两位具有全国影响力的书法家出现，才改观了长期存在的这种状态。民国时期，有李德渊立足褚柳，融会清季碑学大家张裕钊的新碑学趣味，风骨卓绝，享誉士林，声播于秦陇，兼达于京沪，塑造了20世纪上半叶青海的主流书风。

半个世纪之后的八九十年代，王云以篆刻开路，主攻书法，兼治丹青之事，在国内声誉鹊起，引领青海书坛二三十年之久，成就和影响力不下先贤李德渊先生，本文专就王云先生书法的价值和意义做一番研究和探讨。

王云，汉族，青海西宁人，祖籍湟中区李家山。生于1945年12月，卒于2020年2月，是继李德渊之后青海省成就最为卓著的书法家，曾任中国书协二、三届理事，青海书协主席、名誉主席，青海印社社长、青海昆仑书画院院长，书法篆刻作品曾入选全国第一、二、四届书法篆刻展，第一、二、三、四届全国中青年书法篆刻展等，多次参加中日、中新、中韩国际书法交流展。出版有《王云书法篆刻展》《王云书法篆刻集》《王云书法斗方精品集》等书画篆刻专集。《书法》《中国书法》《书法报》等纸媒均曾刊发专辑介绍，中央电视台做过专题报道，曾在中国顶级的艺术展示场所中国美术馆、荣宝斋美术馆举办个人书画篆刻展，对青海文化艺术界具有拓荒凿空的意义。

晚于李德渊先生（生于1898年）半个世纪的王云先生（生于1945年）活跃于中国书法界四十多年，几乎登上过改革开放伊始中国所有的书法展台，成就斐然，不仅是青海书法的一代大家，也是国内书坛中流砥柱式的人物。其书法以魏碑为基调，取赵之谦之遒密，王铎之雄强，黄山谷之大开大阖，米芾之险绝，擅取消化，熔铸一炉，更从日本前卫派、少字派书法以及当代篆刻中汲取营养，形成了强烈的自我风格。

自清季中期阮元倡导碑学到清中后期的碑学大兴，一股赵董软美的末流习气,至清末民初碑学达于极盛,风气崇尚赓续近二百年,流风所被,青海书法自然无法逃脱时代风气的笼罩。20世纪民国早期到八九十年代,青海书法家研习魏碑蔚然成风,然毕竟视野促狭,多循取赵之谦、张裕钊等近代书法风尚,几乎从无研习猎碣权量、北魏墓志、南碑两爨,进而淬炼自我风格的书法家。

青海的书法历史既短,积淀也薄,民国之前,难以端倪本地地域性书法风格的传承脉络,帖学一脉本来就没有扎下太多太深的根须。民国时期迄今,碑学渐兴,代表性的书法作品多见以气势见长,少见胎息钟王、以韵取胜的作品,这也符合文艺发展的一般性规律,地域性书风的形成是书法这一文化品类生成、传播、发展中的普遍现象,它是地域文化特征的一个有机组成部分。历史上的各个时代、现今的全国各地都存在这种现象。青海书法却在碑帖交融的缝隙里找到了一点生存缝隙,在素来被视为主流正统书风的魏晋风度、钟王逸韵而外,青海书法家在碑学和宋明书法中找到属于自己的艺术语言,王云先生即属于这样一位最具代表性的人物,一位堪视之为青海高原地域性文化象征的才情卓著的书法家。

王云先生的书法早年受父亲影响研习馆阁体、魏碑,嗣后眼界渐宽,于赵之谦、王铎、黄山谷、米芾、于右任都下过不少工夫,兼取了宋明书法尚意的特质,其实魏碑"尚气尚势"的美学主张与宋明时期某些书法大家的审美自觉多有暗合,而青海粗犷直率的世风民气也浸润了本地书法,在王云书法中的表现尤为显著。

对书法经典的广取博收、熔铸一炉说起来简单,其实艰难,"入帖易、出帖难"就是一个很难攀越的瓶颈,突破瓶颈的书法家少之又少,更多的是描摹酷肖,自以为得道,或者食古未化贸然创新,其所谓的创新本质上是未经充分消化吸纳的嫁接和拼贴。在现实名利的诱惑下，多数书法家们用心于在最短的时间里能入选国展的次数和等级，但遍览各种国展级别的书法展，令人心旌摇动的书法作品仍然很少。王云先生以自己的勤奋和天资禀赋，精准地把握了赵之谦、黄山谷、王铎、米芾形质特点与精神气息，淘百家米，熬一锅粥，终成自己家数。能达到王云先生这种程度消化吸收、融会贯通的书法家，在当代书法家群体中为数寥寥。

涵养字外功夫是通达本源、升华精神境界的关键，王云先生不唯下大工夫对书法经典的选择性深研，也注意对篆刻、国画姊妹艺术的旁取，其作品章法的超然独立也是他勤学善取的一个例证。

在他最擅长的行书作品中，无例外地极力强调黑白、疏密、润枯、正的对比和变化，而且这种强调几乎到了夸张的地步，以至于个别观者以狂怪目之。此外，他将国画的留白理念和篆刻中计黑当白的笔墨布排、强化疏密对比的章法布局吸引到书法创作中来，形成了极具视觉冲击力的书法风格。笔墨当随时代，书法作品在形式上的丰富性有助于被现代人的审美所接纳。

笔者曾经多次亲睹先生作书，他执笔的方法既非普遍的五指执笔法，也非标准的拨镫法，因他执笔高管，达于笔管中间偏后段，腕部稍稍向内旋扣，迥异他人，笔者认为受到了何绍基回腕悬笔法的启发。素纸乌墨，长锋羊毫，高管执笔，任由王云先生纵横捭阖，擒纵自如，该过程就极富感染力，观者无不感觉摄魂夺魄、心悦诚服。曾有书画家现场观摩王云先生创作后赋诗一首："灵气迸发集笔端，一阵风雨满纸烟。笔飞墨舞龙蛇走，犹似钟张下尘凡"。

王云先生就是这样一位天资卓越的艺术家。即笔者所知，现今所谓的书法家多如过江之鲫,但真正符合书法家标准定义的寥若晨星。一个书法家真正意义上的成功需要综合多方面的要素,比如卓异的艺术天分,勤勉的临池研习,扎实的笔力,触类旁通艺术门类之间的自如转换和相互营养等等,最关键还是悟道出帖的能力,王云先生即是一位符合上述标准的书法家。

王云先生书法探索与创作的成功,如果单纯而机械的书法源流与传承的视角来探讨其成就,肯定失之偏颇,不免盲人摸象之失。王云先生书法风格的定型,更多的内在机理在于艺术家个人性情的孕育。家学渊源固然带给他艺术早慧,不同俗流的文化视野和精神气象,西部青海高原博大沉雄的山川地理,和而不同的民俗风貌以及热情奔放的人文精神共同锻造了其情感世界,也逐渐抟塑了王云书法热情豪放中又不失轻歌曼舞的性情表达,正如清代刘熙载所言:"寓刚健于婀娜之中,行遒劲于婉媚之内。"

自20世纪80年代中国社会改革开放,意识形态松绑之后,中国书法也结束了封闭状态,有了与中国台湾、日本、韩国书法家们频繁交流的机会,当时虽然中国大陆的书法家具备书写技巧和传统文化经典相对深厚的优势,但是艺术理念的僵化和落伍也是不争的事实,因而在日本书法的反作用力之下,大陆的书法家们进行了许多有关书法创新的尝试。

历史上中国文化对东亚诸国的影响达千年以上,譬以日本为例,日本将书法称之为书道,平素不大注意外域书法的人可能会产生错觉,对中国书法与日本书道这两个概念不能准确理解,以为只是称谓上的不同,其实早在二战结束之后,日本书法已经呈现出与中国书法分流的鲜明特征,最主要的精神特征是比中国近现代书法更强调个性化抒情,中国书法则历来偏重临帖的基本训练,强调对于传统的继承,特别是近代基于原创力的匮乏,长期处于挣脱馆阁习气的努力之中。

木心先生曾经对比中日当代书法,他说:"日本书法婢学夫人,总不如真的。言现今中国书法曰:婢作夫人,婢婢交誉,世亦誉之"。木心先生此言,大体是当今书法的确实状况,很概括且不失幽默。其实这里面也存有偏见——日本书法的创新意识、抒情欲望都值得我们借鉴,而这种书法理念确实反过来对20世纪八九十年代的中国书法施加了积极影响,自然王云先生的书法也在受影响之列,比如他特别重视书法作品的视觉冲击力,为此往往刻意用心琢磨章法、形式。对当代书法而言,视觉冲击力是书法审美的一个重要时代特征。

王云先生对书法作品形式上的有意识探索和尝试,在其单字作品、少字数斗方形式风格的作品中呈现得最为明显。观察他许多单字的作品、少字数的斗方作品,对黑白虚实的强调,对浓淡润枯的铺排有致,俯仰揖让的处理,如同精心刻制一枚篆刻印章般认真经营,达到了形式美与内涵美的有机统一。

毋庸讳言,先生晚年书法笔力更健,但涵泳的浪漫精神有所衰减,这是每一个功成名就的书法家都要面对的周期性难题。在功成名就之后,如何摆脱物质的巨大诱惑,保持诗性的思维方式和浪漫的精神情怀,是每个成功的书法家必定要面对的阿喀琉斯之踵。

笔者以为,王云先生晚年的书法比较他六十岁左右时创作的作品感染力有所弱化。通过参酌许多书法家的艺术履历,笔者觉察到为数不少的书法家在晚年艺术创作力普遍衰退的趋势,对此,笔者的思考其一是随着书法家逐渐步入老年,其浪漫精神的衰退,反映在作品上面,随机迸发的诗性情绪在消退;其二是书法家都要面对的名利之关,当前书法家们都面临着巨大的利益诱惑，过度商业化的操演必然会使其作品原有的艺术审美价值逐次冲淡流失。许多当代书法名家一遍遍向我们演绎印证了这样一个滑落过程。

南朝书法家王僧虔在《笔意赞》中说："书之妙道，神采为上，形质次之，兼之者方可绍于古人。"王云先生的书法成就在当代书坛已有共议，对当代青海书法的贡献亦毋庸置疑，能不能"绍于"古人，宜留待时间沉淀，仓促作盖棺之论不免草率，我们还可以肯定的是先生对于青海当代书法的意义，在他的参与与擘画下，青海书坛近二三十年来显然拉近与齐鲁江浙等人文荟萃、书法发达地区的高度差，其个人书法深刻影响了青海近半个世纪的书法审美趋向和地域性书风，是青海文化史上一位卓有书法现代性精神探索的成就卓著的书法大家。

谢彭臻，60年代生于青海乐都，现供职于国网西宁供电公司实业总公司，喜欢古典诗文，著有古体诗集《鸦巢吟草》；书法篆刻作品多次入选省部级展览，并入编作品集。文学评论及文化随笔多篇发表并入选作品集。青海文艺评论家协会理事，海东市文艺评论家协会副主席，青海省棋类协会监事。

民族伟大复兴征程上的深情赞歌

魏 辉

"征程:迎接庆祝党的二十大胜利召开书法大展"目前正在中国国家博物馆热展,展出的书法作品集中凸显了"以人民为中心"的艺术创作理念,将文学叙事与艺术抒情相结合,生动体现了当代书法家用艺术创作弘扬正声、续写新时代精神图谱的创作成果。

党的十八大以来,中国特色社会主义进入新时代,"为时代画像、为时代立传、为时代明德"成为广大文艺工作者的社会共识。此次展品的艺术创作主题凸显了书家深入基层、扎根人民、紧贴时代、述文作书的文艺创作理念。如王厚祥通过采访塞罕坝林场工人陆文龙、徐财,撰文书写半个多世纪以来,一代代塞罕坝人的奉献精神与伟大功绩,诠释了"绿水青山就是金山银山"的发展理念,继而创作了《绿色奇迹——塞罕坝》,文章内容与书法作品相互映照,共同展示出"时代楷模"群体的丰功伟绩与时代精神力量;张晓东通过采访撰文并书《中国航天员群体赞》,为时代英雄唱出深情的艺术赞歌；陈明之通过采访撰文并书《一曲无声润心田》，礼赞"时代楷模"曲建武的师表模范；等等。展览中的每一幅书法作品都从不同侧面反映我们光辉时代这一主题，闪烁着各自不同的风采。

从艺术创作形式与内容表达的统一性来看，展览作品中不乏情感饱满、形意融汇的典范之作。比如方放通过笔法流利轻灵的行草书书写创作的《北京大兴机场正式投运》札记，灵动的线条中透出凤凰展翅的飘逸趣味和民族自豪；甘文峰通过奔放连绵、激动跌宕的草书创作了《追怀黄文秀》，作品中闪耀着"时代楷模"的人生热情与她那短暂的青春光彩；乔延坤通过犹如点点繁星的章法书写形式，以安静的汉隶小字书体为"点亮山乡的'火种'"的山村小学教师、"时代楷模"张玉滚画像，也正是因为有千千万万像张玉滚这样的山村教师默默坚守和无私奉献，我们今天的乡村教育事业才有像繁星璀璨的美好图景。艺术创作要反映时代发展、弘扬时代精神、体现时代价值。此次书法大展以"征程"为题，深耕时代主题、书写民族精神，充分展示了人民性、时代性与艺术性融合的创作特征。展览从思想理论、伟大人民、精神谱系层面，交织书写新时代国家和人民精神风貌，续写新时代新征程中的民族精神光彩。通过展览作品也能够看到老中青三代书法家用"书写镜心"与"小楷释义"结合的创作形式，以饱含深情的笔墨续写时代精神、传递伟大力量。如王玉池书《红岩精神》、夏湘平书《抗洪精神》、权希军书《照金精神》、张锡良书《延安精神》、段成桂书《王杰精神》、邱振中书《特区精神》、吴善璋书《脱贫攻坚精神》等等，作品都散发着催人奋进的时代精神力量。

习近平总书记指出："文艺创作方法有一百条、一千条，但最根本、最关键、最牢靠的办法是扎根人民、扎根生活。"此次展览中有众多书法家深入基层、厂矿、农村田间、大山深处,甚至祖国边境,走访英雄人物和时代楷模进行创作前的生活体验。王研充在代表参展书法家发言中讲到自己赴新疆塔城裕民县边境探访"时代楷模"魏德友老人的经历,行程近2000公里才与魏德友老人见面,聆听老人亲口讲述他的守边生活。

从展出作品中我们感受到的不仅仅是这些书法作品本身的艺术魅力、鲜明的文艺创作思想和时代精神力量,更可贵的是,透过作品背后的故事,让我们看到了创作者对习近平总书记提出的文艺创作要"扎根人民、扎根生活"指导思想深入践行的实际行动。

(原载《中国书画报》2022年8月24日)

魏辉,青海师范大学副教授,博士后,硕士生导师。在专业学术期刊、高校学报发表学术论文数十篇,作品被中宣部"学习强国""光明网"等网络文化平台推介。曾出版学术专著《北体南韵——唐寅山水画研究》《古质新妍——书法篆刻在现代平面设计中的审美形式研究》《古代山水画点景艺术史论》《宋元山水画点景研究》,现为中国文艺评论家协会会员,青海省文艺评论家协会理事。

音乐篇

YinYue Pian

遇上您是我的缘外缘

——昂旺文章歌曲评述

辛秉文

我受父亲对文化的痴迷影响，自幼就爱好文学艺术，面对有文化有涵养有成就的学者，更是无比敬重。昂旺文章先生是我非常敬重的一位学者、诗人、词作家、电视艺术家。

对于昂旺文章先生的敬慕，源于他写的歌曲《妈妈的羊皮袄》（扎西多杰曲）。当亚东将《妈妈的羊皮袄》唱遍草原山川大街小巷时，藏族励志语言——"帐篷前妈妈望穿的岁月，告诉我勇敢向前。"深深烙在我的心里，比藏族谚语还要好记易唱。

后来，我又听到尼玛拉毛演唱的《美丽的玉树》（扎西多杰曲）和容中尔甲唱的《牧人》（扎西多杰曲）《美丽的姑娘》（扎西多杰曲），那种轻柔的旋律，悠扬的声调，梦境般的召唤，对我来说是一种巨大的诱惑。在歌曲创作方面，我较为偏重词作，我常认为词作的高超意境能点燃作曲家的灵感，能触动作曲家的音符神经，于是那些草原歌曲对我的牵引，逐渐变成了我对昂旺文章先生的崇拜。

2005年春节，一位曾经在玉树工作过的乡亲给我说：昂旺文章先生因车祸丧生了。我听后，非常悲哀，甚至在很长一段时间都不能恢复自己的情绪。2006年，当我看到藏族歌手央金兰泽演唱歌曲《遇上你是我的缘》（昂旺文章词、才仁巴桑曲）《我愿》（昂旺文章词、才仁巴桑曲）等时，心中猛然升起希望。于是，追寻词作家昂旺文章和作曲家扎西多杰、才仁巴桑都是我的方向。

再后来，他们都成了我非常敬重无话不谈的良师益友。

我为何为这般崇敬昂旺文章先生？

那是因为昂旺文章先生有很多值得我学习的品质和高度！

低调身态与阳光乡恋

小时候，常听母亲讲到"满瓶子不淹，半瓶子咣当"（意为：满瓶子不溢，半瓶子翻腾）。自然界的现象告诉我们：麦穗成熟，自然低头。

这些年，我接触了很多国内外的文化艺术名人，他们很谦虚。很多年长于我的学者都称我为"辛兄"或"秉文兄"，这本身就是用低姿态做人做事之象。由此，我相信层次越高的人越是弯下腰，用谦和谦卑谦恭之态势为人处世，而昂旺文章先生就是如此！

在我们身边，很多人都不知道别人真正的难处和隐私，不了解很多事情都有其不同境遇的背景和前瞻预测，常常将自己的主观意见强加在别人身上，太过于片面性、普遍性与随意性。然而，每次与昂旺文章先生见面，或者电话谈事，必定谦和有加。对于我们所谈到的问题，也是探讨探索性的商榷，而非刚愎自用或气粗武断，这种处世与处事态度是辩证唯物主义的基本特征。

昂旺文章是地道的青海玉树人，从小生活在草原上，这里草原辽阔，山高沟深，雪山湖泊众多，江河纵横交错，牛羊满山，牧歌悠扬，歌舞欢腾，所处的自然环境和民族文化给了他创作的滋养。

　　昂旺文章先生写的歌词中，绝大多数都带有浓浓的乡恋情结，这种乡恋不是乡愁，而是很阳光地赞美家园。如《美丽的玉树》中写道："美丽的玉树，是我的家乡，这里的草原宽阔无垠，这里的歌舞竞相争艳，这里的人民奋发向上。啊，我们团结协作，把玉树建设得更加美丽。富饶的玉树，是我的家乡，这里的花朵鲜艳夺目，这里的资源丰富多彩，这里的人民开拓进取，啊，我们自力更生，把玉树建设得更加富饶。"这首歌词用平铺的言辞赞美家乡，是励志歌曲，经过作曲家扎西多杰先生的精心创作，再加上歌唱家尼玛拉毛的演唱，使这首歌变成了与众不同的家乡赞歌，也成了经久不衰的玉树宣传代表作。对于歌曲《妈妈的羊皮袄》《牧人》无须再详释。

情感对话与灵感捕捉

　　音乐是情感的流露，也是思想的展现。歌曲在情感表达方面，以个人或他人或众人的视角，用自身言词表述对己对人对物对事的情感。情感对话是人类表达情愫的常态，但是能把话说得很巧妙很到位很有艺术性是非常难的事情。在很多时候，我们甚至连话都说不清楚，听不明白，内心絮语阐述常常会产生一定的难度。语言表述不清或者不是太清楚，那就是思路、思维和语言表述能力有欠缺了。

　　情感对话的台词或歌词都需要艺术性，这种语言不像通常所说的得那样随意，必须要有严密的逻辑性，并将情感对话的言辞写成简短的歌词，是一项非常大的工程，那需要非常深厚的积淀和底蕴。

这些对于昂旺文章先生来说，如若巧妇煮饭，任意左右。如《遇见了你》（曾健曲）："偶然之间遇见了你，欧拉依哟，挥手之间离开了你，欧...拉依哟，不知道爱的滋味需要慢慢品尝，不知道情的牵挂需要刻骨铭心。""遇见了你，就不该离开你，不再和你擦肩而过，偶然之间遇见了你，欧拉依哟，挥手之间离开了你""遇见了你，就不该离开你，不再和你擦肩而过，遇见了你，就不该离开你，永远和你在一起"。

对于怀春女孩和钟情男孩来说，眼缘是常有的事。人生是一趟单程车，有很多事情都是一瞬间，错过了就很难回到从前。昂旺文章先生将这种日常生活中的感觉捕捉得非常到位，并且用简单的言辞表述了遇见的瞬息，看似只是"偶然之间"和"挥手之间"，但却"不知道爱的滋味需要慢慢品尝，不知道情的牵挂需要刻骨铭心。"存留在心里的遗憾是"遇见了你，就不该离开你，不再和你擦肩而过，遇见了你，就不该离开你，永远和你在一起"。这种感觉极大地激发了作曲家曾健的灵感，再让歌手央金兰泽用独到的声线演唱，效果非常好，也变成了人生怀旧经典歌曲。

再如歌曲《爱的思念》："蓝天有多高，问一问天上的云；河水有多长，看一看河边的沙""蓝天有多蓝，问一问无边的海；河水有多清，看一看眼中的泪"歌中将"蓝天"与"云""海"，"河水"与"沙""泪"，逐步流向"远方的爱人"，希望"这爱的思念流淌的歌""夜夜荡漾在你的身旁"，并"让它的舞步踩着月光，把我的梦从天涯""牵到你的身旁"。歌曲情感的纯度堪比"泪"，容不下半点沙粒。

歌曲《遇上你是我的缘》亦如此。

空灵手法与灵魂高度

我认为昂旺文章先生的词作是具有很高超的空灵手法和在灵魂深处挖掘资源的高度。如歌曲《布达拉》（曾健曲）："轻轻地让我转动经轮，只为触摸这大地的心跳；轻轻地让我把祈祷放飞，只为以爱去沐浴生命的感动。""久久地让我凝视佛塔，只为聆听那岁月的风霜；久久地让我把热泪亲吻，只为以心去拥抱黎明的太阳。""布达拉，布达拉，高高的布达拉，你容纳了人间千言万语的倾诉，你拧干了心灵反反复复的欲望，你放飞了岁月刻骨铭心的祈祷，你锁住了天地长长久久的爱恋，布达拉，布达拉，高高的布达拉，高高的布达拉。"

藏传佛教在藏族人民中具有很强的文化属性，紧密联系着人们的文化生活艺术和社会伦理道德领域，是藏族传统文化的核心精神，也是人类社会文化现象之一。藏族传统文化中始终贯穿着"众生平安吉祥"的利乐生存理念，对于广大的藏族信教群众来说，藏传佛教在不断地塑造着他们的精神面貌、文化观念和生活态度。如歌曲中所写，人们围着布达拉宫，满怀希望地轻轻转动经轮，用真诚的心放飞心中的祈祷。一千多年来，世世代代的人们在风云雨霜中凝望，不断不停地将心间的一切烦忧和心愿倾诉，这里昂旺文章先生用"容纳""拧干""放飞""锁住"四个词将布达拉在人们心中的社会功用性刻画得非常精准，这几个词既具有跳跃性动感，又具有画面感，将思想射线从自身弥散向社会群体，却又回归到每一个演唱者和听众者的心境，这是历史、真理、伦理和现实的反映。

我去过布达拉宫，也去过大昭寺，每天都有很多人围着宫殿或寺院顺时针转，这种宗教信仰行为在藏族聚居地属于平常举止。

但将这种信仰行为写成一百多个字的歌曲表述，用简短的文辞写明白灵魂深处的高度，升华成能表达民众的心声，那需要更为高超的空灵手法。多少年来，以布达拉宫为主题的歌曲很多，而唯独这首歌曲独占鳌头！

岁月沉淀与人生格局

多年来，昂旺文章先生创作了近千首歌曲，其中很多歌曲曾成为了社会主流歌曲，如《美丽的玉树》《美丽的姑娘》《牧人》《妈妈的羊皮袄》《遇上你是我的缘》《我愿》《爱琴海》《爱的怀念》《爱的思念》《遇见了你》《布达拉》等等。为亚东、容中尔甲、阿勇泽让、央金兰泽、谭维维、阿鲁阿卓、黑鸭子演唱组等众多歌星的艺术历程中频添了几多巅峰，这些歌曲多次获得国内、省和州大奖，其中《妈妈的羊皮袄》等几首荣获了"五个一工程奖"。

在我眼中，这些经典作品是人与人、人与社会、人与自然关系的途径，将通常的概念语言彻底概括出人们从心底期待的歌，是给心灵风景楔入了生命特质的另一种呼吸。

我常认为：真正的诗歌，是滞留在生命情感的精神，而非简单停留在眼中的某处风景。昂旺文章先生的很多歌词从境、情、志、识入手，突出了境非景物，情却真情，志在表愿，识归共鸣。如《爱琴海》原为成都爱琴海音影公司写的单位歌曲，超越了很多地方区域单元的写作手法，歌曲的影响力变成了大街小巷的很多商铺名徽。著名作曲家徐沛东说："音乐文学的质量决定于歌曲作品的质量。"

藏族人信仰身、口、意"三业"修行，简言之则为：说好话、做善事、心术正。仅此而言，昂旺文章先生达到了非常高的境界，他的歌是歌颂祖国歌颂党，赞美家园赞美人，表达心愿解烦忧，为社会带来了幸福和谐，为人们带来了舒心快乐。而他本人不骄不躁、不浮不夸，用平和的目光看待一切，用善良的心境对待一切，用坚韧的个性执着一切，犹如他的歌曲内容中天、地、人、情、志、识的空间维度构图，这就是岁月沉淀出来的品质精华，就是他"有泪不轻弹"的人生格局!

柏拉图碑文体诗："岁月承担着一切，漫长的时间知道怎样去改变一个人的名声、容貌、性格和命运。"

很多时候，我认为昂旺文章先生是青海文化现象的飞跃!

（原载《群文天地》2022 年第 1 期）

辛秉文，男，青海乐都人，现为青海省艺术研究所研究员，全国艺术科研项目规划评审专家组成员、青海省群文职称评审委员会专家、中国音乐家协会会员、中国舞蹈家协会会员、中国文艺评论家协会会员。

执着于生命信念的守望
——听环保歌曲《难忘可可西里》有感

辛秉文

听到环保歌曲《难忘可可西里》首发,以迫不及待的心情急切聆听,反复聆听,再分析词、曲、演唱以及编曲、迷笛制作,有一种满满的感动。这种发自内心的感动,让我想到了电影《冰山上的来客》中的插曲《冰山上的一朵雪莲》"你的友情像白云一样深远,你的关怀像透明的冰山,我是戈壁滩上的流沙,啊⋯⋯任凭风暴啊,把我带到地角天边"。

在可可西里自然保护区内雪山林立,湖泊纵横,矿产资源丰富,多重地貌是多种野生动物的天然乐园。绿色、循环、持续、统筹的生态环境是人类社会赖以生存发展的重要条件,保护环境,人人有责。

习近平总书记说:"绿水青山就是金山银山!"拥有"中华水塔"的青海省对于三江源环保治理势在必行,锐不可当,从这首生态歌曲可以看出，青海省政府部门对环保工作的重视程度。

很多歌曲在创作时，首先要有好的歌词，优秀的歌词能激发作曲家的灵感，能触动演唱者的情感，让群众心灵得到共鸣。

从这首歌曲的歌词创作而言，诗人尼玛江才站在可可西里环保工作者的角度，用最平淡的语言，诉说了心愿："我和可可西里结下了生死之缘，她是我生命的江河源，是我故乡的美丽少女。"作为常年在可可西里自然保护区的工作人员，虽身处人迹罕至、野兽出没、恶劣气候、高海拔等严重境遇，却用一颗赤胆诚心热爱着这片土地，就像生命里流淌的血液，就像初恋的美丽少女，既是生命延续的源起动力，又具有情感炽烈的梦幻活力。

在诗人尼玛江才眼中，在环保工作者的眼中，可可西里自然保护区是"蓝天白云相恋，太阳湖落霞流金，那里是动物的欢乐谷，是我长江的彩虹家园。""藏羚羊回望，野牦牛欢奔。""弯弯的泉水，草尖上歌唱。"所有的艰难险阻和风云雨雪都绘成了自然唯美的经典画面，展现着可可西里自然保护区的生态景象，也是具有生态保护的战略意义。诗人又将笔锋一转，把难忘、怀念、思念、留恋等情结轻轻吐露，深情回旋成环保人的心声："难忘可可西里，难忘可可西里""雪山上一条巡山的险路，这就是我们环保人热爱的歌。""荒野上一条巡山的天路，这就是我们环保人心灵的歌，心灵的歌。"

"雪山""荒野"上有一条巡山的"险路""天路"，这意味着什么？这是一条冒着生命危险的路，也许是一条"不归路"，但可可西里环保人依然坚守信念，让生命化成一首"热恋的歌""心灵的歌"。战胜困难不仅仅靠的是力气和智慧，更多的是执着和信念，当我们拥有一颗坚定的信念，即使再大的困难，也会变成一首首欢乐的歌。

歌词情真意切，饱含坚守的决心、信心和壮志，情到深处自然流露，这对于资深作曲家罗泽先生来说，无疑是保护家园的强烈呼唤和音乐创作的感官刺激。

罗泽先生是著名的作曲家，我特别喜欢他写的《天上的仙女》《吉祥和仙鹤》《月光下的布达拉》《姑娘次仁措姆》《思念》《雪山姑娘》等歌曲，这些歌曲在整个藏族地区堪称经典曲目，也荣获了很多奖项。

罗泽先生出生在牧区，对于可可西里自然保护区的自然风貌是镌刻在灵魂深处的故乡。歌曲《难忘可可西里》中，罗泽先生采用六／八拍，音乐结构中的强弱规律为"强弱弱；次强弱弱。"这种节奏型演唱这首歌曲，如泣如诉，如歌如吟，与胸腹式自然呼吸相偕，同情愫相惬。歌曲前奏部分用小节强拍音符"6 6 b7 5 6 4 3 2 6"展开旋律发展，加之女声合唱渲染，这样的音乐结构让整个歌曲很平稳，防止了深情乐句中音符的跳跃性。主歌部分用小调式，使歌曲旋律线行进在和谐音程区间，结束部分旋律又转落在五声商调式，从 6 到 2 用纯四度和谐音程，使这首歌悲切而不低沉，向往而不迷途，有活力而不张扬，有动力而不爆发。

罗泽先生用十个乐句二段体式结构，即：引子+A+B。完成了整首歌曲旋律曲式的"起承转合"，突出"环保人心灵的歌"。写这首歌曲时，他用满腔热忱和泪水凝结成晶莹剔透的音符，将可可西里自然保护区与歌词、作曲和演唱汇成一个不可分割的整体，这很符合罗泽先生的脾性——要做就做最好！

歌曲《难忘可可西里》采用大型交响乐伴奏，配器方面用小提琴、大提琴、圆号、大鼓、低音鼓、钹、锣、长号等多种乐器烘托出可可西里自然风貌的背景，疑似狂风暴雨下可可西里环保工作人员巡山的情景再现。加入女声合唱引子和伴唱楔子，让具有野性的可可西里地区焕发出母体的思维,让歌曲首尾呼应,旋律与意境回旋,映衬"是我生命的三江源,是我故乡的美丽少女",点出主题"热恋的歌",也是"心灵的歌"。

在我的印象里,张林属于"慢温性"的歌唱家。何为"慢温性"?那是因为张林的从艺经历具有周期长、频率高、故事性、戏剧性的奇异曲线。幼年的张林凭着身高马大的康巴汉子块头和对汽车的热爱,有过修理工、汽车司机、养路段工人、公安干警、州安全局等工作经历,一次卡拉 OK 比赛获奖的机会和欣喜,让他迷恋了音乐。随着时间的推移,他对音乐的痴迷程度达到了让很多人难以接受难以想象的程度,他甚至放弃了优越的工作条件和工资待遇,最终选择了提前退休,专修声乐的道路。自此后,他开始自修声乐大师温钶铮的声乐教材,练声唱歌成了他每天的必修课。2012 年,他自费去西安音乐学院拜在郭钶教授(现任中央歌剧院低男中音)门下,系统学习音乐专业知识和声乐演唱技能四年,后到西藏大学去拜我国著名的男高音歌唱家多吉次仁为师,静心学习。期间,还不断去中央音乐学院、上海音乐学院、青岛、成都等地学习交流。多年的人生历练和声乐研习,让张林对歌曲演唱的情感处理、气息把握、情绪控制和舞台演唱等方面有了自由收放的能力,尤其在唱这首歌的时候,他用敬畏之心,内含深情地演唱着这首歌,歌声中充满忧伤,也充满了向往。磁性声线中将可可西里环保人的执着坚定信念层层绽放,特别是第一句"我和可可西里结下了生死之缘,她是我生命的江河源,是我故乡的美丽少女。"的表现力,给人一种先声夺人的感觉,继而又怀念地唱起"雪山上一条巡山的险路,这就是我们环保人热恋的歌。"到二段的时候,张林对歌曲的演唱发生了变化,在第一段忧伤怀念的基础上,拓展了声音的厚度、广度和亮度,用坚毅豪迈地唱道:"这是我们环保人心灵的歌"。

在我看来,好歌就应该大家分享,好歌就应该留给世界,好歌也自然而然会经受得住时间的检验!

(原载 2020 年 11 月 6 日《青海日报》)

初心不改　勇于创新
——谈王建忠音乐作品的创作艺术特征

苏　娟

王建忠，青海省著名作曲家、音乐教育家，截止到目前共创作了交响曲1部、歌剧3部、舞剧3部、交响合唱2部及艺术歌曲和广播剧、电视片音乐等大量的声器乐作品近500首。他的作品题材丰富、体裁多样、曲式严谨、风格独特、手法洗练、情感细腻、具有浓郁的地方特色，他倾尽一生，为青海文化艺术的繁荣发展做出了卓越的贡献。

一、童年的耳濡目染，丰富的民间音乐是他创作的重要源泉

王建忠先生出生于素有"高原小江南"之称的青海省贵德县，那是一个山清水秀、景色宜人的地方，"花儿"、社火、眉户和皮影戏等民间音乐的表演，深深地打动了这位有潜在音乐细胞的少年的心，像众多喜好热闹的孩子们一样，跟着社火队伍转，从白

天到夜晚，打动他的不只是热闹，还有那动人的节奏和荡人心扉的曲调。贵德的社火不像别处的"走社火"，每个队伍都有小调的演唱和眉户小戏的表演。而不演社火的时候，每当农闲夜幕降临的时候，他就去邻村看当地的皮影戏把式孙子彪表演的皮影折子戏。那栩栩如生，逼真动人的唱念做打俱全的表演与发自内心苍劲雄浑的唱腔深深滋润着他幼小的心灵。儿时的王建忠也是幸运的，因为身为小学校长的父亲，不仅会拉板胡、二胡，也会演奏手风琴，闲暇时间，在炕头或院子里，父亲常常会兴致勃勃地拉起乐器，于是，在那个年代流行的歌曲，民间小调《满天星》《柳叶青》，曲艺戏剧中优美动人的旋律从父亲的指间流淌出来，犹如涓涓细流滋养着少年王建忠的心，深深拨动了他心上的那根音乐之弦，使他从儿时就与音乐结下了不解之缘。极大地丰富了他的童年生活，所以从他的许多作品中我们能够品味到浓郁的乡土泥土气息和独特的故乡情愫。他说："不管我在哪里工作，每年我总要抽一些时间去草原牧区、农家小院收集民歌，了解当地的风土民情，每次下去都有一些新的感受和收获。这样做的目的只有一个，那就是为了丰富自己创作的语汇。因为生活是艺术取之不尽，用之不竭的源泉，要想创作出真正为人民大众所喜闻乐见的作品，没有深厚的生活基础是不行的。只有将自己深深植根于生活的土壤，以青海的民族民间音乐为自己音乐创作语言的母体兼而吸收其他省份民歌的精华，才能不断地充实和完善自己。"

20世纪90年代初期，他为五场大型音乐舞蹈诗画《雪山魂》写的一首女高音独唱歌曲《雪莲之歌》，乐曲一开始运用青海藏族民歌的写作手法，用自由悠长的引子主题，小颤音、倚音和富于华彩装饰的旋律的使用，La—MI—Sol—Re—MI—Do—Re—MI—MI—Sol—La—Re—MI—Do—Re—La—La—Si—La—Si—

MI—Sol—La—Re—MI—Do—La—La。雪山草原、蓝天白云、骏马奔驰的美丽景色随着引子的主题浮现在听众的面前，留给人们无限遐想的空间。整首歌曲是由引子（10）+A+B 三个部分组成的并列单二部曲式。第一乐段由起承转合的四句乐段组成，其结构为：a(5)+b(6)+ 连接 (2)+C(4)+d(5)，由于该乐段标明藏语演唱，加之变拍子使用，更富有青海藏族民歌的特色。第二乐段较之第一乐段情绪较为欢快，速度由第一段自由辽阔的慢板变为稍快的中速，节拍也由第一乐段的变拍子改为固定的四四拍，两个乐段无论从速度、力度、节奏节拍等音乐要素都形成了鲜明的对比但两个乐段使用了同宫系统守调，都在 E 羽音上结束。众所周知，羽调式是青海藏族民歌常用调式调性，调式调性的统一使得这两个乐段既有对比又有统一。而特别值得一提的是，整首歌曲变徵音（#4）和变宫音（7）构成的七声音阶，给人耳目一新的感觉。变徵音和变宫音的运用在西北地区的民间音乐也是一种常见创作手法，这种创作手法在这首歌曲的使用，更加增添了区域音乐的独特风格。

他的声乐作品《又见家乡桃花红》使用了"西北民间常用的四度框架"，第一乐句中的 La—Re—Re—MI—Re—Re—Do—Si—La—Re，第二乐句 La—Re—Re—MI—Re—Re—Do—Si—La—La，第三乐句 Re—Sol—Sol—La—Re—MI—La—Do—Si—La—Sol—La—Sol—La—Sol—Re，第四乐句 Sol—La—Re—Re—La—Sol—Fa—La—Sol—La—Fa—MI—Re—Sol—La—Do—Re，其中"La—Re、Re—La、Re—Sol、Sol—Re"都是上、下四度，它作为全曲音乐发展的贯穿元素，给你一种似曾相识的感觉，既有花儿音乐的音调，同时也有西北民歌的基音，让人听起来仿佛置身于西北高原上，粗犷豪放而不失温婉细腻，具有浓郁的地域音乐特点。

再如女声小合唱《春天在循化的眼睛里》由于该曲撒拉族民间音乐风味十分浓郁而深受撒拉族人民群众的青睐。歌曲首先使用了撒拉族常见的四三拍，整首乐曲旋律流畅、节奏欢快，充分体现了撒拉族人民热爱生活、勤劳质朴、能歌善舞的民族特质；引子运用撒拉族民歌常用的二、三度音程作为主题动机 Sol—La—La—La—Do—La 和它的严格模进 Re—MI—MI—MI—Sol—MI，一下子就把人们带进了骆驼泉、黄河边、草木苍翠、青山碧野、麦浪如海、瓜果飘香、柳绿花红的循化撒拉族自治县。其二，四分休止符的使用，是这首歌曲的撒拉族民歌风格的另外重要特征。如第一乐句中 2　1　0I5　3　0I 第二乐句中的 1　66　0 I5　66　0I 5　33　0I 2　33　0I，由于休止符的使用曲调轻盈跳跃、明快爽朗，具有撒拉族民间歌舞的特点。其三，该首歌曲的副歌部分，则使用了撒拉族花儿常用的二度、三度和四度结合的音调结构 Re—Do—La—MI—Sol—La，"艺术源于生活而高于生活"，王建忠先生音乐作品独特的创作风格是他童年的记忆和人生阅历的真实写照，生活磨砺和经验积累的智慧结晶。现任青海省音乐家协会苍海平主席这样评价："王建忠先生是一位多产的作曲家，他为人朴实正直、勇于探索，曲折的生活经历造就了他不屈不挠的性格，练就了他坚韧的品格，他勤奋好学，经常深入牧区、农村，如饥似渴地向民间汲取丰富的音乐素材，所以他的作品镌刻着高原人特有的气质。我和他在谈音乐创作时，王建忠也曾这样说："民间音乐、民族音乐是他进行音乐创作的重要源泉和不竭动力。"

二、严格的专业训练，深厚的作曲理论是他创作的必由之路

作为一个专业作曲家，王建忠先生明白，进行专业的作曲理

论学习和严格的作曲训练是通往作曲领域的必由之路。1971年高中毕业以后,他考入了青海省海南藏族自治州民族师范师资培训班,在短短半年培训中由于他学习成绩优异表现突出,被留校任音乐教师。留校工作以后,他学习了二胡、三弦和中阮等民族乐器。1978年学校委派他赴中央民族大学艺术系进修,1982年他考入西安音乐学院作曲系大专班,师从于我国著名作曲家杜勃兴教授(20世纪50年代毕业于中央音乐学院)、陈代霖教授(当代著名作曲家谷建芬的同班同学,50年代两人同时毕业于中国知名学府——沈阳音乐学院)、张大龙教授(70年代毕业于西安音乐学院并留校任教)等教授。值得一提的是当代中国著名作曲家赵季平先生与王建忠先生都曾先后受教于陈代霖教授,是同门师兄弟。

在西安音乐学院学习的两年中,他接受了良好的理论教育和严格的作曲实践训练,这为今后从事专业的创作道路奠定了坚实的基础。在此期间,他勤奋刻苦、悉心研读和欣赏世界著名作曲大师的音乐作品,观看各种音乐会。从中归纳出作曲理论的创作的规律及理论与实践相结合经验总结。现任西安音乐学院副院长、著名作曲家韩兰魁,谈到王建忠在西安音乐学院求学生涯时说:"建忠兄是当时作曲系里最刻苦、最好学的学生,他对音乐的那种苦苦追求令人佩服。"七百多个日日夜夜,王建忠坚持每天长达十六个小时刻苦钻研,以惊人的毅力修完了需要五年时间学习的作曲本科课程。他牢牢铭记下了一位老教授的话:"想要作好曲,先要做好人。"在两年的时光里,他究竟付出了多少心血与汗水,只有学校的图书馆知道,只有琴房里的那架钢琴知道,只有被留在学校并永久保存的优秀毕业作品知道。1987年由于他在青海作曲理论领域中的出色表现,从海南藏族自治州歌舞团调任西宁市歌剧团的专业作曲兼指挥。

《九九雁归来》是他创作于20世纪90年代末期的一首具有代表性的音乐作品。在这部混声四部合唱作品中他将和声、复调和配器等作曲理论发挥到极致。乐曲一开始，是由管弦乐队演奏的气势磅礴的引子，描写了澳门人民盼望早日回归祖国的拳拳赤子之情，就像大雁期盼回到母亲的怀抱一样迫切、热忱而执着，引子在^bE大调的主音上结束。接着音乐进入主体部分，速度为中速稍慢，童声的演唱仿佛天籁之音，音色纯净清新、明亮柔美，更加准确贴切地描写了澳门人民受到外国统治者不平等种族歧视的屈辱和强烈的归国思乡之情。第二部分速度由中速稍慢到中速，情绪有所转变，四部混声合唱的加入表现了全国人民期盼澳门早日回归的炽热之情，此处曲作者运用了向下属方向的转调手法，通过^bE大调的主三和弦是^bA大调的属三和弦，非常自然地转入^bA大调，而此时四个声部运用复调音乐写作的手法，通过衬词"啊"和"哦"的旋律演唱，此起彼伏、层次错落，具有很强的感染力和音乐表现力。第三部分歌词是："相逢不叹，旧时情欢，相亲不分，梦里梦外，九九艳阳天，九九好年代，九九雁归来，日月团圆天地康泰"这一部分主要运用四部和声写作的手法，音乐较之前一部分则更具时代感，乐段在SII—TSVI—D_7—T和声进行中结束全曲。这里他以六级和弦代替常用的终止四六和弦，音乐动力感更强，合唱在根音旋律音的进行中用稳定的主三和弦和降六级和弦的交替进行结束全曲。整部作品结构严谨、情绪激昂、和声丰满、配器新颖、手法简练、音乐形象生动鲜明，气势磅礴宏大，这部作品是当时国内反映澳门回归音乐作品中的成功力作。

《子夜吴歌》是王建忠先生于20世纪80年代初期根据唐代大诗人李白的诗创作的一首古风艺术歌曲。他一改古风歌曲中常用的独唱加伴奏的表演形式，采用民族乐队和声乐同时构思的方法，这种立体思维的创作方式使得乐器演奏与人声演唱更加融合、更加贴切，给人以浑然一体、水乳交融的感觉。前奏采用了具有古代音乐风格的旋律发展手法 Si—La—La—Mi—Sol—La—La—Mi—Re—La—Do—Re—Re，其旋律古朴悠远、苍凉凄美，不仅有中国古代音乐元素的继承，也有自己的发展与创新，充分体现了曲作者对不同音乐风格作品创作的理解、把控和写作能力。第一部分是 C 羽七声调式，由于变徵音和变宫音的使用，曲调更加深沉、凄凉、委婉、细腻。加之附点二分音符、二分音符、大附点等长音的大量使用，气息悠长、意蕴深远。第二部分采用转调的写作手法，情绪高昂、速度由慢板变为稍快板，表现"何日平胡虏，良人罢远征"的决心与信心，这与第一段歌词中"长安一片月，万户捣衣声，秋风吹不尽，总是玉关情。"的抒情旋律音调形成鲜明的对比，此时乐队中筝、笛齐鸣生动地描写了，在萧瑟秋风中边关守将仍坚守在岗位上保家卫国。第三部分转回七声 C 羽调式，清角与变宫音两个偏音变换自如，音域在高音区徘徊，情绪更加激动。这首歌曲中，采用了中国古代歌曲常用的三部结构的曲体构成原则，音乐发展又以中国传统音乐中常用的渐变和展衍为主要手法。

《卜算子·劲松》是一首男女声二重唱的声乐作品，该作品使用了古代歌曲常用的展开和贯穿手法，由于歌词是上下阕结构，上阕一开始曲作者运用复调的创作手法，通过男高音和女高音的二重唱，将"万木已凋零，独松不枯荣，笑对严寒冰百丈，傲视霜雪风"表现得惟妙惟肖、淋漓尽致，其音乐结构为：a(4)+b(4)+c(4)+d(4)。下阕音域在高音区，将第一乐段的音乐动机进行进一步地展开，其音乐结构为：e(4)+f(4)+g(4)+g(4)+h(4)，描写了:"浩气冲霄汉,幽香洒长空,天气万变色不变,悠悠永常青。"而最后一句"悠悠永常青"发展为三个乐句,体现了呈示、对比再现的作曲原则。

三、多彩的人生阅历,创新与突破是他创作的成功经验

创新是一个民族文化发展的不竭动力。理论是从事音乐创作的基础,也是从事音乐创作的重要依据,在王建忠先生创作的众多音乐作品中,我们不难发现这些作品既有理论的有效实践也有创作的创新与突破。经过不断地提高、不断完善和不断地创新,他的《折花椒》《祝福藏羚羊》《撒拉艳姑》等作品被全国中小学音乐教材广泛采用,还有大量的作品刊登在《广播歌选》《音乐创作》等音乐期刊中,并被中央人民广播电台、中央电视台、青海、云南、上海、四川等众多媒体报道播出。

他的作品《举杯向未来》是一首女声三重唱,该首歌曲中他对旋律写作进行了大胆的创新,并将流行音乐的元素融入作品中,较之其他作品更具时代性。前奏三连音动机和流行音乐中常用的跨小节同音连线、切分节奏,前短后长节奏和大跳音程频繁使用等写作手法,整首歌曲风格迥异、层次简明、形式活泼、情感真挚,具有较强的时代气息,深受年轻人的喜爱。

《啊,黄河》是一首气势磅礴、感情丰富的艺术歌曲,为了刻画黄河波澜壮阔、一泻千里的雄伟形象,曲作者运用不常见的并列单三部曲式,第一乐段结束于 A 大调,由 $a(4)+a^1(4)+b(4)+c(4)+b^1(4)+c^1(4)$ 六个乐句组成,其中第二乐句、第五乐句和第六乐句是第一乐句和第三乐句、第四乐句的变化重复,钢琴伴奏以琶音和分解和弦为主要织体,象征着中华民族不屈不挠的顽强毅力和不畏艰难险阻民族性格,加之三连音和重属

七和弦的运用，增强了音乐的冲击力，凸显出黄河浩浩荡荡、一往无前的音乐形象和中华文化如同黄河一样源远流长、博大精深。第二乐段伴奏织体为半分解和弦，速度加快，以弱起为贯穿整个乐段的主题动机，摸进手法的和切分节奏的运用，与第一乐段形成鲜明的对比，最后落于A大调的调式属音，这种开放终止是并列单三部曲式常用的和声写作手法；第三乐段为了体现三部性写作原则，调式调性还是A自然大调，其旋律音调继续使用了引子的三连音节奏和左手柱式和弦的伴奏织体，增强了整部作品的统一性和连贯性。在这部作品中曲作者，一改三部曲式中常见的带再现的单三部曲式为并列的单三部曲式结构，而这三个乐段由于使用贯穿全曲的三连音节奏和调式调性的统一等创作手法，整首歌曲浑然一体，每个乐段成为不可分割的重要组成组分。

作为一名土生土长的本地作曲家，王建忠先生不改初心，砥砺前行，他以充沛旺盛的精力不断学习，勤于思考，在完成繁重的教学工作的同时坚持创作，他虽年逾古稀仍不断追求更高的艺术境界，以期使其作品获得更多人的喜爱。他现在的音乐创作涉及宗教音乐、流行音乐等多个领域中，活到老，学到老，生命不止，创作不休，他用实际行动践行着高原人执着追求、勇于创新、不懈努力、顽强拼搏、无私奉献的民族特质，为谱写出青藏高原民族音乐的新华章做出了自己应有的贡献。

（原载于2021年第1期《文坛瞭望》）

苏娟，女，汉族，1974年生，青海民族大学艺术学院教授，硕士研究生导师。主要研究领域为区域音乐、文艺评论和音乐理论研究等。在《贵州民族研究》等核心期刊发表论文20余篇，2019年获第八届青海省文学艺术奖。现担任青海非物质文化遗产保护工作委员会专家，青海文联特约评论员。

海北的音乐文化具有多元性

——王洛宾的音乐艺术成就及他对青海音乐发展的贡献

李国顺

海北的音乐文化具有多元性，根据"第九届王洛宾音乐艺术节"活动内容以及首届"西海音乐论坛"主题范围，我想从以下四个方面简单谈论一下自己的认识：

一、近代青海音乐史上的"三王"及他们对青海音乐的贡献

王洛宾先生在 1938 年和 1939 年先后来到青海，他挚爱民族音乐，在青海的 10 年时间里，收集、整理、改编和创作了《在那遥远的地方》《半个月亮爬上来》等大量西部民歌。在国内外流传，产生了广泛深远的影响，成为传世音乐经典。他对青海抗日歌咏活动的开展，民族民间音乐的介绍传播，都作出了突出的贡献。他的音乐创作深深地扎根于大西北的民间音乐土壤，成为开发我国西北民族音乐宝库的先驱者。

他与王云阶和王海天先生并称为近代青海音乐史上的"三王"。

王云阶先生 1943 年初来到西宁，在青海的近一年时间里，主办青海省立音乐学校，并任校长，教学之余搜集大量青海民歌，并进行音乐创作。他将青海民歌详细、严谨、完整地记录下来，发表于 1943 年自己主编的《青海民国日报》《乐艺》音乐副刊上，使这些民歌得到了广泛的传播。他在民歌搜集上树立了学术典范，在音乐教学和音乐创作上表现出了高度的专业性。

王海天先生 1944 年应邀来到青海任教，1955 年离开青海，在青海工作了 11 年，他在西宁举办"音乐训练班"，开设基本乐理、视唱练耳、唱歌、风琴键盘课等，教材编写和音乐教学都由他一人承担。为青海培养了一大批音乐人才。

王海天先生自己认为，"三四十年代这几个人所做的，一是培养人才，二是用改编与创作的手段来发掘发扬民族音乐遗产"。他还认为"关于创作改编方面，唯有王洛宾建树大而突出。"

在近代中国，"三王"艺术家来到青海传播交流音乐文化，耕耘开拓和辛勤付出，在民间音乐挖掘整理、音乐创作、音乐教育等多方面取得了显著的成果。他们像一团火光，照亮着青海人的艺术心扉；又如一粒种子，播种着青海群众的音乐自觉。

二、经典名曲《在那遥远的地方》的诞生和艺术升华

我对近代青海歌曲创作音乐文献进行了一些研究，专门将《在那遥远的地方》作了个案调研。发现名曲的诞生过程犹如一条缓缓流淌的历史长河，其中蕴藏着丰富的文化背景和感人奋进的力量。

这里着重谈一下名曲的几个重要节点事件：

1.《在那遥远的地方》这首歌是王洛宾先生在 1939 年初按照生活在青海海北草原的哈萨克族民歌《羊群里躺着想念你的人》

的素材改编创作的，当时定名为《草原情歌》。之后，王洛宾将其纳入自己在青海创作并由"青海抗战剧团"演出的两幕歌剧《沙漠之歌》中时，歌名改为《我愿作个牧羊人》。

2. 1939年夏天，著名电影导演郑君里来青海拍摄大型纪录影片《民族万岁》，王洛宾随剧组来到海北金银滩草原，郑君里安排王洛宾和藏族牧羊姑娘骑马赶着羊群奔跑，王洛宾同时唱着《在那遥远的地方》，"这段情节也被拍入了镜头，郑君里认为这是影片中很有意思的一个片段，增添了影片的情趣和艺术性。"通过海北的美好经历和此次拍摄与采风后，王洛宾对这首歌的旋律和歌词进行了修改完善，使这首歌曲更加拥有了丰富的文化背景，充实了歌曲的文化内容，提升了歌曲的艺术品质。

3. 1939年6月歌唱家赵启海从重庆来到西宁，王洛宾把《草原情歌》改名为《在那遥远的地方》交给赵启海，由赵启海带到了重庆。

4. 关于《在那遥远的地方》的出版发行，最早是重庆青木关国立音乐院山歌社于1947年出版的《中国民歌选》（第一集）中收入了陈田鹤教授的钢琴伴奏谱《在那遥远的地方》。上海文艺出版社1979年11月出版的《中外抒情歌曲300首》中收入这首歌曲以来，出版物之众多，不胜枚举。

5. 关于《在那遥远的地方》的演唱传播，自从歌唱家赵启海由青海带到重庆以后，就迅速地在国内外流传开来，唱响了中国，唱响了世界。

6. 在当代，无论是海北州的达玉艺术节等重大文旅活动、青海省重大文体活动，还是全国性的专题文化活动，《在那遥远的地方》已然是一张海北名片、青海名片、中国名片般的存在。

7.《在那遥远的地方》这首歌曲越来越引起专业音乐家的关

注，其生命在历史的长河中不断地得以延伸，其形式在艺术的殿堂里不断地得以完善，其内涵在文化的视野下不断地得以挖掘。

除了各个时期不断出新的演唱改编版本外，《在那遥远的地方》也被一些著名音乐家创编成了器乐作品，如杨宝智改编的小提琴与钢琴《王洛宾组曲》、桑桐作曲的钢琴独奏曲《在那遥远的地方》（作于1947年，《音乐创作》2012年第7期）、储望华改编的钢琴独奏曲《在那遥远的地方》、瞿希贤改编的男声无伴奏合唱曲《在那遥远的地方》（《音乐创作》2012年第3期）、张朝作曲的钢琴独奏曲《在那遥远的地方》（《音乐创作》2013年第6期）等等，这些学院派式的音乐创新和更加音乐专业技巧化的改编实践，让这首著名歌曲更加彻底地踏入了严肃音乐的领域，得到艺术的崇高升华。

我在去年，通过计算机和手机网络对"在那遥远的地方"的关键词进行搜索，结果在百度图片中查到《在那遥远的地方》的简谱、五线谱等各类乐谱图片220幅；在中国知网查到"在那遥远的地方"为主题的各类研究论文135篇；在QQ音乐中查到《在那遥远的地方》的各类演唱版本音频600多个；在腾讯视频中查到《在那遥远的地方》的各类演出版本视频300多个；在抖音中查到《在那遥远的地方》的各类演出版本视频500多个；在快手中查到《在那遥远的地方》的各类演出版本视频300个等等。在网络信息化时代的21世纪，这首经典歌曲借助新兴媒体表现出了惊人的传播速度和体量，成为了真正的青海名片。

三、王洛宾先生留给我们的宝贵财富

王洛宾先生创编的《在那遥远的地方》《半个月亮爬上来》同时入选20世纪华人音乐经典。他搜集整理并改编的众多西部

歌曲之所以深受世界人民喜爱,并广泛传唱,其原因是值得思考的学术问题,我们在重视歌曲本身的同时,更应该关注歌曲作者的创作背景和人格魅力。

透过现象看本质,在当代音乐文化借助各种平台大展宏图的同时,各类歌曲创作也以多样化的生产方式呈现出井喷式的"繁荣",在巨大数量的产出中,如何打造质量,提高作品的艺术生命力,已然成为摆在当代音乐艺术家面前的一道难题。于是对歌曲创作的时代性、民族性、地域性、艺术性、思想性等相关问题思考和解决显得非常的必要和迫切,我们也可从王洛宾的歌曲创作和改编成就中找到相关答案:

第一,应看到王洛宾对民歌"执着"的热爱。他从踏上西北土地的那一刻起,就热衷于各类民歌的收集,从他编创的诸多歌曲本身来看,其原型多为他在20世纪30、40年代在青海等地搜集整理的民歌的第一手资料。

第二,应认识王洛宾"智慧"的改编能力。在原型民歌的整理加工上,歌词译配加进了王洛宾的巧妙"创造"成分。他说:"为了使译词既能表达原文的含义和风格,又符合汉语的声调和语气,我在编译时下了很大的工夫,反复推敲,仔细琢磨,一遍遍地唱。有时为了一个字,竟要考虑好几天,一首歌要反复修改好几遍。"王洛宾改编加工的众多西部少数民族歌曲,能够在汉族地区广泛流传,其歌词译配上的通俗流畅是至关重要的,而王洛宾恰恰是处理好了这种关系。

第三,应看到王洛宾"扎实"的音乐功底。《在那遥远的地方》既有哈萨克族音乐的豪放,又有藏族音乐的细腻,更具汉族音乐的抒情。形成了对原始民歌抒情化、口语化、通俗化的整理改编风格。

第四，应关注王洛宾"勤奋"的追求精神。在20世纪30、40年代经济文化生活落后的青海地方不畏艰难，勤奋好学，将生命倾注于音乐事业的追求创新精神决定了他的大成。

第五，应感受到王洛宾"乐观"的生活态度。王洛宾一生饱经沧桑，历尽磨难，值古稀之年，却依然乐观爽朗，谈笑风生。

四、经典中的时代价值

海北州从自然生态和文化艺术上都具有普遍的代表性特点和特殊的个性色彩，众多元素构成了这里的多元音乐文化特点，可以说是青海音乐文化的集中表现和一个缩影。

在海北州举办西海音乐论坛活动，旨在从文艺创作以人民为中心的导向出发，沿着王洛宾先生以民族音乐为根基进行音乐创作的足迹，在承载着华人名曲经典《在那遥远的地方》深厚文化背景的金银滩草原，探讨我省的音乐工作如何挖掘保护和传承优秀的民族音乐文化，如何创作无愧于时代的优秀作品，如何坚定文化自信、讲好青海故事等问题，具有重大的意义和价值以及深远的影响。

这几年，达玉音乐节在海北的成功举办，体现了海北人民的文化自信与文化自觉，体现了海北州委、州政府开拓创新的文化意识。每年，达玉音乐节举办期间，众多观众从全国各地赶来参加，极大地促进了海北州的旅游业，提高了海北州的知名度与美誉度，同时，通过音乐节提升了音乐的"附加值"，实现了传统与现代的融合，达玉音乐节的举办成为了省垣音乐节的一大盛事。

与此同时，海北州艺术界对外交流的意识越来越强，这对深入挖掘海北州的音乐传统文化、促进海北州音乐事业的发展意义重大。首届西海音乐论坛在海北的举办，是一次大胆的、有益的尝试。

这几年，海北州编排了多部歌舞剧，极大地宣传了海北多元文明背景下的音乐元素，在群众中获得一致好评。总之，今天的海北，遥远的地方不再遥远，海北以崭新的姿态自信地走进新时代。

（原载《西海都市报》2021 年 8 月 3 日）

李国顺，青海师范大学音乐学院三级教授，硕士生导师，研究生部主任，全国明德教师，教育部全国高校美育教学指导委员会委员，"昆仑英才·文化名家"暨"四个一批"拔尖人才，青海省文联特约文艺评论员。中国音协会员，青海音协理事兼理论创作委员会主任，青海文艺评论家协会理事。

摄 影 篇 SheYing Pian

幻想的云霞和信息的颗粒

——鲍永清摄影作品印象

马海轶

"拍摄就是占有被拍摄的东西。……摄影影像似乎并不是用于表现世界的作品,而是世界本身的片段,它们是现实的缩影,任何人都可以制造或获取。"这是苏珊·桑塔格的话,无论原意还是我的引用,意在说明最近看过的所有摄影家,都是这"任何人"当中的一员,与所有在旅游途中举起手机或相机的人一样,在镜头后面,都是平等的,只是一个角色——掌镜人或摄影者。只有在他们的作品中,我们才能辨识出被遮挡在器材和设备后面的"那个人"——他的趣味和品位——而不是他所从事的职业和社会角色。

作为摄影者,首先应当是一个记录者和叙述者。反复观看他的作品发现,鲍永清记录和叙述的现实比我们想象的要更加广大,更加深刻。他作品的容量肯定大不过地理发现和科学认知双重意义上的自然。所谓广大和深刻，主要是从绝大多数人的经历和视野层面强调这一点。因为人们即使知道有那么一片土地，只能靠猜测和想象。只有极少一部分人才能深入到它的一个局部，了解它的一个片段。只能在偶尔路过祁连山时，远远望见匆匆过路或迷路的一些动物。如果你沿着独一无二的大地形貌和河流走向，数十次或长期深入到这片高地的腹部，目睹种种纤细的生命在短暂的繁荣和长久的荒凉之间孕育、生长、开放、摇曳、然后寂灭（《争奇斗艳》），目睹种种巨大的生灵在狂野的风力中奔跑、飞翔、集结、失散、寻觅、然后不知所终（《雪山上的舞者》）。如果你一次次接近自然的原版，你的记录和叙述一定比我们的想象要真切和传神。

　　作为摄影者，理所当然承担着发现和创造两方面的责任。通过镜头，鲍永清发现了祁连山的单纯之美、静寂之美、冷酷之美，发现了祁连山处子般的惊诧和警觉（《好奇》），发现了自然创世初的随意和洒脱（《练习》），发现了新鲜的生灵与古老的山川相遇时一个又一个令人震惊的瞬间（《狭路相逢》），发现了云杉蛮石与生灵世界两重境界相互映衬的勃勃生机（《雪山之王》）。他通过直觉与训练有素的技艺，重新组装了祁连山。他获取了分散在缓慢地自然链条上的生命信息并以艺术逻辑进行裁剪，来自地老天荒之间的一缕缕生命亮色，随着数码递增，不断聚合，不断积累，最后形成一个层次丰富、结构紧凑的世界，并被整体定格。"生命不是关于一些意味深长的细节，被一道闪光照亮，永远地凝固。照片却是。"能够印证一种观念的艺术实践一定具有创造性。

　　"如今，摄影师正在追逐真野兽，它们到处被围困，已稀少得没得杀了。枪支在这场认真的喜剧也即生态游猎中，已蜕变成相机，因为大自然已不再是往昔的大自然——人类不再需要防御它。"激愤的作家再次强调,"相机的每次使用,都包含一种侵略性。……从一开始,摄影就意味着捕捉数目尽可能多的拍摄对象"。一位意大利人说:"整天拿超长镜头拍摄动物的摄影师,当然要有杀手风范。"摄影界还有一句著名的话:"摄影就是狩猎,快门就是扳机。"意思都差不多,无非是想说清摄影与狩猎之间的相似性。如果我们将这些描述用在鲍永清身上时,不再贴切。在这样的语境中,忽略了一个射击手与鲍永清在精神层面的区别,漠视了作为一个真正的摄影者,鲍永清对自然的敬畏和对生灵的眷恋。手持猎枪的人只为嗜血和利益所驱动,手持摄影机的人应当为造物主的杰作和大自然的细节所感动(《玩耍的藏狐兄弟》)。"如今,大自然——驯服、濒危、垂死——需要人类来保护。当我们害怕,我们射杀。当我们怀旧,我们拍照。"所有作品证实,鲍永清也是一个怀旧的人,鲍永清的方式也是怀旧的方式。

"照片把过去变成可消费的物件,因而是一条捷径。"在承认照片的确是这样一条捷径的同时,我要说的是,摄影绝不是一百个方向一千种选择一万条道路中的捷径。当时间成为回忆,摄影者所有喜悦和欢乐的"料子"中,混合着的一定是"守望"(是"狩猎"的替代词)历程上的狂风和暴雪。摄影者理所当然,应该是一个绝妙的当代人,透过他的眼睛,不仅将现在变成过去,也将现在变成一种观念——温和的、正派的、众生平等的、万物和谐的观念。而这种观念的背后,是一条美的道路,也是一条崎岖和呼吸困难的道路。曾经,鲍永清在祁连山为守望对象的命运而担忧,为瞬间呈现的意外之美而窒息(《对峙》),现在,我们因为他"幻想的云霞和信息的颗粒"而窒息。当然,我承认,他的作品也是可消费的物件,人们在消费他的"口味和良心"之后,通过"捷径"回家时,是否应该为自己生活状态的平坦、平顺、平庸而略感遗憾?

我们的目光曾掠过美的事物，我们的心灵曾被美的事物打动，我们没有把它拍摄下来，我们有这样那样的理由和局限。和鲍永清的一位朋友有过短暂的交谈，他数次感叹，当与那些精灵般的生物在深奥的峡谷里劈面相逢时（《山神之子》），当那些梦境般的身影在险峻奇崛的高地上绝尘而去时（《巡视家园》），当飞翔的心灵展开轻盈的扇面掠过水草消失在永远的天际时（《大捕食》），当所有的人在这突如其来的美袭击之下处于惊诧和晕厥的时候，鲍永清已完成了他的猎美，并在这种情境之中不可自拔。决定摄影者水准的诸因素中，知觉、智慧和情感是首要因素，也就是敏锐的观察力，就是摄影者整个身心与拍摄对象之间瞬间形成的交流融合。有人不断提示那些常年奔波在路途中被器材控制着的猎奇者们，如果没有敏锐的观察力，就无法获得题材的真谛，并通过照片加以表现，单靠拍摄地点的奇特是无济于事的。当我们强调了观察力对于摄影者的意义后，想知道鲍永清的观察力从何而来呢？他的洞见、他的预感的源头在哪里？我们必须要回到他的过去，回到他在天峻故乡度过的那些时光中，回到他的经历和在经历中培育的观念中来。这种推测和讨论早已过时，但永久有效。

摄影者只有走得最远，才能到达动物王国的腹地。"不仅证明了存在的事物，而且证明了他眼中所见到的事物，不仅仅是对世界的记录，而且对世界进行了评价"，我们借助摄影者的眼睛，才能看见那些动物的回眸一瞥（《暖冬》）。它们眼中瞬间的流露难道不是对我们人类最直接的证实和评判吗（《艾虎》）？摄影者只有走得最高，才能到达雪线，寻找到适合拍摄的对象，并将心灵的经验转化为一个影像和一种纪念。在他们那里，旅行一定不再是"累积照片的一种战略"，而是核实一种经验、拒绝另一种经验的仪式；摄影师只有走得最深，才能与被摄对象处于同一景深，聚焦时，调实的首先应当是自己的情感。

摄影者需要的是自信、果断、沉着、耐心。他们从不在两个镜头之间犹豫，"同时利用艺术的威望和现实的魔术"，将时间和空间"切得整整齐齐"，形成另一种秩序，在艺术的河床和现实的坡度上自由流淌。他们的方式不是将"世界变成一系列不相干、独立的粒子"，而是将那片土地上的生灵集合在一起，通过镜像（"无穷地诱人、强烈的简化地对待世界的方式"），赋予那些奔跑着、飞翔着的时刻某种神秘的特质（《生死对决》）。鲍永清照片中的时刻早已消逝，照片中的生灵早已转移、解散、改变方向，"继续他们各自独立的命运的历程"，可我们至今还在缅怀、推论、猜测和幻想"。

鲍永清的方式中，交通工具和摄影器材的优势显而易见，但摄影作品的价值和美主要是"由技巧和品位带来的"，在一个成熟的摄影家那里，几乎没有器材和工具什么事。我们在鲍永清的作品中，首先看到的是他的胆识和心性，和由这种胆识与心性带来的优雅与单纯。他的作品当然还不完美，因为它尚未打破"大自然与美的静态平衡"。但我们通过他的方式，获得了一种现实，一种几乎不可能拥有的时间和空间，以及他们中间曾经活着的美。

（原载《青海湖》2022 年第 1 期）

动物之美的瞬间生成与连绵的绿色之爱
——李善元镜头下的生灵境界

詹 斌

"人类无可救赎地在柏拉图的洞穴里，老习惯未改，依然在并非真实本身而仅是真实的影像中陶醉。"苏珊·桑塔格在《论摄影》中开篇就提出了这一议题。数十年过去了，随着数字技术的兴起、摄影伦理的演化和观看语法的普及，"摄影之眼"早已迭代并深刻地改变了那个洞穴，给我们观看世界提供了与众不同的崭新感受和广阔视野。

我们知道，虽然在早期，"摄影首先以名片形式的肖像照片占据市场"（瓦特·本雅明），但自相机诞生以来，经过180多年的发展，特别是工业文明对人类和环境的侵蚀，人们早已将重点转向关注人与自然的关系，摄影的疆界得到极大拓展，产生了无数的以野生动物为拍摄对象的摄影师。中国地域辽阔、气候多样，复杂的自然地理环境孕育了无数珍稀野生动物，是世界上野生动物种类最丰富的国家之一。生活在青海祁连山下的野生动物摄影师李善元，常年在青海高寒高海拔的无人区拍摄，十余年来，拍摄了数十万张的野生动物精彩照片。2020年10月，其反映青藏高原独有野生动物兔狲的作品《当妈妈说跑步前进》，获得英国BBC第56届野生动物摄影大赛哺乳类动物行为组冠军。作为在国际野生动物摄影界享有盛誉的"奥斯卡"，这一荣誉是继中国在BBC野生动物摄影大赛上获奖第一人，是继以金丝猴照片获得BBC濒危动物组冠军的我国著名野生动物摄影师奚志农，及以《生死对决》荣获2019年BBC国际野生生物摄影师大赛哺乳动物类冠军、年度总冠军的鲍永清之后的再次辉煌，这也是青海的摄影师们在生物多样性极其丰富的祁连山国家公园，多年坚持不懈地深入跟踪拍摄最有力的奖赏。

拍摄"意味着把你自己置于世界的某种关系中"（苏珊·桑塔格）。李善元自然有他们的对世界、对青海、对自身行为目标想法，或可称之为理想。他说，"他与青海其他野生动物摄影师有一个共同的目标，就是希望通过他们的镜头，把所拍摄到的这些野生动物展现给全世界，从而进一步提升大家对野生动物、对自然生态的保护意识。"收集照片就是收集世界。李善元将自己置身其中，常年在人迹罕至的野外，以镜头语言来展现高原野生动物的生存现状及其各种美好瞬间，讲述中国高原生态故事，呈现中国野生动植物保护的成就，向国内外展示中国丰富多彩的生物物种资源，以唤醒人们对自然环境、野生动物的保护意识和与自然和谐共处的认知和热情。这自白式的言说就是他摄影信条，是作为野生动物摄影师的共同内心宣言，朴素地向我们展示了其摄影的道德理想和美学使命。

但是，通向野生动物摄影的理想和使命之路并非轻而易举，从某种程度上说,他们或许传承着老一辈的摄影认知:它是"一种英雄式的全神贯注,一种苦行式的磨炼、一种神秘的接受态度——接受那个要求摄影师穿过未知的云层去了解的世界"(苏珊·桑塔格),李善元的摄影非常充分准确地诠释和践行了这一行为,在他看来:"想要当一名合格的野生动物摄影师非常困难,不仅要有很好的身体素质,还要克服高海拔、低气温等恶劣气候条件,因为不能打扰到野生动物,他们必须在距离这些精灵很远的地方举着相机一动不动。"我们往往只看到最后的图像,在那或一望无际、或沟壑纵横、或险峻陡峭、或蜿蜒连绵、或层峦叠嶂、或绿色原野、或雪山大川之中行走、嬉闹、争斗、沉静等生灵的瞬间定格。如在祁连山公园拍摄的《迁徙的盘羊》《蓄势待发》《口到擒来》《藏狐》《孤独的藏原羚》(原作没名字)等等,不仅让我们好奇地看到高原祁连山地野生动物之美,看到生物的多样,并引领我们走向那个我们既熟悉、更陌生的,但对人类生存发展有重要影响的生态环境的世界。

迈纳·怀特认为:"摄影师在创作时,其心态是一片空白……在寻找画面时……摄影师把自己投身到他所见的每样东西上,认同每样东西,以便更深入地认识它们和感受它们"。虽然每个野生动物摄影师拍摄方法并不相同,但我相信李善元或许一样会认同并可能已长久践行过这种认识。面对丰富且辽阔的高原自然现实,作为肩负重大责任的摄影师,要抓拍到稀少的、神出鬼没的野生动物谈何容易,李善元说:"走进野生生物的世界,融入精灵的生活,跟它们产生情感互动,惺惺相惜,相伴相依,珍贵的瞬间就会可遇可求。"如果说"观看先于语言"(伯格《观看之道》),那么摄影(实际拍摄时)也先于思想。从摄影伦理的角度看,虽然"思想被认为会遮蔽摄影师的意识和透明性",但这种长久的相伴相依,在拍摄的那一瞬间,影像未必已存在于耐心等待的摄影师心中,我们有理由认为,他们对幸运的意外一定有着近乎迷信般的信心,不然我们无法解释李善元可以抓到像《当妈妈说跑步前进》或《口到擒来》这样的神来之"摄"。

李善元对野生动物摄影的理想、专注、热情,在他的摄影创作库存中,或许至少呈现以下三个特征或习惯:

从拍摄主题看,充分展现野生动物的爱之和谐与温暖。李善元的许多作品,如获大奖作品《当妈妈说跑步前进》《投入妈妈的怀抱》《DSC_6154母爱之一》等,都是用镜头将不同的动物、从不同的角度、不同的姿势纳入其中,讲述着动物家族关于爱与生存的故事。我们知道,先有哺乳动物,才有非洲大猩猩、直立人、最后到智人,人之母爱与动物的母爱是相通的,如果动物界没有进化出"爱"这一生物本能,就不可能有今天作为万物之灵长的现代人,不难理解,母爱是地球上所有的生灵得以生生不息的最为根本和可贵的源泉,更是李善元长久在人烟稀少的山地野外,"痛并快乐着"反复追寻并呈现的最重要的主题。

从画面构图看,李善元的许多作品,并没有专注于拍摄近景大特写,而是将动物置于画面的中央,主体为动物,但往往还留有许多空间的景物都被拍摄,甚至大多数的拍摄,都是在着力反映和刻画动物与外在环境的关系,比如《孤独的藏羚羊》后面的山很朦胧,很有意境,如一幅内涵丰富的中国山水画;《雪城野牦牛》主角看上去是一大群在雪中的野牦牛,但背景是一座大雪山,画面所占面积比野牦牛更大;《降落的鹫》中,背景是蓝天中的月亮,不难看出摄影中蕴含的中国文化的意境。这种既将动物置于中心又不将动物本身(将动物几乎完全占满画面)作为全部内容的拍摄方法,如果与西方摄影师拍摄野生动物相比,更多地体现出中国文化传统的影响和特征。

  从拍摄内容看来，始终注意抓拍动物的生存与嬉戏的有趣瞬间。就算是在祁连国家公园，稀有野生动物也并没那么容易见到，更不用说抓拍到清晰有趣的动物行为画面，但时间的力量、苦行的回馈终于让李善元向我们展示了其珍贵等待的惊喜成果。正如李善元说："大自然每时每刻都会发生你意想不到的奇景和事件，摄影师如何捕捉到这些场景，就要看摄影师有没有足够的耐心和恒心，只有持之以恒，才能有丰厚的回报。"正因为此，李善元才深入了解各种野生动物的生活习性，知晓了"兔狲常在晨昏活动，其他时间喜欢单独栖居在洞穴或岩石缝里"，并与之建立了某种相依相伴相融的关系，各种"偶遇"才成为自然和必然，《当妈妈说跑步前进》《口到擒来》《观》这样的作品才神奇般被瞬间定格，从而成为祁连山野生动物的一个稀有、震撼的历史纪录。

  总之，李善元的镜头向我们全方位、多角度、深入细致地展示了祁连山国家公园中的生灵世界图景。"进了大自然，我就什么都忘了，一切烦恼、痛苦全都没有了。"野生生灵的原真之美、萌性之美、母性之美、野生之美始终吸引着李善元，让他心甘情愿地主动融入大自然，作为野生动物摄影师的他将永远在路上、在野外、在等待中，必将以镜头之美给我们这个世界拍摄出更多"有温度、有深度、有热度"的野生动物作品，为珍爱生命、关注自然、关爱野生动物、改善生态环境做出他最大的努力。

附照片评论：

（一）《当妈妈说跑步前进》

为什么这张兔狲妈妈警示孩子的《当妈妈说跑步前进》能在数万张高水平的摄影照片中脱颖而出，拿下了哺乳类动物行为组冠军？其原因或许在于，一是，此种野生动物的稀缺性。兔狲即草猫，近危二级保护动物，在李善元眼里是活化石般存在，但全国其种群数量难以估计，从公开的数据看，西藏现存数量仅约2000-2500只。二是，拍摄的难度。兔狲视觉和听觉发达，遇危险时则迅速逃窜或隐蔽在临时的土洞中，一般很难遇见，追踪拍摄十年野生动物的李善元说："那之前，其他动物我都拍了，比如岩羊、藏狐、狼等野兽类，唯独见不到兔狲。"但一张照片，四只兔狲均完美地进入到了摄影镜头，可见，寻找并抓住重要拍摄机会非常不易。三是故事背后的母爱本能。这张照片画面中，兔狲妈妈回头，可见其紧张和焦急的神态，而左右两边的两只小兔狲正不知所措地在母亲身边奔跑，最易被忽略的也是最能体现母爱的，正是那有些惊恐却又平静安全躲在兔狲妈妈的高大的身躯下那一只小小的兔狲。为什么这四只兔狲构成的这个"决定性瞬间"画面，是因为藏狐临近，兔狲妈妈警惕地盯着藏狐，是向孩子们发出短促的警报声后的反应，多么伟大的哺乳动物的母爱，体现了摄影师或人类对这份动物母爱的赞美，这就是摄影的力量，我认为也是该照片获得大奖的最重要的原因。

（二）《孤独的藏原羚》

一只藏原羚站在大山的中央，背景是云雾缭绕、若隐若现的群山，极为写意，完全像一幅中国水墨画，拍摄出了其隐藏的蕴意。镜头中从左延伸出的杂草丛生以及具有一定幅度的山体，特别是工笔般伫立的那些花儿、野草，恰到好处，似乎预示着那是一个无风的世界。虚实结合的构图，层次分明的纵深，呈现出藏羚羊的孤独：是一只迷途的羔羊？还是它执意选择独自观看这世界究竟是什么样子？又或许它原本就是一只雌藏原羚，独自行动只是它的习性？我们知道"摄影师无须以异国情调或特别瞩目的题材来强调这种神秘"，但藏原羚的现实处境（2010年数量仅2万只左右），在如此冷峻的美丽中，让观看者无不产生怜悯和爱意，这种以相机之眼深刻的叙事，是一种内在的唤醒，正是摄影师致力表达的深深的暗示。正如哲学家格奥尔格·卢卡奇所说："大自然也可以被解释成人类心灵深处仍然停留的自然状态，或有意或希望再度变成自然的那份渴望"。长久以来，摄影师李善元正以此类照片不懈地探索表达自身对自然和生命的理解、关爱和保护。

（三）《观》

拍摄出《观》这样的作品，显然是需要运气的。兔狲妈妈拉开架势，全神贯注地瞪大眼睛看着对方，仿佛正面对一个突如其来的外在势力，随时准备战斗，而真正的趣味来自于其他三位小兔狲（或是其子女），却方向一致、表情一致地盯着兔狲妈妈，而不受外来侵入者的干扰，这张画面如此整齐划一和强烈的对比让人忍俊不禁，感到生灵世界真是丰富多彩，让人心生欢乐，多么可爱的兔狲们啊！其实真正让人迷惑不解的是，究竟是它们模仿了人类，还是人类的此种秩序或反应本就来自于远久的动物性本能或游戏，看上去，每个兔狲都像一个演技出众的原生态演员，充满了舞台戏剧的效果,但我知道,拍摄出这样的照片,让瞬间成为永恒,是等待的回馈、时间的力量,还需要神授的精准感觉。

(四)《迁徙的盘羊》

以 45 度角对角线作为分割,对称性构图,一半是蓝天,一半是规模宏大的盘羊,在陡峭的山野上努力向上奔跑,展现出其具有标识的生活习性,起伏的高山,坚忍的耐力,不惧严寒风雪,群体的迁徙,向前、向前,这就是它从未申明的意义。

(五)《蓝马鸡》

蓝色的诱惑、雪白的冷静、优雅的姿势,似朱砂般的头颅,燃烧着观看者的眼睛——这一幅照片拍得极富美感:蓝马鸡站在雪地中央,还有被虚化的正在飘落的大雪,背景中若隐若现的树木,以类似"增强现实"的镜头,极具动感,使它栩栩如生,像一个亭亭玉立的公主,高傲、美丽,特别是那微微向后扬起的小小红头,尾部向上展开的三根羽毛,犹如向人类展示:我与世界谁更美?

(原载《青海湖》2022 年第 1 期)

詹斌,青海文艺评论家协会副主席,青海省作协会员。2001 年开始写作,主要倾心文学、电影评论及散文随笔,有近百篇作品在省内外报刊发表,有作品入选《新中国建立 60 周年青海文学作品选》(评论卷、散文卷),《青海湖 500 期作品精选.散文卷》《青海文学:2009—2018 文学精选》。

青海生态摄影创作的发展与繁荣

张小强

法国文艺理论家丹纳在《艺术哲学》中强调，文学艺术要关心人类赖以生存的自然与万物。险恶严峻、高寒缺氧，处于藏传佛教腹地的青海省，万物共生与神性自然的信仰是高原人世世代代心中最为朴素的价值观，孕育出了雪域高原神性与自然和谐共存的审美形态。建国后的四十年，以高基、李子青、张映华、吴宝基、梁泽祥、邹本东、王精业等为代表来自内地经济条件较好省份，长期支边青海的摄影家们在意识形态的影响下，用主观视角讴歌着青海社会变迁的同时，潜意识地用不同镜头语言关注着自然生态。他们的作品更多地呈现出对所依存的自然生态环境的客观写照，无意识地促成了青海生态摄影创作从萌芽到探索的阶段。

一、青海生态摄影的创作自觉阶段（1990—2000 年）

20 世纪 90 年代后，随着国内各领域的深化改革以及文艺政策的开放争鸣,欣赏自然已成为众人的朴素愿望。青海摄影艺术的创作与审美呈现出多姿形态,以自然生态摄影为主题的特色创作开始形成自觉。摄影家们已开启用不同视角表现自然生态的变化,自觉地观照着自然生态与人类互生共存的关系。涌现出了以葛玉修、陈友钧、张景元、卜建平、崔春起等为代表的本土生态摄影家们。生态摄影的创作自觉,首先体现在摄影家对自然生态规律的自觉感悟与主观审美的过程中。广袤壮观的自然与高寒生物的多样性变化,深深地吸引着这些本土的生态摄影家们。

从20世纪90年代初开始,葛玉修利用业余时间深入青海湖区域、可可西里腹地拍摄了十多万幅野生动物的生态影像,自觉开创了国内创作普氏原羚影像资料的先河。他用生态摄影作品呼吁民众关爱野生动物,敬畏生命,奉行生态环保的理念。2002年葛玉修出版了生态摄影专题画册《鸟岛》并荣获青海省第五届文学艺术创作奖,为宣传保护"环青海湖区域"的鸟类与普氏原羚做出了卓越贡献。生态摄影的创作自觉,需要定格作品中主题(生态物种)的形象以及所生存的自然环境,具有主观审美与客观环境相融互衬的审美形态。葛玉修的创作自觉,体现在青海荒原中芸芸生物对自然的奋争与世代延续方面。在画册《鸟岛》中,他所表现的鸬鹚、棕头鸥或是斑头雁幼雏等物种形象,在青海湖大环境映衬中主题特征醒目,画面表达出生态物种间和煦共济的生存状态。

处于青海湖整个生态系统核心地位的"湟鱼"(学名青海湖裸鲤),是青海湖区域中特有的物种。在物质生活匮乏时期的"湟鱼",曾一度成为青海大多数人不可缺少的主要食物来源,过度捕捞使"湟鱼"的繁衍生息受到了严重的生存危机。苏珊·桑塔格在《论摄影》中认为,相机的发明是为面对人类所生存的自然开始以令人眩目的速度发生变化之际，无数生物的生活形式在短时间内被摧毁的时候应运而生。自 1994 年青海省政府第三次实施"封湖禁捕育鱼"政策以来，青海湖裸鲤的生存状态成为"环青海湖区域"生态环保的晴雨表。有着高度生态保护自觉感悟的陈友钧屡屡巡回在青海湖周边，用自己改装的防水相机，长年蹲伏在青海湖主要水系的哈尔盖河、黑马河、布哈河等流域里，创作了青海湖裸鲤族群在水中竞相奋勇回流并探寻生命起源点的感人画面。系列组照《圣湖裸鲤》在第三届中国（青海）三江源国际摄影节与平遥国际摄影节中受到了广泛的赞誉，成为国内水下拍摄青海湖裸鲤族群生态回流的审美模板。

20 世纪 90 年代末就已工作、生活在青海湖边缘十四年，用镜头倾慕国家二级保护动物——野生大天鹅族群的张景元。在滴水成冰的冬季，用"一身白"的伪装自觉创作了大天鹅族群互爱共助抵御外侵的和美生态画面。2011 年张景元出版的代表作《梦幻青海湖——天鹅篇》，成为青海省第一部表现野生大天鹅族群生态关系的专题摄影画册。

而有着二三十年自然生态摄影创作自觉感悟的分别是来自部队的崔春起与金融系统的卜建平。在青海都兰县得龙沟境内，崔春起拍摄到了高海拔地区特有物种"藏雀"，并经中国科学院西北高原生物研究所专家确认。在《中国濒危动物红皮书》《世界自然保护联盟》濒危物种名录中"藏雀"被列为稀有物种。为研究"藏雀"在青海的生活习性与生存环境提供了重要科学依据，填补了国内有关"藏雀"影像的空白。三十年来崔春起走遍了三江源保护区，用镜头自觉关照着保护区内完整有序的生态系统。2009 年出版了生态摄影专著《野性三江源》，得到了摄影界高度的赞誉。吉狄马加说："《野性三江源》是崔春起长期智慧积累的生态影像凝集,是摄影家热爱自然、敬畏生命和关注生存伦理的结晶"。摄影评论家梅生赞誉《野性三江源》融汇了天地间大美大爱的审美形态。

曾得到国际野生动物保护学会首席科学家乔治·夏勒博士夸赞的卜建平,在长年的生态摄影创作中,自觉感悟到拍摄时要对自然生态持有"同理心"即万物皆有情,影像通人性的生态理念。卜建平代表作《赤狐一家》曾荣获欧洲摄影学会主办的首届"骑士奖"国际摄影大赛野生动物组银奖,这幅作品是他在海拔4500米的昆仑山上连续蹲伏五天,采用逐渐缩短距离的笨方法,将毫无戒心的雌性狐狸与三只幼雏狐狸玩耍嬉戏的场景定格所成,使人们认识到了高原物种赤狐的生存状况。他的拍摄视角还记录了被列入《世界自然保护联盟》濒危物种、国家一级保护动物——胡兀鹫生存状态,引起央视第九套专题节目的关注与采访。2013年出版了生态摄影专著《走进野性家园》并获青海省文学艺术奖。卜建平认为,野生动物摄影的核心是利用摄影艺术语言,客观传播人与自然生态的相互关系,引起人们对生态环境的共鸣与保护行为。

寄望于青海自然生态的葛玉修、陈友钧、张景元、卜建平、崔春起等本土摄影家们,用自身的生态摄影作品感召着世人与环境相互依存,用生态摄影的创作自觉实践着摄影家的社会担当。

二、青海生态摄影的创作秩序建构阶段(2000—2014年)

秩序是人类在自然进程和社会进程中存在着某种程序的一致性、连续性与确定性。人类的社会发展需要借助国家机构,通过强制或引导的方式在一定范围内建构起秩序和规约。随着21世纪来临,进入以互联网、数字化为代表的多元文化时期。由于我国民族众多，中华文化本身又重视传统，所以需要在艺术创作和审美方面进行意识形态的规约和秩序引导。

（一）政府引导生态摄影的创作秩序建构

在推动生态保护与文明建设进程中，青海省政府通过了相关生态保护政策制度的秩序建构，为引导青海摄影创作审美方向做出重大贡献的是李晓南。自2000年以来，身为摄影家的李晓南一直担任政府对三江源保护区总体规划和生态保护政策的具体实施者。他利用闲暇跋山涉水，用生态保护的超前视野自觉关注着保护区的自然生态，创作了大量的优秀作品，连续三届荣获青海省文学艺术奖，2008年出版了生态摄影专著《江南玉树》。

而在青海摄影界为生态摄影创作秩序建构起主导作用的则是十五年执掌青海省摄影家协会的蔡征。从2006年开始为宣传大美青海做准备，由国务院新闻办、中国摄影家协会、青海省人民政府共同高规格主办，地位仅次于全国历届摄影展的中国（青海）三江源国际摄影节，成功地引导了青海摄影界的创作秩序，建构了本土生态摄影的创作方向。蔡征作为中国（青海）三江源国际摄影节的总策划与执行者，积极倡导历届摄影节要突出生态环保的专题板块，代表青海省政府规划了摄影节举办的发展方向。每届摄影节用时二十天左右，先后邀请国内外知名摄影家及学者一千六百多人（次），收到国内外摄影作品十多万幅。举办以生态环保为专题的各项摄影展、讲座与学术论坛一百多场。由青海省政府出资筹办的三江源国际摄影节，使国、内外发现了青海的美，体悟了青海自然生态的原真美。许多来自不同国家与不同文化背景的摄影家高度赞誉摄影节，深深地被大美青海原始的自然生态环境所吸引。曾被青海自然生态魂牵梦绕的梅生认为，三江源国际摄影节不拘流派、形式、内容，以青海文化与生态环境为平台，充分体现了青海自然生态的神奇瑰丽与民众文化的博大胸怀。更令他欣悦的是：自此，青海摄影已从个体自由创作转向自觉有意识地开展大型生态文化活动的秩序建构。历时八年共举办五届中国（青海）三江源国际摄影节，深化了青海摄影界以生态摄影创作为主要发展方向，标志着青海生态摄影创作已步入有意识、有秩序地建构过程。

2010 年后随着三江源国际摄影节的深入开展，蔡征曾多次参与并指导少数民族地区生态文化的建设，带领青海省摄影家协会与相关地方政府先后举办了"黄南州热贡文化旅游摄影节""果洛州文化旅游摄影节"等多个艺术节。为了普及基层农牧民的摄影基础知识，他与各级摄影家协会先后举办相关讲座十五期，培训农牧民摄影爱好者三百多名。填补了国内基层农牧民生态摄影培训的空白，用影像文化建构了牧区少数民族生态摄影创作的秩序。

（二）青海民间生态摄影创作的秩序建构

受中国（青海）三江源国际摄影节影响，2014 年以后在青海省摄影家协会的引导与支持下，分别在西宁成立了青海野生动物摄影协会和青海生态摄影协会。领衔青海野生动物摄影协会的是卜建平，会员由 36 名高水平的生态摄影师组成。青海生态摄影协会主席由蔡征兼任，现有会员 52 名。这两家民间生态摄影机构的成立，拓宽并提升了青海生态摄影的队伍与创作水平。在青海偏远牧区，民间基层直接参与摄影创作的农牧民摄影师多达数百名。2014 年在中国（青海）三江源国际摄影节展区内，有二十位来自三江源区域如：玉树州、果洛州等牧区农牧民生态摄影师的作品入展。用相机记录生活、表现自然生态已成为他们的自觉意识。

同期，三江源保护区内各州县基层牧区自发成立了十多支"生态巡护与摄影采风"团队。具有代表性的是：玉树地区曲麻莱县近百名成员的"大自然摄影队"、果洛州五十名成员的"雪儿牧民摄影队"与"勒旺摄影队"。其中"雪儿牧民摄影队"的十几位牧民摄影师曾用镜头见证过上百头野生白唇鹿在达日县横渡黄河的壮丽场景。而"勒旺摄影队"每年需费时三十多天在年保玉则保护区用不同景深记录了野生动物的生存状态，为保护区生态管护与规划提供了珍贵的第一手资料。他们除了完成日常的生态巡护与摄影采风外，还多次参与北京大学山水自然保护中心针对三江源区域生物多样性的考察研究，受到了乔治·夏勒博士与北大吕植教授夸赞。使广大农牧民摄影爱好者有了较高的文化自信与艺术自觉，成为青海宣传保护三江源自然生态的骨干力量，开创了农牧民生态摄影的秩序建构。象征着在多元文化时期，青海生态摄影创作已走向发展成熟的轨道。

三、青海生态摄影创作审美形态的发展与繁荣（2014年至今）

托马斯·门罗在《走向科学的美学》中认为，艺术创作的审美形态是主体审美影响着客体审美的形式与结构，主要表现在自然美、社会美与艺术美三方面领域中。生存条件恶劣的三江源国家公园与祁连山国家公园核心区域，处处弥漫着神性与自然共存的原真美，各种自然神灵浸透在雪域高原人们的生活中。青海生态摄影创作的审美形态表现主要有两个方面：一是神性自然与社会美形态的表现，二是神性自然与艺术美形态的表现。随着2014年中国（青海）三江源国际摄影节落幕，青海经济发展已全面步入到生态文明保护与建设时期。近年来，通过各级摄影家协会与民间摄影团队广泛参与的生态摄影创作，进一步发展繁荣了青海生态摄影创作的审美形态，表现出以图登华旦、鲍永清、蔡征、樊尚珍等为代表，多次获各类国际摄影大奖的本土生态摄影家们。他们的生态摄影创作主要表现在对生存环境中自然美与社会美的感悟上，孕育出了青藏高原独特的神性自然与艺术美相伴互生的审美形态。

（一）生态摄影创作中神性自然与社会美形态发展

藏族学者扎洛在《藏族佛教文化圈》中提出，自然条件艰苦的地区，人与自然的关系最为贴近。长期用镜头贴近并关注高原独特生态系统及生物多样性的，分别是来自果洛州的图登华旦与海西州的鲍永清。他们秉承神灵自然的感悟，用真切与灵性的焦距表达了自然生态环境互生共存的祥和景深。作品中从凶猛展翅的草原雕、秃鹫到勇闯激流的草原狼、嬉戏玩耍的小藏狐、伺机捕食的珍稀雪豹和沐浴金色晨光的马鹿等野生物种，都表现出了神性与自然生态并存的社会美形态。2008年，图登华旦的代表作《神山之光》被世界自然基金会（WWF）收藏。2012年，代表作《醉阳》被英格兰皇家艺术基金会（NGO）收藏。2017年，代表作《藏原羚》系列专题荣获第五届中华艺术金马奖，受主办方邀请前往乌兰巴托参加颁奖盛典，成为国内首位获得此项奖的藏族摄影家。

2019年10月在被称为国际野生动物摄影界"奥斯卡"的英国野生动物摄影年赛中，来自祁连山国家公园的摄影家鲍永清的代表作《生死对决》荣获年度总冠军，使青海的生态摄影创作在国际摄影界得到了极高荣誉。《生死对决》中主体形象"藏狐"与"喜马拉雅旱獭"都是青藏高原特有物种，也是鲍永清用"800定"长期审美关注的生态主题。画面中"藏狐"与"喜马拉雅旱獭""激烈对峙"的拟人化形态，唯美地诠释了生态摄影创作的决定性瞬间，更是客观真实表达了自然生态中不同物种间适者生存的社会关系。年赛评委会主席罗兹·基德曼·考克斯激动地说："作品幽默和惊恐并存，捕捉到了大自然的戏剧性和紧张感，简直是完美的瞬间。"自然生态的原真美具有物竞天择的社会和谐之美，多年不忘初心坚守在青海牧区创作的藏族摄影家图登华旦与鲍永清正是用生态摄影作品唯美地表达出了神性自然与社会美相伴共生的审美形态。

（二）生态摄影创作中神性自然与艺术美形态的繁荣

摄影家在国内外各项（类）摄影展中获奖，不但可以提高自身创作水平与审美认知，甚至可以直接推动所在地区的知名度。摄影评论家顾铮在《当代摄影文化地图》中认为，摄影展推动了摄影事业的发展，改变了摄影表现的方向，同时也成为书写摄影史的重要方式。曾荣获国内摄影界最高成就奖"金像奖"以及多项国际摄影展金奖、国家艺术基金专家评委、青海生态摄影秩序主要建构者，蔡征的创作源地遍布了神性自然与艺术美的雪域高原。作品形态多样而恢宏，主题内容丰盈而突出，充满着生态环保的社会理念与大美的思考追求。从溪水涓涓的江河源头到烟波浩渺的青海湖；从珍稀难觅的雪豹到磅礴大气的昆仑山；从神奇屹立的阿尼玛卿雪山到连绵不断的巴颜喀拉山等自然生态遗产都是蔡征不同景深所关注的神性客体。生机勃勃、气概豪迈的代表作《神鹰俯瞰的疆域》《冰雪天堂——秘境青海》《典藏青海》《三江源风情录》等画册专著，繁荣了青海生态摄影创作自然与艺术美的审美形态。

摄影家的创作语境，不能不受到所处自然环境与文化氛围的笼罩。身为石油人的樊尚珍常常与柴达木盆地的生态环境相伴，万物共存理念浸透在他的创作中，和谐生态的文化视角彰显了人类与自然生态的深层次关系。柴达木荒凉幽美的自然环境孕育着无垠的生机与神性，也育养着樊尚珍作品中自然与艺术和谐的审美形态，使他的生态摄影创作不断升华。在 2014 年第 57 届世界新闻摄影比赛（简称荷赛）几十个国家的参赛作品中，樊尚珍以代表作《大漠狼行》披荆斩棘获得自然类三等奖，实现了青海摄影家参与国际著名摄影展零的突破，改写了青海摄影创作的历史。《大漠狼行》拍摄于冬季荒芜神奇的阿尔金山自然保护区，画面简洁，主体突出。充满大面积构图的冷色积雪，映衬着两匹渐渐远去的狼影以及留下的串串足迹。作品以自然生态原真美与艺术美共生的审美形态，表现了处于荒漠食物链顶层中草原狼的习性与生存环境。自国际野生动物摄影年赛创办以来，中国仅有 3 位摄影家的作品入选并荣获过相关奖项。在 2019 年 10 月的年赛栖息环境系列动物组中，他的《雪域精灵——寻找温暖》荣获冠军，《雪域精灵——秘境》获得优秀奖。樊尚珍独揽两项大奖，又一次在国际著名摄影展中提高了青海生态摄影创作的知名度。

以图登华旦、鲍永清、蔡征、樊尚珍等为代表，屡获各项（类）国际摄影展大奖的本土生态摄影家们，用自己的作品充分阐释了民族地区生态文化建设的自觉与自信，繁荣了青海生态摄影创作中神性自然与艺术美相连共存的审美形态。从 20 世纪 90 年代至今的三十年时间里，青海的生态摄影经历了从创作自觉到建构秩序的过程，通过本土摄影家们广泛参与以及不懈实践，青海生态摄影创作的审美形态由发展升级到迄今的繁荣阶段。他们以"三江源国家公园""祁连山国家公园"特有的生态文化内涵，在生态文明保护与建设时期使青海的生态摄影创作走向繁荣，为建设

"国家公园示范省"夯实了影像文化审美形态的宣传基石。

（原载 2020 年第 5 期《青海师范大学学报》）

张小强，男，汉族。中国摄影家协会会员、青海摄影家协会理事、青海文艺评论家协会理事、国家高级摄影师，青海师大美术学院专业摄影课教师，发表摄影学术论文十五篇，先后有一百多幅摄影作品入选国内外摄影展并荣获国家级、省部级银奖、铜奖与优秀奖，主编、出版摄影画册专著四部，曾举办个人摄影展。

电影篇

DianYing Pian

《气球》：世俗、信仰及其现代性困境

詹 斌

万玛才旦导演根据自己获花城文学大奖同名小说改编的电影《气球》，在去年威尼斯国际电影节地平线单元大放异彩，许多专家教授和影评人认为这是迄今为止其电影创作最高艺术水准的一部作品。本文无意对这部电影做全面而深入的讨论赏析，仅从气球引发的几个关键问题来谈论观影后的感受和认识。

一、气球的象征与隐喻

十几年前，万玛才旦在北电上学时在中关大街上看到一只红气球在风中飘。像艾尔伯特·拉摩里斯的《红气球》、侯孝贤的《红气球之旅》一样，让他联想到一些发生在故乡藏地的事情。这便是这个典型的艺术家创作的缘起，小说《气球》由此孕育而生。

然而，此气球非彼气球。在电影中，这只是在计划生育的90年代藏在卓嘎、达杰夫妇枕头下的避孕套，被俩儿子偷去玩耍时吹起的白气球，由此引发的一连串与世俗、宗教、怀孕、转世、生还是死相关的故事。如果说白气球（避孕套）是阻断生命的墙，那么红气球（孩子新奇的玩物）则蕴含了一种引人注目的热情和希望。整个电影就被这两种色彩包围（当然还有许多中间或过渡色），并在现实世界和宗教信仰、现代文明与传统文化之间相互交织缠绕，引发了严重分歧和内在的冲突。万玛才旦导演的《静静的嘛呢石》《老狗》《塔洛》《撞死了一只羊》等，无不是深入到藏族文化的精髓，深切关注和反映着藏族文化与现代文明的交融、影响与嬗变。学者白玛措受万玛才旦本电影作品《气球》的启发，还以《严肃的气球》——西藏妇女生育观的变迁》为题，对西藏地区避孕的历史开展田野调查及深入研究。其指出："任何一个社会中家庭的形成离不开各种习俗的存在，家庭抑或习俗也在随着社会的变迁处于一种不断重构的过程中。当下在核心家庭越来越多成为游牧社区典型家庭结构的过程中，牧区的节育措施更多地由女性实施，牧区的男性们似乎也'需要将当爱情来临，严肃地戴上气球'作为一种新的习俗纳入这种变迁中。"而电影不是论文，《气球》是用故事和视觉画面言说和呈现，它把视角放在了更为普遍、广泛而深刻的细节上，以红白两种气球作为叙事切口，映照出国家政策、宗教信仰、灵魂转世在日常生活中的现实困境。在万玛才旦看来，"他们一直就是那样真实地活着的"。在那十分出色的主题海报上，卓嘎怀抱红气球侧身站在低头凝重地看着地面的达杰所停的摩托车上，真是意味深长。显而易见，卓嘎怀里的红气球隐喻并象征卓嘎已经怀孕，而达杰却充满了沉重的烦恼，像一个面对生活无所适从的失败者。

电影摇晃的镜头在流畅叙事下，不仅有强烈的现场感，而且准确地表达了在风吹的草原上，面对气球（避孕套）所带来的焦虑、动荡的灵魂和内心世界。为使气球的象征意义更为丰富和凸现,电影前段,达杰发现儿子玩的气球是避孕套时,气急败坏地追逐着刺破了它(让他无此经验和认知的老父亲甚为不解),除去因顾虑避孕套的私人伦理和社会负面影响外,更多是达杰拒绝身体自然权力的让渡。可以想象,这本应属他可能的快乐,是不允许孩子们偷窃并破坏的,而这由避孕套吹膨胀而成的气球,显然又是控制身体快乐的一道严肃的阀门。为了满足或降低孩子们对自己拥有白气球的要求与迷恋,达杰终于在县城市场上买来大气球将它系在飞驰在道路上的摩托车上,像草原上的两团火,只是那时的达杰内心可谓五味杂陈,似乎缺少了此前那"种羊"般的野性。

是的,白气球进入日常生活后转换为两只具有象征意义的"红气球",呈现出在现代文明对传统文化潜移默化的冲击下其命运的大相径庭。这就是在片尾故事即将收官之际:两个孩子手中飘扬的红色气球,一只破碎,意味着生活并不完美或达杰夫妇等藏族群众在草原牧区面临的某种现实;而另一只则飞向天空,在众人的注视下越飞越高消失在视野的尽头,则代表了人们对未来的希望与想象。当然,导演为更好地赋予气球深刻的象征或隐喻,沿着它的边缘,镜头中多次出现风吹凌乱的塑料袋,以及在草丛奔跑而被绳索绊倒的羊,特别是有的角色对话总被中间物体或明或暗地遮挡,导演其实是想以各种不经意的自然场景,表达因气球而引起的人与人之间的烦乱、疏离、阻隔及陌生。当然,气球(避孕套)涉及个人隐私,如一条暗流涌动的沉默之河,似乎正面临着忠诚与背叛、生存与死亡的重大考验。

二、信仰和现实的冲突与选择

万玛才旦的小说和电影,都在讲藏族故乡的故事,从某种意义上说,他几乎始终都在处理和平衡内心的宗教文化认同与现代文明传统的冲突。他曾在著名批评家何平的访谈中说:"每个人物身上可能都有我的影子,但他们又不是我。他们都是独立的个体。在写作中,他们所要面对的就是我在现实中需要面对的,他们需要承受的痛苦就是我需要承受的痛苦"。但是,不同在于,他在面对"人类普遍性"中始终坚持着文化的某种"异质性",并不自我设限,而是以超越民族、地域、文化的个体叙事来阐明"越是民族的越是世界的"。

我们看到,电影《气球》并没有刻意去突出那种"藏民族"的标签式文化。然而,藏族是一个有着自身宗教信仰的民族。《气球》以气球(避孕套)为线索,依然是一个关于藏族灵魂转世、生命传承的宗教与世俗生活相生相伴的故事,因而,其触摸到的最核心问题便是信仰与现实的双重困境与冲突。

电影开篇就直奔主题:藏族地区的草原、天空飞过的飞机、达杰奔驰的摩托车、爷爷手中的念珠、孩子用避孕套吹成的白气球、成片的羊群……现代与传统在日常生活中渐次而自然地展开。如前所述,万玛才旦导演并没有刻意表现藏族宗教习俗,而是将藏族文化信仰与习俗通过故事融入在故乡的故事当中:在给爷爷搓背的场景中,顺其自然地告知两个孙子,哥哥身上有和奶奶一样的"痣",那是奶奶转世轮回的标志。那魔幻的超现实主义的画面出现了,那个大"痣"竟然被弟弟轻轻地从哥哥背上取了下来,在天真烂漫地争着抢着,这颗神奇的"痣"不动声色地为藏族灵魂转世的"真实性"注释,并强烈地表明,这是亲缘关系至深的爱。"痣"犹如一个独立的生命("痣"就是奶奶啊),可以取下独立依附寄托在新生命身上,犹如人类基因与模因地交织传承,为即将到来的文化冲突遗憾地埋下了伏笔。

悲伤的事总是会不期而至。带着大儿子出门还借种公羊时，达杰父亲突然离世让他悲痛不已，在出殡路上的场景里爷爷似乎就进入到对最好的、放心不下的大儿子江洋的梦境：黄昏的青海湖边，在夕阳映照下云的色彩瑰丽多姿，"水面有倒影，像是在另一个世界里，爷爷在水面的倒影里缓缓地走着。"（万玛才旦）那隐约"爷爷！爷爷！"的呼唤声，无不让人期待在不久的将来他就能与爷爷在转世人间重逢。

当灵魂脱离身体，转世的故事就自然天成，与世间无缝对接。

当避孕套被孩子们当成玩物损毁，导致防孕措施缺失的卓嘎意外怀孕，即使计划生育是国家政策背景下的必要选择，但"生还是不生"在宗教信仰与世俗生活中，仍是他们无法回避的一个严肃而重大的问题。

一方面，对可能面临严厉的罚款、抚养三个孩子的压力、劳作的疲惫等的想象和判断，卓嘎准备放弃生第四个，并联系到医院打胎，在具有深厚藏族文化传统的家庭，这个决定必然引起轩然大波，只是卓嘎未曾料到，多年的恩爱在坚固的传统习俗面前十分脆弱。另一方面，丈夫和大儿子更深信不疑（奶奶的"痣"已充分铺垫），这个正在孕育的孩子十分清晰有力地"印证"了上师的预言，作为妻子和母亲的卓嘎应该且必须顺理成章地让他出生，"你怎能让深爱我们的'爷爷'无处轮回啊。"这种宗教习俗与现实生活构成了一个极端戏剧式冲突。这不同于基耶斯洛夫斯基电影中的那种"道德焦虑"，而是接近于阿斯哈·法哈蒂执导的《纳德和西敏：一次别离》中的那种宗教与现实冲突及对当下人们心灵与现实生活的抉择与影响。因此，是给愤怒不解的达杰一记响亮的耳光，谁会理解和认同拒绝作为至亲爷爷的转世？拒绝亲人转世，就意味着拒绝民族信仰，拒绝民族信仰就是大逆不道，这完全有悖于根植于民族血脉中的藏文化精神。显然，卓嘎那一决定或者说"耳光"打破了家庭和谐，从此以后，达杰与卓嘎的幸福生活完全倾斜，陷入不可调和的巨大冲突和阻碍之中，现实平静被"气球"无情打破，家庭因不同的民族价值认同导致某种程度的撕裂，这是万玛才旦导演仔细观察并深深体验到的藏族地区面临的无法克服的现代性两难困境，引人深思。

三、女性意识的觉醒与抗争

在万玛才旦的电影中，虽然也有女性，如《塔洛》中的杨措，但那只是一个相对次要的角色，并非大家关注的电影主题的重点，从片名即可知，从电影海报中也可看出端倪：怀抱气球的卓嘎站在作为男人达杰的上面，成为本片的第一主角。前不久，该片还参加了成都第四届山一国际女性电影展，便可见一斑。从某种意义上说，这部电影亦可以看作是一部具有民族文化标识的女性主义题材电影，它有意无意中触及了一个极少被人关注的藏族女性意识的觉醒和抗争。

我们知道，节育措施在传统藏族游牧地区并不普及，但在20世纪80年代以来，随着计划生育政策的实施节育措施在牧区也被广泛推广和使用，牧区妇女的生育观逐渐随时代变迁而产生变化。同时，由于社会的发展，现代文明下的生活方式对藏民族聚居地区的浸染（飞机、摩托车、电视等），使许多藏族妇女在生育、生活上产生了自主意识。特别是医院女医生谈到"女人不要成为生育机器"，更是强化了女主角卓嘎对自己生育权中"不生育"权力的觉醒与主张。在万玛才旦看来，"还是跟这个题材本身有关系，我也不是故意往女性角色或女性主义方面靠。题材决定了故事的走向，也决定了人物在故事里面的位置，这样一个故事重点自然就会落在卓嘎的身上,通过比较大的篇幅讲她的困境、纠结,还有她的一点抗争意识的觉醒。"(索亚斌《气球》:意象、故事与困境——万玛才旦访谈)。当然,万玛才旦导演认为,其实这种觉醒在藏族地区并非完全自主,而是"随着很多外来文化和现代观念的影响,她身上的女性意识可能会逐渐地觉醒,但是最终促使她抗争的应该是综合因素。可能外在的压力,经济方面的压力,所占的成分要更大"。的确,女性作为叙事主体在万玛才旦此前的作品中乃至其他少数民族题材的作品中是比较少见的,但他将故事置于时代环境与当下的现实中,并非为表现女性而表现女性的抗争,而是通过女性这一特殊群体的视角全方位或者说从历史、社会、文化、心理、现状等方面观察藏族地区人们逐渐变化中的思想观念和发展现状。

一般来看,"进入凡人生活的一切强大之物,无不具有弊端",至今,我们还没见过那个平凡公民的生活,不受国家、民族、文化、观念等影响,规制的强大之物可能是有形,也可能的是无形的,在现实世界中,核心而共同的文化范式总会以一个国家和民族所特有的价值观去规范和引导人生的日常行为和生活。从表面来看本片中,卓嘎她并不想过受外界经济社会以及现实压力影响下的那种传统生活,她只是想拥有自己内心的那种朴素的生活,在这种冲突中选择和反抗,客观上或许使卓嘎正好逃离了她自己都不清楚的那种被宗教或习俗"劫持"或规制的传统生活。

当然,我们看到,整个电影采用的是双线叙事。那条副线以卓嘎的妹妹香曲卓玛的红尘未了的爱情为线索展开。影片中女主角卓嘎和妹妹香曲卓玛是当下藏族女性的两个代表,她们姐妹二人都有着并不彻底觉醒的女性意识,她们是长期受周遭环境不觉察的规制,而不自主地选择逃离。但是,早已剃发为尼的香曲卓玛对自己曾经的初恋情人仍然念念不忘，只那么一次偶遇，便可发现她虽遁入空门看似看破红尘皈依佛门，却仍凡尘未了、情愫未断。而卓嘎内心却充满了矛盾和纠结，显而易见卓嘎的女性觉醒是不彻底的，或许动力并非发自内心，而只是被外界环境压力所迫。她对待妹妹及其"前恋人"德本加的方式，是与她自身抗争相反的一种压抑屈服的力量。她把小说《气球》丢进火中（这个与片名同名意味深长），并用谎言阻止了德本加和妹妹见面，这种粗暴与其后丈夫达杰对她的方式如出一辙，在某种意义上她又扮演了一个遵从传统习俗和被道德约束的角色，这无疑深刻地揭示了作为女性在真实生活中的觉醒强度和矛盾心理，恰恰符合藏族故乡的平凡人性。而最后，导演高明之处在于，卓嘎究竟是否打胎并未无定论，而是给出了一个开放式暧昧不明的场景，但是卓嘎作为承载藏族地区典型普通女性日常生活的一个代表，显然已经无法接受再生一个的现实，选择与妹妹一起出家，不管是不是逃避但至少表明她在当时面对宗教和习俗与自身选择时抗争的决心，这是现代性对藏族地区无可避免影响最为生动的证据。耐人寻味的是，在万玛才旦导演看来，汉藏观众对卓嘎是否会选择出家或妥协会有不同认识，犹如不同的观众心中有不同的哈姆雷特，但不管真实情况如何，即使在藏族家庭内部，有关生死、有关信仰、有关生活，与古老的传统相比，事实上可能都存在一定程度的分歧和不同认识。从气球（避孕套）引发的藏族传统社会关系的渐次改变，现代与传统、新旧观念的交织与融合，导致文化内部的震荡、断裂和失衡失序等问题。不难看到，一些藏族女性亦受外来的思想和价值观念的影响，并产生一定程度的接受和认同感，使得藏族女性作为个体的自我意识越来越强，个人自主抗争及对自主的选择，虽然她们可能还并未意识到，但这种女性意识的觉醒，已然成为她们在自身现代性转型中沉默的权利和一种标志，而这种权利的主张，对受藏族宗教文化长久熏陶的丈夫或家庭来说必然猝不及防，并会表现出极大的不解和不适应，而有时如本电影般，冲突与困境势必不可避免。

综观整部电影，以气球这一特有的意象为线索来讲述，看似情节简单，实则相当复杂。它以一个藏族家庭的悲欢离合为牵引，通过气球（避孕套，也可理解为现代文化观念和限制）来表述文化信仰、生育观、生死轮回、女性意识的觉醒，描绘在面对苍茫大地的藏族古老传统与现代文明中特别是在一个处于生活当前的多样性、复杂性和矛盾性，甚至藏族的现代性转型的困境当中，尽管现代性在高原大陆被影响和浸透的进程相对缓慢，更多是和风细雨式的，但人们必然面临的幸福、分歧、冲突、痛苦、烦恼以及无所适从的选择，在习惯尘世和信奉皈依、在撕裂日常与笃定秩序、在压抑欲望与展现抗争之中，真实地呈现和艺术地反映整个藏族地区90年代的生活图景和时代变迁，给予了我们面对精神信仰和现实生活的多种可能，或许如那升空的红气球，犹如一曲热烈而柔情的生命之歌，在风中飘散在广袤而辽远的草原上。

（该文全文在著名电影公众号"看电影看到死"上发表（2020.11.19），阅读量2.6万；第二部分发表于《青海日报》2020.11.20《信仰和现实的冲突和选择》）

舞蹈篇

WuDao Pian

"大河之源"与"守护之爱"

高 莉

大河——是万物的生命之源,是万物的力量之源!

大河里隐含着人类浩荡的灿烂文明和生生不息的古老文化!

"大河之源"——使我产生无限的遐想,一瞬间灵魂早已被浸润在蓝格莹莹的璀璨之中……

2021年5月,青海省文化和旅游厅出品的大型生态民族舞剧"大河之源",在经历了一年的淬炼与锻造下终于如期在青海省大剧院隆重上映。

这部典雅原创的唯美舞剧,讲述的是在青藏高原大河源头之地,天地、自然、生灵、人类相互依存,休戚与共的故事。整部舞剧以"保护生态高地,守护中华生灵"为基调,运用优美委婉的舞蹈语言娓娓讲述了青藏高原江河之源的那一方天地曾经的三个历史阶段。

第一阶段,讲述的是在远古石器时代,野生动物与人类共存于荒蛮贫瘠的自然环境之中,史前的先民们为了生存用简陋的工具通过捕猎得以维系生命。至此,高原的先民和野生动物之间生发出一种密切的联系,形成最初的食物链条之后,人类得以繁衍与生息,这里赞颂的是自然界的生灵馈赠于人类的生存恩情。在这一情节中,青藏高原的雄伟天然之姿被演员的柔软肢体和充满感情的身体语言演绎得时而祥和安静时而又气势磅礴。舞剧中,高原精灵们接踵比肩纷纷登场,雪豹、野牦牛、藏羚羊、藏野驴、野狼、黑颈鹤、金雕、山鹰、猞猁、岩羊、血雉等,姿态活跃敏捷,形象生动可爱。其中,具有代表性的高原生灵——雪豹,以欢悦洒脱的性格和娇憨黏人的姿态牢牢抓住了观众的目光,这一刻,生灵与人的依存关系达到了前所未有的和谐。美丽的藏族姑娘卓玛与家人一起生活在这片热土上,赶着牦牛和羊群,数着星星和月亮,开心地唱着、跳着、生活着。在这亦梦亦幻的唯美时空中观众随着情节的起伏心中亦产生一次次的共鸣,不停地爆发出热烈的掌声。

第二阶段,一些被利欲熏心的偷猎强盗为了谋取更高的利益,在原本祥和宁静的高原之地肆意疯狂地猎杀野生动物,处处可见藏羚羊的森森白骨和拖着半张血皮在逃命、在喘息、在狂奔、濒死的动物。最终,偷猎分子也把邪恶的枪口对准了野生动物的守护者——扎西。最终,原有的祥和与平静被邪恶所碾杀,平日里安静温顺的大河忽然也暴虐起来,时而洪水滔天时而大地干涸,整个高原都在悲天恸地地哀嚎,天地一片昏暗,人、动物、大自然都失去了往昔的容颜,美丽活泼的卓玛得知父亲被盗猎分子枪杀身亡,在悲痛中晕厥了过去。

第三阶段,数年后的今天,在大河源头出现了更多的野生动物的守护者、敬畏自然、保护生态环境和谐的我们,其中也包括高原生灵的守护者扎西的女儿卓玛,她已经放弃了曾经向往的繁华生活，以另外一种方式延续着父辈曾经的愿望，她把自己的一生都奉献给了这片高原的热土，一生一世都守护在这里，守护着这里的生灵，并将这种凝结了父辈的"守护之爱"又传递给了下一代。

整台舞剧中的舞台美术达到了一定的高度，贴合人物造型与高原美景，高原独有的湛蓝色天空、广袤苍茫的神秘大草原、闪烁着银白色光芒的雪山、到处是梦幻般的色彩，即便是闭着眼睛也能嗅到那甜丝丝的青草气味，让人为这世间难觅的美景而赞叹。而美轮美奂的现代激光光影与演员表现力极强的肢体语言数次把整场舞剧引到气氛的高潮。

剧中的大江、大河、大地描画了青海自然风光的壮美。人类河流文明最早的创造物——彩陶，亦是从青海的远古走到今天，随着高原人类的创造与改进不停地更迭，石岭下、马家窑、半山、马厂延续至今。尤其是宗日文化中的曾轰动世人的"舞蹈纹彩陶盆"更是人类舞蹈艺术的滥觞。

而大河之源的"黄河""长江""澜沧江"这三条中华民族的大河中，所蕴含的生命真谛与自然与人类命运与共的互相守护的恩情，恰是我们人类祖先与山河共处传承给我们的无限的智慧与不懈的动力。我想大概这就是青海高原儿女的"守护之爱"，在用豪迈的舞姿展现高原儿女的淳朴性格和细腻情感，诠释积极乐观、从容向善的价值观，彰显保护三江源地区生态环境的重大意义和弘扬传播黄河源头文化的深远内涵，是青海文艺工作者对大河母亲的赞歌和献礼之作。

纵观这部"大河之源"，唯美的舞台剧映射着深刻的现代生态文明的哲学观，真挚的情感，朴素的信念，世世代代的扎西和卓玛把爱融进这片大地，这方热土。是青海高原河流文明的阐释、是青海高原儿女与大自然的庄重宣言、是青海高原对世人的深情告白,是高原野生动物与自然环境吹来的喃喃风语,用重墨浓彩描绘出的高原人家对自然家园绵长坚韧命运与共的大爱——"守护之爱"。

近些年来,随着青藏高原特殊的地理位置和国家经济建设的部署,"坚持生态保护优先、实施生态报国战略",处理好生态和经济的相互关系是青海省当前的重要任务。

国务院机构改革方案作说明时认为,文化和旅游部的主要职责为"统筹规划文化事业、文化产业、旅游业发展,深入实施文化惠民工程,组织实施文化资源普查、挖掘和保护工作,加强对外文化交流,推动中华文化走出去"。这表明,国家已经意识到文化事业、文化产业和旅游产业融合发展的必要性。

(原载《青海日报》2021年8月27日第8版《文化》副刊)

高莉,青海民族大学艺术学院教授,艺术学博士,民族美术、非物质文化遗产、课程与教学论方向硕士生导师。现为青海省文艺评论家协会理事、青海省非物质文化遗产保护与评审专家委员、联合国教科文组织非物质文化遗产认证师资、教育部教学与教育指导委员会艺术设计专委会委员。

民间文艺篇
MinJian WenYi Pian

河湟文化视野下的青海地方曲艺

朱嘉华

一、曲艺及青海地方曲艺

什么是曲艺?"曲艺"是中华民族各种"说唱艺术"的统称,它是由民间口头文学和歌唱艺术经过长期发展演变形成的一种独特的艺术形式。

青海地方曲艺是灿若星河的中华曲艺大家庭中独具青海地方色彩的曲艺种类,也是河湟文化不可或缺的重要组成部分。资料显示,近现代以来,青海地方曲艺有20个曲种,其中包括汉族的:青海平弦、越弦、河州贤孝、快板贤孝、西宁贤孝、道情、搅儿、倒江水、下弦、下背工、太平秧歌、说书、官弦;藏族曲艺格萨尔、白嘎尔、仲勒;蒙古族的图吉那木特尔;土族的道拉;撒拉族的撒拉曲;回族的宴席曲、曲儿等。

收录在《中国曲艺志》的只有18个曲种,西宁贤孝不知什么原因没有录入。官弦是近几年挖掘出来的,没有赶上出书时间,说书和太平秧歌两个曲种因为后继无人，已经断层，太平秧歌目前也只有刘钧、张永清等老艺术家会唱，年轻人大多没听过。

二、青海地方曲艺形成的历史

青海汉族曲艺种类不是很多，但它的形成年代、背景有所不同，得分别叙述。这里简略介绍一下具有代表性的几个主要曲种。

首先，是我们青海地方曲艺中的阳春白雪——"青海平弦"。青海平弦，早期称作"西宁赋子"。青海平弦的形成渊源没有史料记载，但平弦研究者们对其渊源的看法大致是：清代同治末年，随着青海经济的发展，市民阶层不断壮大，外地官员、军队和大量京、津、直隶、山陕商人往来于西北乃至青海，清代岔曲"八角鼓"牌子杂曲随之带入青海，构成了青海平弦的基础，逐步演变发展而成。还有一种观点是南北兼容说，平弦曲调温柔典雅，近似江南风格。明初以至嘉靖、隆庆时由南京一带随移民传入。至 20 世纪初，以八角鼓牌子杂曲为代表的北曲也在青海流行，为南北曲兼容创造了条件。后来又广泛吸收了本地以及外地的民歌小调、戏曲以及宗教音乐，这些条件相互融合，逐步发展而成。

以上两种看法从不同角度探讨了青海平弦形成的历史渊源，虽然没有形成统一的说法，但有一点：明末清初随着江南、中原人口的迁徙，移民们进行传唱的江南、中原民间口头文学，到达青海地区后，在与高原文化相互碰撞的基础上逐渐形成了一种新的说唱形式——青海平弦。

青海平弦发展到 20 世纪 60 年代，在作唱艺术的基础上，吸收秦腔、眉户戏、京剧及皮影戏等剧种的音乐特点，又形成了一种独特的艺术表现形式，即新型地方戏剧曲种——青海平弦戏。但有一点必须说明，青海平弦是说唱类艺术，属于曲艺门类，而平弦戏属于戏剧范畴，这是两种不同的艺术形式，千万不能混为一谈。鉴于不断看到媒体上将二者混淆，故在此予以澄清。

其次，是另一个大曲种，"青海平弦"的姊妹花"青海越弦"。青海越弦大致上是清代中期由陕西传入，因而主要曲调的名称、唱词的句式规律等与陕西眉户基本相同。流行于湟水流域各地。曲牌及主要曲调有50多个，伴奏乐器为三弦、板胡、二胡、盏儿（碰铃）、梆子、笛子等。

越弦以表现民间生活故事题材见长，这也是广大群众传唱的主要原因之一。它的曲调流畅、动人，表现力非常丰富。一个越弦段子一般由［前岔］［前背工］和主要曲调比如［五更］、［西京］、［岗调］、［紧诉］、［慢诉］、［东调］、［剪靛花］等加上［后背工］、［后岔］构成，所以有着比较严谨的格律，要求曲词合辙押韵，唱词要求通俗、生动、口语化。

陕西曲子有"七十二大调""三十六小调"之说。主要曲调有［月调］、［背宫］、［五更］、［西京］、［西凉］、［岗调］、［紧诉］、［慢诉］、［银纽丝］、［哭长城］等，综上所述，青海越弦中的曲调基本上都能在陕西曲子中找到踪迹。由此可以推定，青海越弦就是由陕西眉户戏派生出来的。它在青海的发展过程中，艺人们又吸收了大量的民间小调和古代小曲儿，从唱腔、道白、语言、风格等多方面经过长期的演唱实践，加以丰富和改造，才形成了今天独具浓郁地方特色的地方曲种。

第三是"西宁贤孝"。据考，明孝宗初年（1491），西宁兵备道按察副使柯忠在城内北街创办了一所"养济院"，收容老弱病残、鳏寡孤独者，给予衣食，让幼、盲童学习弹唱技艺，以求日后谋生。这个养济院一直延续了441年，至民国二十一年（1932），成立了"青海省救济院"，亦称"孤贫院"，民间多称作"孤老院"，民国二十五年（1936）解散。青海许多盲艺人就出自这个养济院。

第四是"快板贤孝"。快板贤孝是以河州贤孝唱腔为基础，用西宁方言说唱而形成的新曲种。快板贤孝起源于河州贤孝。快板贤孝创始人为马本源（1932—2019），祖籍乐都，青海民族歌舞团演员。20世纪50年代，他率先将河州贤孝中的唱腔曲牌"述音"改编成青海快板贤孝并搬上了舞台，为该曲种的形成作出了贡献。目前，快板贤孝是群众文化中采用最多的一种艺术形式，因为它轻松活泼，大众又能听得懂，因此，擅长于在舞台表演。

第五是"青海道情"。"道情"是全国各地普遍流行的曲种，流行在什么地方的"道情"大致上就以当地地名来命名。所以，我们青海的道情就叫"青海道情"。"道情"源于唐代的《九真》《承天》等道家诵唱的经文及曲调。远在南宋时代，就有了"渔鼓简板唱道情"的记载，现在流行于全国各地的道情都受到当地不同曲艺曲种、戏曲、民间小调、牌子曲等的影响，并与它们有着不同程度的融合，形成了本地特有的道情及其风格，青海道情也是如此。

三、青海地方曲艺的特点

青海地方曲艺均以便装坐唱形式见长，加之用青海方言演唱，富有浓郁的地方特色。平弦为例，曲调平缓典雅，旋律优美柔和，表达波澜不惊。唱腔既委婉动听，又拖沓冗长，最适合城市慢生活节奏。曲目多取材于历史故事、民间传说、古典名著等。演唱时三五人，十数人不等，主唱者手拿"月儿"（小瓷碟），以竹筷击节而唱，其他人以三弦、扬琴、二胡、板胡、笛子、琵琶等伴奏。伴奏者在中间或结尾处伴唱，谓之"拉梢子"。

传统的青海地方曲艺一个显著的特点就是自娱自乐，因为青海历史上没有专业的曲艺团体，所有艺人都是民间曲艺爱好者，他们闲暇时沉浸在茶社，既欣赏别人的演唱，又可以登台切磋技艺。随着旋律的递进从容抒发感情，说唱历史掌故，从而达到自我欣赏，自我陶醉的境界。最初演唱一人、一把三弦足矣，后来才发展到小型乐队伴奏。当然，倒江水和后来形成的打搅儿均以即兴说唱见长，可以与大众曲艺的相声、快板相媲美，发挥着曲艺短平快的优势，也是现代群众比较欢迎的一种艺术形式。

四、青海地方曲艺中江南文化、中原文化的痕迹

青海汉族曲艺中江南文化、中原文化的影子也随处可见。

首先是它的曲牌，比如［皂罗袍］是昆曲唱腔曲牌；［罗江怨］是明清俗曲重要曲牌之一，从南集曲到明清俗曲，从明代到现代，从曲艺、小调到其他艺术种类，都有它的踪迹身影；［剪靛花］流行于清乾隆年间，是民间曲调名，比如有《满洲剪靛花》加"啊啦啦"衬字，牌子曲中常用此调；传统曲牌［劈破玉］自明代以来广泛流行于民间；在现今存见的戏曲剧种、说唱曲种，尤其是牌子曲类曲种中仍是一首常用的曲牌，但在流传过程中，各地的这一曲牌相互间少有影响，是同名异曲的形态；［凤阳歌］为淮红戏中重要曲牌，来源于扬州清曲中的同名曲牌，山东琴书里有广泛应用。［银纽丝］是山东地方风格的筝曲；［掐菜苔］则是荆州花鼓戏的剧目；［背工调］是四川清音里的核心曲牌。

其次是它的五言、七言以及长短句词格形式。五言如《盼才郎》："越思越悲伤，两眼泪汪汪。情人儿在外，流落在何方？"七言如《罗真归山》："罗真太子进深山，山清水秀真好看。猛然抬头用目观，不觉来到终南山。"长短句如《穆桂英求情》："粮草齐收下，三军把营扎，到明天奏与宋王驾，叫三军与姑娘把红

挂。"青海平弦的曲调优美,唱词文雅,如《十二个月说古今》:"河清海晏,天下太平。正月十五玩花灯,徐茂公点首唤罗成。"是不是带有明显的宋词元曲风格?

又如西宁贤孝的传统曲目,它的内容比较广泛,大部分为劝人向善的内容,和《宝卷》有一定的渊源关系,如《白鹦哥吊孝》就直接从《鹦哥宝卷》移植而来。《宝卷》名目繁多,是由唐代寺院中的俗讲演变而来的一种中国传统说唱文学形式,内容有佛经故事、劝事文、神道故事和民间故事。

"鹦哥宝卷初展开,众位乡亲都听来。鸟有孝心受人敬,人无孝心枉吃斋。"《白鹦哥吊孝》取材于《鹦哥宝卷》,讲述小鹦哥为了报答母鹦哥养育之恩,在母鹦哥重病期间不畏艰险,翻山越岭,将鲜果千里迢迢衔回窝来,要献给母亲。但因迁延时日,老母忧儿过度而亡。小鹦哥求援百鸟将亡母隆重埋葬,并在老鹦哥墓前守孝而死。

《白鹦哥吊孝》是西宁贤孝中最精彩的曲目之一,作品不只是劝孝,而是通过白鹦哥形象的塑造,抨击时弊,揭露统治者以及有钱人的荒淫无道,寄托了劳动人民的美好理想,在思想、艺术方面有独到的成就。

五、青海地方曲艺与外省曲艺相似的地方

1. 曲牌。就拿青海平弦来说,素有十八杂腔二十四调式之说。平弦最为常用的曲牌有[前岔]、[后岔]、[赋子]、[离情]、[反离情]、[太平年]、[凤阳歌]、[银纽丝]、[掐菜苔]、[夸调]、[兰城]等。从曲调上看,它是一种联曲体的形式,与甘肃的兰州鼓子曲、河州平弦有某些相似之处。青海平弦有曲牌六十多支,其中大部分是明、清两代尤其是明初从江苏、浙江等地随移民传入

的，也有西北地区流传的民歌及戏曲曲调。比如［清水令］、［小开梅］是古曲［新水令］、［小开门］的音变，是元杂剧著名曲牌之一。其他如［离情］即北曲［利津］；［蓓咏］即著名的［岔曲］。［柳叶青］、［梵王宫］的曲调出自越调，［钉缸调］出自山、陕民间小调，［佛号］、［偈子］来自《宝卷》等宗教音乐，这些音乐被民间艺术家们稍加改变，吸收在平弦中，风格统一，浑然天成。

2. 唱词。青海平弦的曲目文字体裁以齐言韵文为主，也有少量混合体，平弦因唱腔曲牌结构多样，唱词的词格也随之多变。词格有两句、三句、四句、五句、六句等。

［赋子］为上下两句，比如"昨年楚国去行聘，江边曾遇知音人。"——《伯牙摔琴》；

［剪靛花］为三句，两长一短，如"暑退金风觉夜长，雁过南楼思故乡，凄凉最难当。"——《展春元捎书》；

［凤阳歌］、［太平］等许多曲牌为四句，如"刘云德来便开言，尊声先生听心间。此一去若见伯母面，你就说桃园来问安。"——《走马荐诸葛》；

［银纽丝］为五句："忽听得廊下闹声喧，原来是西厢张生员。若将姑娘许，退贼有何难，只用我一封书信到蒲关。"——《惠民下书》；

［背宫］的唱词为六句："玉堂春她把王三公子送，手托手儿放悲声，哭两声有情有义的三哥哥。奴有心留你耽搁了功名，你今日上京何日相逢，相逢除非公子皇榜得中。"——《关王庙饯行》。

"青海道情"的句式一般是上下对句的七言句子，但是它的段落构成很考究，有说白、韵白、念诗和唱词。在说、韵、唱之间还配有随着故事情节发展情绪的当地民歌、小调、牌子等乐曲间奏，十分好听，唱词部分用的道情调分为"阴腔"和"阳腔"两类，这两个曲调可单独用，也可以交替用，两个调式风格统一，委婉优美，颇具咏诵之风。

3. 道具。就拿"道情"来说，全国各地的"道情"，无论曲调上有着怎样的不同，但都是以渔鼓和简板这两件乐器伴奏，形成了"道情"这一曲种别具一格的特色。这两件乐器的存在也说明了"青海道情"形式古朴，源远流长。青海民间文化源流探讨中，道情的流传也是中原文化传播的一个活例证。所以许多地方又把道情叫作"渔鼓"，比如"湖南渔鼓""丹阳渔鼓"等等。

4. 表现形式。与江南的"苏州评弹"一样，传统的青海地方曲艺的表现形式也为坐唱艺术。比如青海平弦，它就是在城市的茶社里进行的，是一种高雅的艺术享受。越弦一般在乡村盛行，农家院落、河滩树林都有它的声音。贤孝与浙江"莲花落"一样，一般是盲艺人走街串巷、街头公园演唱。这些表现形式已被历史潮流所打破，随着时代的发展，老百姓生活得到保障，街头巷尾和公园里盲艺人讨生活的场景已然绝迹。城市里的曲艺茶社已无立锥之地，都被边缘化到城乡接合部。另一个繁荣景象是，青海地方曲艺在城市、社区的舞台上大放异彩，从坐唱形式逐渐转变为形式多样的表演唱。

六、青海地方曲艺与省外曲艺的渊源关系

汉代实行的"屯兵、屯田"政策，大唐时"文化运河"唐蕃古道的建立，明代人口大迁徙等等运动，在巩固边疆、开垦荒地、提高人口素质的同时，也为文化的相互交融、渗透提供了机遇，尤其清末民初山陕商人将北方戏曲、小调带入青海，使本地的民间文化得到了空前的发展。

比如岔曲，作为一种独特的京城传统艺术，它起源于满族的单弦艺术，清代在八旗子弟中流行，因为创始者名叫宝晓岔，故名岔曲。岔曲音乐取材于民间曲艺、小调和戏曲，主要曲调有［平调韵］、［荡韵］等，所插用的牌子有［罗江怨］、［银纽丝］、［剪靛花］等；青海平弦则有［正荡韵］、［反荡韵］以及［罗江怨］、［银纽丝］、［剪靛花］等，岔曲的传统曲目《春景》《秋景》《踏雪寻梅》在青海平弦中全部存在，是不是高度相似呢？青海曲艺与外省曲艺的这些相同、相似之处足以证明中华民族传统文化水乳交融，源远流长。亦说明了各兄弟民族、各地域之间博大的胸襟和包容开放的人文情怀。

七、青海地方曲艺中文化的互融交流

其一，青海地方曲艺中存在汉文化与少数民族文化交流互融的情况，比如同样是"莲花落"，浙江有"绍兴莲花落"，甘肃"临夏莲花落"，宁夏"盐池莲花落"，青海"互助莲花落""化隆莲花落"，新疆"昌吉莲花落""米泉莲花落"等等。虽然名称一样，但各地的唱法却大不相同，互助的莲花落是用土语演唱的。再如回族的筵席曲、曲儿、土族的道拉等与汉族曲目高度相近或相似的情况比比皆是。

其二，青海地方曲艺也反映出在民俗方面的文化交流与融合，最为直观的表现形式如刘钧先生所言，老西宁人遇到婚丧嫁娶、生子满月、乔迁贺喜、生辰祝寿、店铺开张、金榜题名等大事，都要请曲艺艺人来唱曲儿助兴，最特别的要数丧礼中的"醒灵"仪式。醒灵是家中老人去世后，要在出殡的头一天晚上，等外家说话、送亡、入殓程序完毕后，请曲艺艺人唱曲儿，一是超度亡灵；二是亡者的亲属在灵堂前彰显自己的贤惠孝顺；三是借此机会让

亲友、后人在听曲儿的过程中受到启迪教化。在山西吕梁地区也有醒灵风俗，可见，山陕商人带来中原文化的说法是站得住脚的。

（原载 2022 年《河湟文论》）

朱嘉华，女，汉族，籍贯四川，大专学历，中共党员。中曲协会员，省曲杂协副主席，省作协会员，省民协、省文评协理事，省非遗保护工作专家委员会委员。全国"送欢笑下基层先进个人"，省第四届"德艺双馨"文艺工作者。散文、诗词、曲艺、花儿、评论散见于省内外报刊杂志，参与多种专著撰稿与编纂工作。